最果ての街

1

秋はこの街にとって、恵みの季節でも何でもない。間もなく厳しい冬がやって来る。道端で凍死することなく、無事に次の春を迎えることができるだろうか。〝住民〟がつい、不安に戦《おのの》く季節なのだ。

だから風に寒さが混じり始めると、男達の顔は強張《こわば》る。眼《め》に、刹那的《せつなてき》な光が宿る。

ここの住民というわけではない、私にとっても同じことだった。毎朝、街に足を踏み入れるたびどこか張り詰めた空気に触れる。この中で来春、見られなくなっている顔はどれとどれだろうか。彼らと接しながらつい、思ってしまっている。長年、通い続けて実際に何度も体験していることなのだ。悲観的な考えに囚《とら》われるのを、抑えようがないのだった。

「やぁ、オヤジさん」今朝もそうだった。地下鉄日比谷《ひびや》線の南千住《みなみせんじゅ》駅に降り立ち、職場に向かう途中〝アークのトメさん〟こと浦賀《うらが》留雄《とめお》に声を掛けられた。来年の春、見られなくなっている顔は彼なのかも。ついつい、余計な考えが頭に浮かんでしまっていた。「お早《はよ》うございます。いつも、ご苦労さんです」

「やぁ浦賀さん」軽く右手を挙げて挨拶《あいさつ》を返した。渾名《あだな》は知っていても、私が呼び掛けることはない。あくまで本名で話し掛ける。立場が違うのだ。どれだけ親しく接していても一定の線を乗り越えることはない。彼らとのつき合い方には厳然《げんぜん》としたルールが必要だ。長年の経験から導き出した、確信のようなものだった。「最近は朝晩、めっきり冷えるようになって来たね」

「本当ですよ」両腕で身体《からだ》を抱えるようにして、震える仕種《しぐさ》をして見せた。戯《おど》けを装っているが100%、演技なわけでもない。一見、朗らかな笑顔を浮かべてはいるが表情の隅に陰りが滲《にじ》む。見逃すような私ではなかった。だからこそ先程、余計なことを考えてしまったのだ。「ズタボロの身体にゃぁ応《こた》えますよ、この冷えは」

「気をつけてね」それ以上、言える言葉などあるわけもなかった。「身体を壊しちゃ、何にもならないんだからね」

「へぇ、有難《ありがと》うございます」浦賀は小さく頭を下げた。顔には卑屈な笑みが貼《は》りついたままだった。「そんな風に言ってくれるのって、オヤジさんだけですよ。有難《ありがて》ぇなぁ、ンとうに」

浦賀は呼び名が示す通り、かつてはアークを始めとする各種溶接の名人だった。あちこちの工事現場に行っては腕を重宝がられ、鉄骨溶接を一任されていた。オリンピック前後の東京で、俺がくっ付けずに建ったビルや橋なんて一つもねぇよ。今も時おり豪語する。

虚勢でも誇張でもあるまい、と私も思う。

だがそいつは、遠い過去の栄光という奴だ。若い頃は腕を活《い》かしてバリバリ稼げても、歳《とし》をとるとそうはいかない。金属を高温で溶かすような危険な仕事を、現場だって割り振ってはくれない。ましてや現在、高度経済成長時代とは違うのだ。かつてのように工事現場は選《よ》り取り見取り、というわけにはいかない。

確かに二度目の東京オリンピックを前にして、景気は多少とも上向いているようではある。都心部では事実あちこちで、工事現場の派手な鎚音《つちおと》が響いている。しかしこの街にいる限り、違う世界で起こっているあまり関係のない現象のようでしかない。

何となればここに残るのは、浦賀のような年老いた元工夫ばかりだからだ。高いところに登ったり、地下深くに潜ったりというような〝実入りのいい〟仕事は、まず降りては来ない。またたとえ来たとしても、危なくてとても任せられない。日本経済が長い低迷の時代を潜り抜けている間に、浦賀らの全盛期はとうに過ぎ去ってしまっていたのだ。できるのはただ過去の栄光を僅《わず》かな慰めとしながら、日々の現実と向き合うことくらいのものである。

「直接、こうして言うのは私くらいなのかも知れないが」本心は押し隠して、言った。「皆、心の中では心配しているんだよ、浦賀さんのことを。それだけは忘れないで」

「へぇ、まぁ何とかやってみますよ、精々、ね」

分かっている。彼はなけなしの金を殆《ほとん》ど全部注《つ》ぎ込んで、酒を買っている。食費すらギリギリまで切り詰めて、アルコール代に充《あ》てている。寒さと、何より自分の現状から目を逸《そ》らしたいがためだ。

今、浦賀がかつての腕を振るえる場は殆どない。建設現場はおろか、工場でも使ってはもらえない。精々が技術のほんの一部を活かして、仲間から頼まれ自転車やリヤカーの修理をしてあげるくらいだ。もらえる報酬も微々たるもの、時には酒などの物納で済まされる場合もあろう。酔いに逃げ込みたくなる気持ちは痛い程、分かる。

だが酔い潰《つぶ》れることで現実逃避は叶《かな》っても、呑《の》み続けたツケは確実に身体に来る。健康を着実に蝕《むしば》んで行く。冗談めかして言っていたが実際に、彼の内臓は既にボロボロの筈《はず》だった。分かっていた。それでも言えることは、限られていた。

気をつけてね、と繰り返して彼とは別れた。

皆、浦賀さんのことを心配している。歩きながら今し方、自ら口にした言葉を反芻《はんすう》した。何て白々しい気休めだろう。我ながら恥ずかしさを覚えるくらいだった。

何となればこの街の住民で、人の心配などしていられる者は殆どいない。皆、自分のことだけで手一杯。人のことを気にしている余裕なんてない。ここにいるのは大抵が、浦賀と五十歩百歩の境遇に身を置く者ばかりなのだ。

「お早う」職場に着くと、既に出勤している早番の職員達に声を掛けた。

「あっオヤジさん、お早うございます」「お早うございますっ」次々に挨拶が返って来た。

浅草《あさくさ》公共職業安定所、所謂《いわゆる》「ハローワーク浅草」の山谷《さんや》労働出張所である。普通のハローワークが求職者に常用の雇用先を紹介するのに対して、ここは日雇い労働が専門。その日の仕事を当日の朝に紹介する。職安行政の中でもかなり特殊な職務内容、と言っていい。

だから何より、朝が大事だ。早番の職員は五時半に出勤して来る。六時十分から企業の求人を受けつけ、準備を整えて六時四十五分から紹介をスタート。職にありついた労働者は企業が差し向けたマイクロバスなどに乗って、各地の現場へと出掛けて行く。

企業は陽《ひ》の沈む前にその日の仕事を終わらせなければならないし、労働者だってニーズは同じことだ。こちらがモタモタしたお陰で現場に着くのが遅れ、実働時間が減ってしまえば収入にも響く。だから朝、無駄にしていられる時間など一秒とてない。七時にはその日の紹介を基本的に終える。十五分間が勝負なのだ。このため出張所では毎朝、文字通り目の回るような慌ただしさに振り回される。実際に見たことはないがビジネス街の食堂で、昼時の厨房《ちゅうぼう》を覗《のぞ》けばこんな感じなのではないだろうか。もっとも多忙な時間に限って言えば、こちらの方がずっと短いのだろうが。その分、濃厚と言えなくもなかろう。

「あの、オヤジさん」所長室のドアを開けると、労働第一課の木暮義尚《こぐれよしなお》課長がついて入って来た。通称は〝ナオさん〟。本当は〝ヨシさん〟を希望していたのだが、既にその呼び名の者がいたので仕方がない。このように当出張所では、職員は基本的に通称で呼び合う。所長だけは誰が就こうと〝オヤジさん〟と決まっているのも、ここの慣例だ。「ちょっと、報告しとかなきゃならんことが」

「何だ」机に鞄《かばん》を置きながら、振り向いた。「何かあったのか、今朝」

「えぇ、実は」私が指し示したのでソファに腰を下ろした。「ちょっと、トラブルが」

途端に表の方から、叩《たた》きつけるような怒声が響いて来た。チッ、とナオさんが舌を鳴らした。「もう戻って来たか、参ったな」

まずは報告してくれ、とナオさんを促した。トラブルの中身が分からなければ対処のし様がない。事情も知らずに出て行って、下手な対応をすれば相手を更に激昂《げきこう》させてしまう。

「今朝はいつになく、求人が殺到しましてね」ナオさんが説明を始めた。「猫の手も借りたいくらい一斉に、電話が掛かって来まして。それで、ついつい」

確かに今朝は肌寒い気温とは言え、天気はいい。予報でも一日、晴れという。仕事にはもってこいの日和だった。朝から求人の電話が立て続けに鳴り響いたという。また労働者も、どっと押し寄せた。〝寄り場〟の外は鈴なりの人だかりだった。

ここの労働者が全体的に高齢化しているのは企業としても先刻、織り込み済みである。ただ、だからと言って建設の仕事が皆無というわけでは決してない。今日は特に、そうした求人が相次いだ。やはり次のオリンピックに照準を合わせ、土木作業の需要は膨らんでいるのだろう。

「三人、回して下さい」今戸《いまど》土建からの電話もその一つだった。同社は所在地もこの近所であり、よく求人を入れてくれる〝お得意様〟的な存在の企業だった。「荒川《あらかわ》の護岸《ごがん》工事です。ただ橋梁《きょうりょう》の補強もやるので、高所作業の要員が一人」

高所作業は危ないだけあって、報酬はいい。ただし作業はキツいので、高齢の労働者だと忌避《きひ》する者も多い。こちらとしても危険を考えれば、安易に紹介もできない。難しいところだった。現に、求人を受けたはいいが希望する労働者が誰もおらず、「申し訳ない、人を回せませんでした」と企業に謝るケースだってある。

幸い今朝は田野畑文康《たのはたふみやす》という若い労働者が寄り場に来ていた。平均年齢、六十歳を優に超えるこの街にあって三十五歳と、最若手に属する労働者である。工事現場での経験も豊富で、高所作業も何度もこなしている。

求人内容を記した札、ここで言う〝カンバン〟を見て即「あ、それやる。俺がやる」と手を挙げた。他の二人分も希望者を確保し、求人に応えられたと職員は胸を撫《な》で下ろした。人を回せないケースが続いた場合、「もうあそこに出しても駄目だな」と企業から見限られることもあり得るからだ。

ところがいつまで待っても、今戸土建から寄越される筈の車が来ない。「何かあったんでしょうか」と電話を入れてみた。すると先方は「え、そんなの知らない。うちは今日は求人、出してませんよ」という返事。要は嘘《うそ》の電話、嫌がらせだったわけだ。

「求人の電話を受けたのは〝トンビ〟でした」ナオさんが言った。速水翔《はやみしよう》。「空を翔ぶ」のだからトンビと呼ばれる、まだ若い職員だ。ここに来てまだ半年足らずと、日も浅い。

「質《ただ》してみると忙しかったのでうっかり、確認を忘れてしまった、と」

「そうか」

嘘の求人をして来る嫌がらせの電話は、これまでにもあった。だから受けた際は必ず、確認するのが決まりとなっていた。「そちらの住所と電話番号は」と問うてみる。所詮《しよせん》、他愛のない嫌がらせだから嘘であった場合、その時点で向こうは受話器を置く。トンビはまだ経験不足なためつい、そいつを怠ってしまったということだろう。

「求人が間違いだったと分かった時点で、こちらは平謝りに謝りました」ナオさんは言った。「それでいったんは帰って行ったんです。でも」

いったんは帰ったが怒りがぶり返し、戻って来たということだろう。よくあることである、ここでは。もっともこうまで早く帰って来るのは、ナオさんとしても予想外だったようだが。

「そうか、話は分かった」立ち上がった。「俺が、出よう」

2

「アブレ手当なんぞもろぅたって、合うか⁉」窓口のガラスの向こうで、喚《わめ》き立てる顔があった。田野畑だった。彼は九州の出身である。今も方言、丸出しだが特に激昂すると強く出る。かなり頭に来ているようだった。「こっちゃ実入りのよか仕事、入る筈やったんぞ。それが、間違いでしたで済むか。端《はし》た金で謝られたっちゃ、納得できるか」

対応していた職員に代わって、私が正面に座った。ここの窓口は強化ガラスで出来ている。少々殴ったところで割れはしない。以前、包丁を持って来て突き立てた労働者がいた。強化ガラスと知った上で脅しでやったのだ。ところが突き立てた刃先が折れてしまい、逆に自分に刺さって怪我《けが》をしたというオチまでついた。荒々しかった時代にはそんなエピソードも実際にあったのである。こうした防護策も故《ゆえ》ないものでは全くない。

「話は聞きました」田野畑の眼をじっと見据えて、私は口を開いた。「求人の電話が本物かどうか、確認しなかったこちらに非がある。ここは申し訳なかった、と謝るしかない」

「オヤジさん、あんたに恨みはなかよ」田野畑は言った。「ばってんこっちゃ実入りのよか仕事、入る積もりやったんぞ。夜には久しぶりに美味《うま》か酒の呑める、て楽しみにしとったんぞ。なのにそれが間違いでした。アブレ手当はやるけん帰って下さい、じゃぁ納得はいかん。腹が収まらんやろが、あぁ」

会話用に強化ガラスに空けられた孔《あな》から、息がぷんと臭った。一杯、引っ掛けて来たなと分かった。いったんは説得されて引き上げたが仲間と酒を呑んでいる内、怒りがぶり返して来た。不満の一つもぶつけたくなりこうして戻って来た、というところだろう。

もしかしたら、けしかけた仲間もいたかも知れない。お前、そんなので納得して帰って来たのか。不当なことをされたんだからちゃんと抗議しとかないと、あいつらはつけ上がるばっかりだぞ。こちらの権利を確保するためにも、言うべきことは言っておかないとな、とか何とか。

こんな暮らしを続けていれば誰もがどこかに、鬱屈《うっくつ》を溜《た》め込んでいる。だからこそかつてこの街では、大規模な暴動が何度も起こったのだ。今は皆が高齢化したため大人しくなったとは言え、時には鬱憤《うっぷん》晴らしにこうした〝騒ぎ〟をけしかける奴がいたとしても、おかしくはない。

「貴方《あなた》の気持ちはよく分かります」私は言った。静かな口調を保つよう、努めた。「せっかく仕事をしようとしていたんだ。やる気になっていたところに、梯子《はしご》を外されたような思いでしょう。本来なら皆さんの労働意欲に応えるのが私らの仕事なのだが。こんなことになって本当に、申し訳ない」

「労働意欲やらどげんでもよか。要は金よ、金。高所作業の収入がある筈やったとにアブレ手当じゃ、割に合わんて言ぅとるとたぃ」

〃アブレ手当〃とは正式には、「日雇労働求職者給付金」という。彼らにとっての失業保険である。朝、ちゃんとこの労働出張所に来た時点で就労意欲があったとみなす。にも拘《かか》わらず職に就けなかった。それは失業に他ならないとして、給付金が出る。毎朝の職業紹介と給付金の支給こそ、ここの仕事の二本柱と言っていい。

「確かに金額的には割に合わないものしか出せないかも知れない」素直に頷《うなず》いて認めた。彼の手帳の印紙が何級で、何枚貼られているのかは知らないが高所作業の実入りからすれば、少ないのは間違いない。「しかしこちらとすれば、他にどうしようもないんですよ。心から申し訳ないとは思うが、できることは、これくらいしか」

「ほんなら俺は、どげんやって気持ちば収めりゃよかとか」

「後日、土木関係のいい求人があれば優先的に貴方に回す。約束する。そんなところで、納得してはもらえないだろうか」

「そげなと、いつ来るかも分からんやないか。ただでさえここんとこ、土木作業はなかなか回って来んとに。いつになるかどころか、来るか来んかも分からん話でハイそうですかて引き下がれるか」

「そのくらいにしとけ、〃タノやん〃」

田野畑の背後に不意に、大きな人影が現われた。ほっと胸を撫で下ろした。彼の姿を認めた瞬間の、内心を率直に表せばそうなる。

振り返った田野畑はそのまま硬直した。「あっ、親方」

「お前さんだってこちらの事情は、よく分かってる筈だろう」〝親方〟こと八重山清蔵《やえやませいぞう》は、田野畑に語り掛けた。口調はあくまで静かだった。じっと見据えた視線は微動だにしていなかった。この街でも長老格に当たる労働者で、仲間に分け隔てがなく面倒見もいいことから、広く慕われている。大抵の揉《も》め事も彼が仲裁に乗り出せば、たちまちその場で丸く収まる。「嫌がらせの電話で騙《だま》されたんだ。こちらだって被害者だ。なのに全面的に非を認めて、こうして謝ってるんじゃねぇか」

「へ、へぇ」

「職安にできることにゃ限りがあることだって、あんたには分かってる筈だろう。ゴネたって何にもならねぇ、こちらを困らせるだけのこった。それでいいのか。お前さんだってこれまで、このオヤジさんには随分お世話になってるんじゃねぇのかい」

「へ、へぇ」

田野畑は納得して帰って行った。続こうとする親方の背中に、私は心から頭を下げた。ご面倒を掛けました。私の声に小さく振り向き、親方はこれも小さく口元を歪《ゆが》めた。

「オヤジさん、済みませんでした」トンビが、それこそ飛んで来て低頭した。「私が確認しなかったばっかりに、こんなことに」

「いえ、悪いのは私です」ベテラン職員の〝ユウさん〟こと可部勇助《かべゆうすけ》も並んで頭を下げた。「私が一言、訊《き》けばよかったんです。『今の求人、確認したか』ってただ一言。そうすればこんなトラブル、最初から避けられた。せっかくこいつの直《す》ぐ脇にいたってのに。指導員、失格です」

「まぁまぁ、起こってしまったものはしょうがないさ」私は言った。軽く口元を緩めた。「誰だって人間だ。間違うことは常にあり得る。ましてや今朝は、いつにない忙しさだった。トンビだってここに来て、そろそろ半年。仕事にも慣れ始めた頃だったろう。そんな時こそ実は、危ない。油断が生まれる。慌ただしさの中で思わず、ミスを犯す。そういうものさ」

言いながら、思っていた。だからこそここでは、職員どうしでも通称で呼び合わなければならないのだ。ちょっとした失敗で、誰に恨みを買ってしまうか知れやしない。こちらの失策ですらなくても、あり得ることなのだ。そうなれば復讐《ふくしゅう》してやろうなんて輩《やから》が万が一、出て来ないとも限らない。しかも名前を知られれば、身許《みもと》を突き止めてやろうなんて動きがないとも断言できない。少しでも危険の可能性を減らすため、本名で呼び合うのを避けるようになった。この街でこの仕事をするが故、長年に亘《わた》って引き継がれて来た出張所の慣例なのだ。

「ユウさんだってそうだ」私は続けた。「彼は〝10山《やま》〟。この出張所におけるキャリアは、俺に次ぐ。それだけのベテランでもつい、ミスを犯してしまうものなんだ。今日のトラブルは幸い、大事に至らなくて済んだ。禍根《かこん》を残すこともまぁ、なさそうだ。だからこそこれをいい教訓としようじゃないか。誰だって失態を演じるということを。明日は我が身と心得よ、と。常に心して身を引き締めていればそれだけ、ミスを犯す確率も減るだろうさ。油断が一番、危ない。教訓を与えてくれたと捉《とら》えれば今日の出来事も、あながち悪いことだったとばかりは言えないと思うよ」

午後一時半。手当の給付も終わったので私は所長室の机を離れた。「今戸土建に顔を出して来るよ」課長のナオさんに告げた。

「あぁ」それだけ言えばナオさんには分かる。勝手に名前を使われただけとは言え、今戸土建もトラブルの一方の当事者ではあるのだ。経緯を説明し、幸い無事に片づいたと報告しておくべきなのは言うまでもない。電話で済ますより面と向かった方がいいのも、言わずもがな。「お手数、掛けます。行ってらっしゃい」

それなら自分が行きます、とも言わない。私が街を出歩くのが好きなのを、よく知っているのだ。余計なことを言わずとも素早く察してくれる。こういう部下がいてくれると助かるのは、古今東西に共通する上役の心情だろう。

出張所を出、前の車道沿いにひたすら南へ向けて歩いた。ほぼ正面に東京スカイツリーが見え続けた。既に見慣れた光景だが今もこの街から眺めると、違和感を拭《ぬぐ》い切れない。どうしても場違いに映ってしまう。橋場《はしば》交番前の交差点を越えて更に南下し、消防署の前の角を入ったところに今戸土建はあった。

社長だけでなく受付の女性を始め、社員も全員こちらとは顔見知りだから話が早い。直ぐに社長室に通された。

「いやぁ、今日は災難でしたなぁ」九谷紀行《くたにのりゆき》社長が応接セットの対面に座って、言った。彼は創業者の息子に当たる、二代目である。社名は苗字《みょうじ》ではなく、地元の地名からつけられたものだった。「いったいどこのどいつが、そんなタチの悪《わり》ぃ真似《まね》を」

「まぁ、そういうこともあり得るとは肝に銘じておりますが」私は言った。嫌がらせに自社の名前が使われたが幸い、大事に至らずに済んだことまでは報《し》らされていたらしい。ただ詳しいことは知らないようだったので、経緯を一から説明した。「こっちも油断してついうっかり、という奴です。また悪戯《いたずら》した犯人も、事情に通じていたみたいでして。護岸工事に三人で内一人は橋梁の高所作業、なんて話が妙に具体的だったお陰でこちらも、すっかり騙されてしまったようなんです」

「しかし考えてみれば、大変な職務ですなぁ」女子社員の運んで来た茶を一口、啜《すす》って言った。「所長さん達は労働者のために働いて、仕事を紹介してるってのに。そんな手の込んだ嫌がらせを受けるまで、逆恨みされちまうなんて。割に合わんと言えばこれ程、理不尽なこともないでしょう」

今戸土建が護岸工事を得意としていることくらい、求人を何度か受けていれば自ずと分かるだろう。そう。今日の嫌がらせを仕掛けて来た奴は十中八九、うちに登録している労働者と見てまず間違いはないのだ。また他に、そこまでする動機を有す者がいるとも思えない。「逆恨み」という社長の言葉は確かに、我々の本音を言い当てたものではあった。

「いやぁ、ははは」無難に返した。社長が煙草《タバコ》を銜《くわ》えて火をつけたので、私も懐からメビウスを取り出した。「まぁ人の心は、分からないものですからなぁ。こちらがよかれと思ってやっていることでも、先方がどう受け止めているかは保証の限りではない。悪意にとられている可能性は常にある。そう考えるより他ないんじゃないでしょうか」

「そりゃまぁ、私らの仕事でもないことじゃありませんけどね。例えば新入社員を厳しく叱《しか》る。仕事を早く覚えて欲しいのと、そういうことをしたら危ないと身体に叩っ込んでやろうとこっちぁ思ってるのに。そんなに怒ることねぇじゃねぇか、って逆恨みしやがる。悪ぃ方にとりやがる。親の心、子知らずってぇ奴ですな。特に最近の若い者にゃぁ、その傾向が強《つえ》ぇように感じますよ。子供の頃に叱られ慣れてねぇから、ちょっとのことで潰れちまう」

　ふとトンビのことを思い出した。彼はまだ三十前。既に社会人になって五年以上になるが私から見れば、充分に〝最近の若者〟だ。彼の場合、叱られたわけではないが自らのミスで、トラブルを引き起こした負い目はあろう。ちょっとのことで潰れる、ということは成程ありそうに感じられた。一応、ユウさんも含めて全員にフォローの言葉は残しておいたが、あれで足《た》れりとして大丈夫だろうか。もう少し、慎重に見守ってやる必要があるだろうか。

「それで、電話を受けた職員さんは」

　社長から問われ、胸の内を見透かされたようでドキリとした。「ま、まだ若い職員です」思わず、口籠《くちごも》ってしまっていた。煙草の灰を叩《はた》く指がついつい震えた。「う、うちに来てからもまだ、半年足らずで。ただ横には、指導員役として可部がついてました。だからあながち、その若手だけの責任とも言えなくて」

「あぁ、ユウさん」大きく頷いた。社長はよく知っている。「あの人はもう、ベテランですからなぁ。来て半年の若者なら、27山ということなんでしょうが。ユウさんは何山になるんでしたか、な」

　先程、職員の前でぶった一席を思い出しながら答えた。「10山です」

「おぉそれなら長い、長い。もっとも所長さんならもっと、なんでしょうが」

「いやぁ、ははは」

社長はよく知っている。我が山谷出張所には何年に初赴任したか、で〝何山〟とキャリアを表す呼び方がある。トンビなら今年、平成二十七年なので「27山」。ユウさんは二度目の着任なので今回に限れば26山になるが、初赴任は平成十年だったためあくまで10山であるわけだ。うちの仕事は職安の中でも、特殊。どれだけ長年の経験があるか、で畏敬《いけい》の念を受けるようなところがある。

例えばナオさんは課長なのでポストから言えばユウさんより上だが、彼は今回が初赴任である。重大な選択を迫られたが両者の意見が相反した、というようなことがあったとすればやはり、最終的にはユウさんの方を尊重しようという空気になろう。10山の判断に対して26山が異を唱えるなどおこがましい、というわけだ。

そもそも論で言えば二度目の赴任なら、間の期間が空いているのだから純粋にキャリアとして勘定するのはどうか、という気もするのだが。やはり昔を知っていることも、尊敬に値すると見なされる面もあるのかも知れない。それくらいかつての山谷は、厳しかった。身に迫る危険をひしひしと感じながら仕事をしなければならなかった。その経験者には、安易な反論はできないという感覚がどこかにあるのだろう。

「まぁしかしあの〝ノブさん〟が、とうとう〝オヤジさん〟なんですものなぁ」この社長は本当によく知っている。それだけ長年、うちとつき合って来てくれたということだ。昔の私の呼び名が、自然に口を衝《つ》いて出る。「今でもつい、ノブさんと呼び掛けそうになってしまって困りますよ。だから無難に、周りに人がいる時は『所長さん』にしてます。これであったら間違いはない」

「いや別に、何と呼んで頂いても結構ですよ。また社長さんになら、私がどう呼ばれようが職員が気にすることもない」

私自身について言えば、ここの勤務は三度目だ。東京労働局で職安行政に就く者の中でも、かなり特異なケースと言っていい。三度目の赴任でいよいよ所長職を拝命した。二度目までは「ノブさん」だったのがお陰で、今回は「オヤジさん」になったことを社長は言っているのだった。

「あぁそうだ」思い出したようにポンと手を叩いた。「今回は、悪戯電話だったわけですが。高所作業の求人に対して『俺がやる』と手を挙げた労働者というのは、誰でしたか」

「田野畑さんです」私は答えて言った。「まだ若い方です。確かこちらでも何度か、お世話になっているんじゃなかったかな」

「あぁ、田野畑さん。知ってます、知ってますよ。そう、何度か働いてもらった。ちょっと荒っぽいところはあるが経験が豊富で、いい仕事をしてもらった覚えがあります」

実は三日後に、本当に護岸工事の仕事がある。その際、田野畑を指名で求人を出しましょうと言ってくれた。

このように「誰々さんを」と企業から個人を名指しての求人というものも、ままある。

変な人に来られて、いい加減な仕事をされても堪《たま》らない。それよりも以前、来てくれたあの人なら腕も確かだから、と求めて来るわけだ。中でも二種類に分かれ、「その人が望ましいがいなけりゃ別の人でも構わない」の「代可《だいか》（代理可能）」と、「その人がいないのなら今日は回してくれなくていい」の「代否《だいひ》（代理拒否）」とがある。「代否」となればその労働者は、企業から並々ならぬ信頼を勝ち得ていると言っていい。田野畑にはその「代否」で求人を出してくれるというのだった。

「本当ですか」思わず、腰が浮いた。思ってもみなかった嬉《うれ》しい申し出だった。深々と頭を下げた。「それは助かります。うちとしても彼に対して、顔が立ちます」

「まぁ橋梁とまでは言わないが、水門の仕事もあるのでそこそこの高所作業も含まれる。その辺りで彼には、納得してもらいましょうか」

もう一度、深く頭《こうべ》を垂れた。

これだから企業回りは、欠かすことができないのだ。仕事も所詮は、人と人との人間関係である。機会を見つけては顔を出して、コミュニケーションを保っていればこのように、イザという時に何に繋《つな》がらないとも限らない。我が出張所の職務は確かに、職安の中においても独特だが。それでもこの原則だけは、どこに行っても変わるものではあるまい。

3

今戸土建を辞したが、まだ終業には早い時刻だった。慌てて帰ることもない。切羽詰まった用があるわけでもない。街を一回り、ぐるりと徘徊《はいかい》して帰ることにした。

西に向かってのんびりと歩を運び、幾つもの交差点を渡ると前方を斜めに横切る細長い公園に出た。山谷堀公園である。昔はここに、人工の堀川があった。隅田《すみだ》川に通じていた。江戸時代には舟に乗った酔客が、この堀を遡《さかのぼ》って吉原遊郭《よしわらゆうかく》まで遊びに行っていたという。陸路で行くより優雅とされ、界隈《かいわい》は船宿や料理屋が立ち並びかなりの賑《にぎ》わいだったという。当時は単に「堀」と言えば、山谷堀を指す程だった。

だが今では全《すべ》てが埋め立てられ、一部がこうして公園として整備されているのみだ。昔の風雅な面影を残すものは殆どないが、時おり交差する道に橋の遺構《いこう》があり、これは堀川の跡だったのだと僅かに認められる程度である。

そんな中の一つ、紙洗《かみあらい》橋跡を通った。江戸時代この辺りには、浅草紙を作る職人が多くいたという。紙作りの工程には原料である紙屑《かみくず》を「紙船」に入れ、川の流れに暫《しばら》く晒《さら》しておくという作業がある。これもあって堀の近くに、職人は集まっていたわけだ。同工程を「冷やかす」と称したがその間、やることは何もない。そこで職人達は近場の吉原に出掛け、遊郭の軒先を回って花魁《おいらん》の品定めをした。時間潰しなので見るだけで、登楼《とうろう》することはない。ここから現代も使われる「冷やかす」という言葉が生まれたのだとか。

公園にはところどころ、子供用の遊具が置かれている箇所もあるが基本的には、両側に立つ建物に挟まれた薄暗い歩道に過ぎない。間もなく吉原大門前を走る、通称〝土手通り〟に出ようかという辺りだった。公園の植木の下に、ダンボールを組み合わせブルーシートで覆った所謂《いわゆる》〝ダンボールハウス〟があった。〝ブルーテント〟とも呼ばれる典型的なホームレスの塒《ねぐら》である。だがこの周辺で言うならば、隅田川の河川敷や玉姫《たまひめ》公園にはこの手の家がいくらも見られるが山谷堀公園では、ここだけだった。

「もしもし」屈《かが》み込んで、中に声を掛けた。「今、いますか」

だがどうやら留守のようだった。中に人の気配は微塵《みじん》もなかった。ふぅ、と息をついて背を伸ばした。屈めていた膝《ひざ》を伸ばすだけで思わず、よっこらしょと声が出てしまう。

ここ、二年くらいの間に〝山谷《ヤマ》の住民〟になった飯樋徳郎《いいといとくろう》という男だった。年齢的には六十をとうに超えているが、この街にとってはまだまだ新参者に当たる。周りとあまり打ち解けることなく、一定の距離を保とうと努めているようで明らかに未《いま》だ街に馴染《なじ》んではいなかった。こんなところに家を構えることになったのも、周囲に上手《うま》く溶け込めなかったことが原因と聞く。トラブルがあってここまで流れて来たという。我が出張所に登録している労働者でもあり、私としても何かと気になって仕方がないのだった。

が、いないのならしょうがない。何か仕事でもしているのだろうか。そう言えば今日、彼が寄り場に来ていたかどうかも確認していない。実入りのある仕事にありついていればいいが、と願いながら公園を後にした。土手通りに出、道沿いに北へ向かった。

吉原大門の交差点を越え、二つ目の角を右に折れた。目の前にアーケード付きの商店街が延びていた。『いろは会商店街』である。入り口には等身大の矢吹丈《やぶきじょう》の人形が立っている。アーケードにもジョーを描いた垂れ幕が幾つも掛かる。

漫画『あしたのジョー』ではここから南千住へ向かう途中、泪橋《なみだばし》の下に丹下《たんげ》段平《だんぺい》のボクシングジムがあったという設定になっている。故にこの地は「あしたのジョーのふるさと」ということで、商店街としてもPRに使っているのだ。

「あしたのジョー祭り」などとしてイベントを行う時には大勢が集まって賑わうが、普段はひっそり閑《かん》とした静かな通りに過ぎない。そこここにジョーや段平その他、キャラクターの立て看板があったりするだけで後は他所《よそ》の商店街と変わらない。

既にシャッターを降ろしてしまっている店舗も多い、という意味でも他と似たようなものだろう。わざわざ訪れる観光客も皆無ではなかろうが、そう多いとはお世辞にも言えない。通りを歩いているのは大半が地元の人間である。

店は長い時を経たものばかりで、建物も古い。今も営業しているのかどうか、定かではないような薄暗い店構えも見受けられる。古い玩具《おもちゃ》屋の脇にはコインを入れると動いていた、子供向けの遊具がずっと放置されたままでいる。商店街を歩いていると時間が止まってしまったかのようだった。本当にここは『あしたのジョー』の時代から変わっていないのでは、と思えた。当時と違うことと言えば住民の年齢が進んだのと、畳んだ店が増えたことくらいなのかも知れない。

間もなく夕刻である。通りの隅に布団を敷き始めるホームレスの姿がちらほら見られる。ここはアーケードがあるため雨風を凌《しの》ぎ易《やす》いのだ。ただし店主の中には、店の前で寝られるのを嫌がる者だって多い。トラブルはしょっちゅうだが逆に、ちょっとした料理を彼らに分けてくれる飲食店もあった。

商店街を抜けて吉野《よしの》通りに出る角が山谷地区交番、通称〝マンモス交番〟である。その脇ではいつものように、丼《どんぶり》にサイコロを振って出た目で金を取り合う所謂〝チンチロリン〟をやっている数人の姿があった。交番の直ぐ横なのに咎《とが》められることはない。鬱憤を溜めて暴動に発展されるよりは、この程度のことでガス抜きをさせておいた方が無難という判断なのだろうか。それにやる側にとってみれば、ここなら「うちの縄張り《シマうち》内で賭《か》け事をした」とヤクザから因縁をつけられることもない、というメリットはあろう。

吉野通りを渡ろうとして、「やぁ」と声を掛けられた。「ノブさんじゃないか」

「あぁ」先程トラブルを収めてくれた〝親方〟だった。彼だけは公的な場でない限り、私に対して昔の呼び名を使う。「八重山さん、さっきは本当に有難うございました。貴方があそこで来てくれなければ、大変なことになり兼ねないところでした」

いやぁあのくらい大したことはないよ、と手を振った。それよりも、と尋ねられた。「それよりもノブさんはこれから、所に帰るところかぃ」

そうだと答えて、続けた。「企業に顔を出した帰りです。閉庁時間に私がいないわけにはいきませんので」

「そんならどうだぃ」盃《さかずき》に口をつける仕種をして見せた。「その後に、ちょっと」

あぁ、いいですねぇと賛同した。『めぐみ食堂』で待ち合わせる約束を交わして、いったん別れた。

所に戻ると所長室に直行し、懐から携帯を取り出した。妻、喜久子《きくこ》に掛けた。

「一杯やって帰ることになった」妻が出たので、言った。「だから今夜は、飯は要らないよ」

「あぁ、丁度よかった」喜久子が応えて言った。「あたしも遅くなりそうなのよ。お食事の用意はとてもできないから、何か食べて帰って来て、と伝えようとしてたところだったの」

妻は自宅のある千葉県船橋《ふなばし》市の中学校で、音楽の教師をしている。吹奏楽部の顧問も務めているが、県の大会で何度も優勝したような部ということもあり、放課後も何かと仕事があるそうなのだ。近く、市主催のイベントで演奏することになっているらしく、今夜も演目をどうするかなど打ち合わせなければならないということだった。

「そうか。それじゃこっちのことは、何も気にしないで。のんびりやって、帰るから」

「ご免なさいね。学校のことが忙しくて、何も家のことができなくて」

「そんなことはないよ。それになかなか家に寄りつけないのは、お互い様だ」

電話を切った。

お互い様。今し方、自ら口にした言葉がいつまでも胸の内にこびりついた。周りに誰もいないことを幸い、大きく深い息を吐いた。

閉庁時間になったため、所を出た。親方と待ち合わせした『めぐみ食堂』は、吉野通りを越えたちょっと先である。行ってみると、親方は既に来て先に一杯やっていた。ゴールデンバットをシガレットホルダーに差し、美味そうに煙を吐き出した。ゴールデンバットは両切り煙草なので、そのまま銜えると葉が口の中に入ってしまう。だから親方はいつも、愛用のシガレットホルダーを携行しているのだ。

テーブルの向かいに腰を下ろすと、目の前にビール瓶を突き出された。有難くコップで受け、まずは乾杯した。

「今日は本当にお世話になりました」改めて、礼を言った。「八重山さんが来てくれなかったら、揉め事が長引くところでした。業務にも支障を来《きた》していたでしょう」

「タノやんは今日、虫の居所がちょっと悪かったらしいな」親方は自分のコップに新たな一杯を注ぎ込んだ。私の礼に対しては先程と同様、大したことはないと手を振って見せた。

「荒っぽいところはあっても、普段はいい奴なんだが。若ぇせいでもあるのかカッと頭に血が上ると、始末に負えなくなる。抗議しろ、とあいつを焚《た》きつけた奴もいたかも知れんな。困ったモンだよ。誰もがイライラを募らせてるから、ちょっとした弾みで爆発する。まぁ何にせよ、長引かなくてよかった。しこりが残るとまたいつ、そいつに火がつくか分からなくなるからな。まぁタノやんは怒るとあぁだが、冷めりゃぁあっさりした奴なんで。今日のことが後々、次の問題を引き起こすことにはならねぇと思うよ」

「悪いのはこちらだったんです。悪戯電話の可能性は常にある。確認するのは、基本中の基本でした」

電話を受けたのは来てまだ半年の、若い職員だったと説明した。今日、今戸土建の社長にも同じ話をしたなと胸の中で反芻した。

「あぁ、トンビ君、な」親方が納得したように微笑《ほほえ》んだ。「彼ならまぁ、ありそうな話だな。俺達の間でもちょっとした人気者だよ。からかうと直ぐ、ムキになったりして、な」

寄り場でちょっかい掛けられると、感情を露《あら》わにすることがままあるという。他愛もない茶々など、聞き流して知らん顔をしていればよいのに。面白いから労働者も、更に突っ込む。トンビの鼻息はますます荒くなる。

「見兼ねてユウさんが制したりして、な。俺達にとっちゃぁ軽ぃ退屈凌ぎなんだよ。今も言ったようにそれくらい毎日、誰もが鬱憤を溜めてるってことさ。時にはガス抜きでもしとかなきゃ、壊れちまう」

新たなビールを注文した。こいつと最初の一本は、こちらが払うと請け合った。全額を奢《おご》るということはしない。そんなことをし始めたら、切りがない。ただ、今日のお礼にビール一本分くらいは持つ。その程度は礼儀だし、世間的な相場といったところだろう。

「お前さんもそうだったな」新しい一杯を一気に呑み干して、親方は言った。「最初にここに来た時ぁ、今のトンビ君みたいだった。血気盛ん、という奴だったな。直ぐに感情が剝《む》き出しだった」

「いやぁ、ははは」頭を掻《か》くしかなかった。今戸土建の社長と同様、過去を知っている人間にはどうしても弱らされてしまう。懐からメビウスを取り出し、銜えて火をつけた。

「昔のことはもう勘弁、です。居たたまれなくなっちまう」

「お互い様だよ。あの頃ぁこっちだって若かった。直ぐにカッと頭に血が上った。喧嘩《けんか》は絶えなかった。だからタノやんに対しても、偉そうに言う資格はねぇよ。少なくとも長年、この街にいる者は誰でも、な」

親方の言う通りだった。私は3山。つまり山谷出張所に最初に着任したのは、平成三年である。職安に就職して四年目。何度も希望を出し続けた甲斐《かい》あって、遂《つい》に叶った人事異動だった。

実は職安に入るまで、こんな職場があるなんて夢にも思わなかった。研修で来て、初めて知った。そして知ってしまうと、もう居ても立ってもいられなくなった。若い血潮が燃えた。職を求める者に少しでもいい条件の職場を紹介するのが俺の仕事だ。それでこそ職安で働く意味があるというものじゃないか、と思い定めた。親方も言った通り、あの頃は私も若かったのだ。

ところがさすがに、就職して直ぐにここに着任ということはまずない。何と言っても職安の中においても、特殊な仕事なのだ。だからまずは一般の業務に就かせ、職安行政に慣れさせる。異動はそれからだ。本人の資質も確認しなければならない。こいつならば大丈夫だろうという判断になって初めて、この出張所に赴任させる。だからどんなに早くても、行けるのは就職三年目くらいからだった。

漸《ようや》く念願の叶った私は、張り切った。鼻息荒く、職務に取り組んだ。また当時は、バブル景気の終わったばかりでまだまだ経済には活気があった。建設現場の求人も大量に舞い込んだ。仕事はいくらでもある時代だったのだ。

朝、寄り場のシャッターを開け始めると労働者は、床との隙間《すきま》を潜り抜けるようにして入って来る。我先に、と雇用保険被保険者手帳、通称〝白手帳〟をカウンター目掛けて投げて来る。私たち職員は仕切りのこちらに落ちた手帳を拾い上げては、「はい、○○さんはこっち」「××さんはあっち」という風に仕事を割り振る。全ては流れ作業だった。機械的に割り振って行かねばとても捌《さば》き切れるものではなかった。

労働者だって「俺はあっちの方がいいな」などと逡巡《しゅんじゅん》している暇なんてない。モタモタしていたら他の奴に取られてしまう。気がつけばその日の仕事にアブレていた、なんて羽目に陥っているだけだ。だから割り振られた職場が多少、気に入らなくとも飛んで行く。職員と労働者、まさに戦場のような慌ただしさが毎朝、繰り広げられていた。

ところが日が経《た》つにつれ、バブル崩壊の影響が目に見えて現われ始めた。求人が坂道を転げ落ちるように減って行ったのである。

労働者はまだ若く、元気がある。意欲もある。なのに、仕事が来ない。働きたくとも、その場がない。

「どうしたんだよ、仕事は」怒号が飛び交った。「俺達に働くな、って言うのか。求職者に仕事を与えるのが職安じゃねぇのかよ」

「仕方がないでしょう」言い返したってしょうがない。今なら、冷静に判断していることだろう。頭に来ることがあったとしても、抑えて口を噤《つぐ》んでいるだろう。なのにあの頃は、私も若かった。ついつい反論していた。「求人が来ないのでは、回しようがない。職安は仕事を紹介するところであって、作るところじゃないんです。求人するのはあくまで、企業。こっちじゃないんですから」

お陰で直ぐに口論に発展した。

「何だとこの野郎」「税金で食ってる公僕が、俺達に偉そうに意見しようってのか」「何もしなくたって給料もらえる、お前らとは違うんだ。こっちぁ一日、働かなかったら今夜の飯も食えねぇんだぞ」

揉み合いになりそうなのを、慌てて先輩に止められるのもしばしばだった。そう、親方の言う通りだ。私にトンビを笑う資格はどこにもない。いや、彼よりずっと酷《ひど》かった。労働者も血の気が多く、暮らしへの切実さも強かった。こちらをからかう、なんて余裕はなかったのだ。ちょっとした諍《いさか》いの次は即、喧嘩だった。

「あんたも俺も歳をとった」親方がしみじみ言った。「とてもあの頃みたいに、血の騒ぐままに暴れるなんて真似はできない。気力すら湧《わ》かない。食もほれ、こんなに細くなってしまった」

つまみとして頼んだのはモツの煮込みとマカロニサラダ、ハムカツにお新香といったところだった。昔だったら成程、これで満足できたわけがない。一人分でもこの倍以上は注文していたろう。だが今は、つまみとしてはこの程度で充分なのだった。酒が進んで来ればもう二、三品あっさりしたものを追加すればいい。

「こいつも、ですね」私は銜えていた煙草を手にとり、掲げて見せた。「昔はこんなのじゃない。もっと強い煙草を吸っていた。粋がってた部分もあったかも知れませんね。軽い煙草なんて吸えるか、なんてね」

「お前さん、昔は缶ピース専門だったたな」

「今じゃもう、あんな強い煙草はとても無理ですよ。頭がクラクラしちまう。だったらいっそのこと、煙草を止《や》めればいいんですけれど。女房からもブツブツ言われ通しなんですけど、どうしてもこれだけは止《や》め切れない」

親方は昔からずっとゴールデンバット一本槍《いっぽんやり》ですね、と振るとこいつは強い弱いじゃなくただ安いからというだけさ、と笑った。

「あんたや俺だけじゃない。この街も歳をとった」煙をフーッと吐き出して、親方が言った。「昔のように戻ることはあり得ない。だからお前さんもいい加減、忘れていいんじゃないのかな。勿論《もちろん》こうして積極的に街に出て、俺達に親身に接してくれるのは有難ぇが。それでも何度も言うがあれは決して、あんたの責任じゃない。重荷に感じるのはもう止《や》めて、もっと気楽な生き方を選んでいいんじゃないのかな」

親方はよく知っている。

そう、当時この街もまた若かった。国全体の景気が減退して行く中で、気力と体力だけは未だ漲《みなぎ》っていた。

その中で、あれが起こってしまったのだ。私を生涯ここ山谷《ヤマ》に縛りつけることになる、あの事件が。

4

厨房から出て来る人影があった。黒い服に身を包んだ、野上丈彦《のがみたけひこ》牧師だった。

「やぁ、神父さん」親方が声を掛けた。右手にはシガレットホルダーがあったので、左手を挙げた。「お疲れさん。あんたも一杯、つき合って行かんかね」

「神父じゃない、牧師です」歩み寄って来て、苦笑した。「なかなか覚えてもらえませんね、八重山さん」

「神父も牧師も一緒だろうに」

「違いますよ、何度もご説明したでしょう。神父はカトリックの司祭で、私共プロテスタントは牧師なんです」

「だからそのカトリックと、プロ……何とかとの区別が何度、聞いても分からねぇ。分からねぇんだから一緒も同然ってことさ。そもそもが同じキリストの神に仕える身、ってことぁ変わらねぇんだろうが」

「まぁまぁ、いいでしょう」苦笑は浮かんだままだった。温かさが滲み出ていた。「全く敵《かな》いませんねぇ、八重山さんには」

ここ、『めぐみ食堂』は『恩寵《おんちょう》のひかり』というキリスト教の団体が運営している。慈善事業の一環ということで、お陰でここの値段は本当に安い。ギリギリに抑えられている。この街の労働者にとっては有難い食堂なのだった。早朝から開いているため彼らの行動時間に合わせて利用し易い、という利点もある。ただそれでも、失業が続けばここにも入れなくなってしまうのだが。野上牧師はその『恩寵のひかり』山谷教会を、十年前から任されていた。だから私も二度目の赴任時から、よく知っていた。

「とにかく」親方は牧師に言った。「一杯つき合ってくれ、ってんだ。俺達はこいつを呑み終えたら、ホッピーに切り替えようと思ってたとこだったが。あんたもそうするかぃ」

「いえ」小さく首を振りながら私の傍らに腰を下ろした。「ではお言葉に甘えて、一口だけお呼ばれしましょう。そのビール瓶に残った、最後の一口だけ」

私達用にホッピーを二セット注文し、牧師と三人で乾杯した。

「聞いたんだ」コップの半分ほどを一気に呑み干して、親方は言った。「一週間前《め》ぇ、マサの野郎が神父さんに助けられたってな」

「あぁ、あんなのは何でもありません」牧師はグラスの縁に少しだけ口をつけて、言った。薄い微笑みは浮かべられたままだった。「ただあの夜、路地を覗き込んだら坂巻《さかまき》さんが倒れているのが見えたので。どうも呼吸の具合がおかしかったので咄嗟《とつさ》に、救急車を呼んだのです。そうしたらやはり急性アルコール中毒の一歩、手前だったと。まぁ判断が間違ってなかったことだけは幸いだった、と言っていいでしょう」それに、とつけ加えた。「それに神父ではありません、牧師です」

「神父だろうが牧師だろうが関係ねぇ、ってんだろうが。とにかくあの夜は、この季節にしても酷《ひで》ぇ冷え様だった。ただ寝てただけでも身体ぁ壊してたに違《ちげ》ぇねぇ。そこに、急性アル中と来た。神父さんが見つけてくれなかったらまず、マサの野郎は命を落としていたろうよ」

「危なかったところを助けることができたのは幸いでしたが」神父ではなく牧師です、と訂正して続けた。「それよりもお医者さんが、心配してました。身体のあちこちに傷がある、と。打撲傷の痕《あと》が認められるが、何か思い当たることはないか、と」

「あぁ」親方は首を振った。銜えていた煙草をホルダーごと灰皿に置いた。牧師を前にして初めて、真剣そのものの表情になっていた。「そいつについちゃぁ、心当たりがある。何とか止《や》めさせようとぁしてるんだが。俺の力不足もあって今んところ、上手《うめ》ぇこといってねぇ」

「八重山さんが何も彼《か》も引き受けることはないですよ。この街でそんなことをしようとしたら、潰れてしまう」

「俺一人でできるとぁ思っちゃいねぇよ。そこまで自惚《うぬぼ》れるほど馬鹿じゃねぇし、それくらいの経験は積んで来てる積もりだ。ただ何とか周りの協力も仰いで、上手ぇこと持ってけねぇかと思ってるんだが、なかなか」言葉の最後の方は小さくなって、消えた。大きくなったのは首の振りだけだった。

「問題の多い街です、ここは」

「それだけは間違いねぇな」再びシガレットホルダーを銜えた。「ここから問題が消え失《う》せることだけは、金輪際あるとぁ思えねぇ」

「無力感に苛《さいな》まれるのは私も一緒ですよ」牧師も合わせるように首を振った。「神はどこまで我々に試練をお与えになるお積もりなのか。お恨みしたいような思いに駆られそうになります。この街にいると、特に」

さてご馳走《ちそう》様でした。立ち上がろうとする牧師を、親方が「まだいいじゃねぇか」と制した。「マサを助けてくれたお礼だ。もうちょっと奢らせてくれよ」

「これから教会の本部に行かなければならないのですよ」牧師は言った。大き目のセカンドバッグを掲げて見せた。いつも片手で抱えるようにして携帯している、黒革製のバッグだった。「届けなければならない、書類もありまして」

「そん中にゃぁ」親方がニヤリと笑った。真剣な表情はこれで打ち切りのようだった。

「ここの売り上げも入ってるんだろう」

「まぁ、微々たるものですが、ね」

ここの値段からすれば一日の売り上げなど、確かに僅かなものだろうと推察された。牧師は山谷教会の責任者として、『めぐみ食堂』の管理も任されている。ただし厨房は元労働者の中から調理経験のある者を雇って働かせており、自身は運営全般を監督しているようだった。

「それでもここの住民からすりゃぁ、それなりの額だ。掠《かす》め取られねぇように外を歩く時ぁ、気をつけとくこった。神父さんだからって盗みを躊躇《ためら》うような優等生は、この街じゃぁ滅多に見られねぇ希少種だからな」

「大丈夫」牧師も笑みを悪戯っぽく切り替えると、再び右手を掲げて見せた。バッグには革製の丈夫そうな輪っかがついており、手首がその中に通されていた。これでは背後から走り寄って奪い去ろうとしても、なかなかに難しいことだろう。「私もこの街に来て、何年になると思われます」それに、とつけ加えた。「それに私は神父ではなく、牧師です」

親方と『めぐみ食堂』を出、泪橋の方へ向かおうとしていると呼び止められた。今日は本当によく声を掛けられる日だ。一日を振り返りつつ、思った。朝はアークのトメさんで夕刻はこの親方、そしてまた、と来た。本日、悪戯電話トラブルの当事者の一人、タノやんこと田野畑だった。

三人で車座になって道端に座り込み、酒を酌み交わしていたところだった。今夜はここ数日の中では確かに、暖かい。一日、晴れ渡っていたお陰だろう。風もなく野外の宴席を設けても、久しぶりに寒い思いをしなくて済む。見ると吉野通りを渡った斜め向かいの路地でも、座り込んで呑んでいる一団がいた。

「今日は本当に済みませんでした、オヤジさん」田野畑が立ち上がって頭を下げた。「ついつい、カッと来て迷惑を掛けた。そちらの事情は重々、分かってた筈なのに。どうも俺、腹掻く《はらか》(腹を立てる)と見境ののぅなってしまうところのあって。済んまっしぇん」

「まぁまぁいいですよ、田野畑さん」笑みを浮かべて手を振った。「非はこっちにあったんだ。怒られても仕方のないところだった」

一緒に呑もうと誘われて傍らに腰を下ろした。ワンカップを突き出されたのでその分は払うと主張した。田野畑はお詫《わ》びの証《しる》しだと言うが、これだけは譲れない。今日のトラブルについてはやはり、悪いのはあくまでこっちだったのだ。

「それに丁度よかった。貴方に伝えたかった、朗報があるんですよ」共に加わった親方も交えて、乾杯した。一口、ぐっと呑み込んでから切り出した。「実は今日の昼間、今戸土建に行って来たんです。事情を知ったら社長が、それなら三日後に本当に護岸工事の仕事がある、と。橋梁とまではいかないが水門の高所作業もあるし、せっかくなので田野畑さんに『代否』で指名求人を出そう、と」

「本当ですか、そりゃ有難い」田野畑は興奮を隠さなかった。なのに今日、土木関係の求人が次にいつ来るか分かったものではない、などと侮辱するようなことを言って申し訳なかった、と頻《しき》りに済まながった。「やっぱりこりゃ、お礼だ。一杯は奢らせて下さい。さ、さ、親方も」遠慮するのに苦労させられた。

本当にこのように、芯《しん》はすっぱりと竹を割ったような性格なのだ。激昂すると始末に負えないが、基本的にはつき合い易い男であることは間違いない。だからこそこうして、宴会のメンバーには事欠かないのだろう。

実はそのことで一つ、さっきから気になっていたことがあった。私と親方が参加する前、共に呑んでいたのは三人。一人は関西出身の陽気な中年男〝ニイやん〟こと茎原新二郎《くきばらしんじろう》だが、そちらはいい。問題は、もう一人の方だった。

「さっきまでこのノブさんと、そこの『めぐみ食堂』で一杯やってたんだが」親方がシガレットホルダーで食堂の方角を指しながら、言った。どうやら私と同じく、気になっていたようだ。「神父さんがいたんで話したよ。おぃマサ。お前ぇ一週間前《め》ぇ、神父さんに助けてもらったそうじゃねぇか」

そう。もう一人とは先程、話に出た〝マサ〟こと坂巻雅道《まさみち》だったのだ。親方の言葉にもまともに返事することなく、ただ何度も軽く頭を下げながらヘラヘラ笑うばかりだった。いつもこうなのだ、この坂巻は。特に酒を呑むと、酷くなる。到底、会話など成り立たなくなる。

「急性アル中の一歩、手前で病院に運ばれた。まさに神父さんに命を救ってもらったようなものだが、そいつぁいい。呑み過ぎて失敗しちまうってのは俺達だって、いつでもやり兼ねねぇことなんだからな。お前ぇに意見なんて言えやしねぇ。ただ、問題は、だ」

「そこなんですわ、親方」坂巻の身体にあちこち残った打撲傷を医者が気にしていたらしい、と聞いて茎原が頷いた。空いたビール缶に煙草の吸い差しを放り込んだ。「さっきもこいつ、そこで」

脳裡《のうり》にあることは誰もが同じだった。坂巻の頬《ほお》はちょっと見ただけで分かる程、真っ赤に腫《は》れ上がっていたのだ。一週間前、医者が気にしたという昔の打撲傷ではない。明らかに今し方、殴られたばかりという傷痕だった。それだけではない。右手の甲には火傷《やけど》の痕も見受けられた。恐らくは煙草の火を押し当てられたものだった。

「あいつらたぃ」田野畑が通りの向こうで車座になっている一団を、顎で示した。銜え煙草の煙がそれと共に横に棚引いた。「全くあいつら、タチが悪いったらなかばぃ。何かっちゅぅとマサばオモチャにして、これよ。あんまり目に余ったけん、俺が」

田野畑の言った通り坂巻は、タチの悪い住民にとってオモチャのような存在だった。一緒に酒をつき合わせる。そこまではいい。ところが突然、殴りつける。時には煙草の火を押しつけたり、熱湯を掛けたりする。痛がったり熱がったりしているのを見て、ゲラゲラ笑うのだ。要は酒のつまみ、憂さ晴らしのようなものだった。体内に積もった鬱憤を、ぶつける当てもないため弱い立場の者に向けるのだ。

坂巻も酷い目に遭わされて、逃げるなりすればいいのだが、しない。言われるままにつき合わされ、何をされてもヘラヘラ笑っている。殴られれば悲鳴を上げて倒れるが、起き上がるとまた卑屈に頭を下げる。酒のつまみ、という自分の立場を受け入れてしまっている。先程もそうして暴行されていたため、見るに見兼ねて田畑がこちらに引っ張って来たもののようだった。

「おぃマサ。こんなことばかりしてたらお前ぇ、命がいくつあっても足りゃぁしねぇぞ」

親方が説教を始めた。横で聞きながら私も、煙草の吸い差しを空き缶に放り込んだ。じゅっ、という音が妙に大きく耳に残った。「大方こねぇだ、急性アル中になり掛けたってのも誰かに無理やり呑まされたせいじゃねぇのか。お前ぇ、いつまで皆のオモチャでいる気だ。酒のつまみでいる気だぃ。いい加減に自分で何とかしようとしねぇと、本当に死んじまうぞ」

だが暖簾《のれん》に腕押し、という奴だった。親身になっての説教にも、坂巻はヘラヘラ笑っているだけだった。会話が成立しない。こんな男が相手では、どうしようもない。

要は坂巻は、酒が欲しいのだろう。殴られようと熱湯を掛けられようと、呑めさえすればいいのだろう。つまみの立場に甘んじれば、酒を奢ってくれる。煙草も分けてもらえる。

どんなに酷い目に遭わされようと、呑めるという目的さえ果たせれば満足なのだ。少なくとも彼を見る限り、そうとしか思えない。どれだけ詰問《きつもん》しても笑うばかりで答えないのだから、こちらとしては推察する他ないが。

何とか止《や》めさせようとぉしてるんだが、俺の力不足もあって今んところ上手《うめ》ぇことといってねぇ。先程、親方が牧師に零《こぼ》していた言葉が蘇《よみがえ》った。本人に対処する気がないのだから、説き伏せようとしたところで何にもならない。今も見た通りだ。

ならば周りを巻き込むしかない。こんな酷いことはするな。周囲を説得するしかない。

しかし、なかなか功を奏しない。タチの悪い奴。言うことを聞かない奴というものはどんな集団にも必ず存在する。一時は控えた振りをして見せても陰に隠れて、変わらず坂巻を酒に誘い暴行するだけだ。あぁした連中を根絶するのはまず不可能と見るしかなかった、悲しいことに。

「まぁまぁ、その辺にしときまひょ」茎原が割り込んだ。新しい煙草に火をつけ、深々と煙を吸い込んだ。「何か言ぅたところでこのマサが、まともな反応するこたおまへんねんから。言うだけ、けったくそ悪ぅなるだけですわ。さぁさぁ呑みまひょ、呑みまひょ。気分直しや」

「まぁ精々、俺達が目ば光らしときますよ」田野畑が言った。「さっきのようにこいつが酷い目に遭ってるとこ、見掛けたら引き剝《は》がす。それしかなかでしょ、今んとこ」

ただ何とか周りの協力も仰いで、上手ぇこと持ってけねぇかと思ってるんだが、なかなか。もう一つ、親方の言葉が蘇った。確かにできることは田野畑のような男に頼んで常日頃、気をつけておいてもらうくらいしかない。無力感に苛まれる、という野上牧師の声も生々しく胸に響いた。

と、「おぉ、何やあいつ」茎原の声に我に返った。「まだ働いとるんか。ご苦労なこっちゃで、全く」

見ると遠くの方で、リヤカーを引いている人影があった。荷台には大きなビニール袋が幾つも積まれているのが見えた。自動販売機の横に置いてあるゴミ箱などを回り歩き、空き缶を集めて業者に売っているのだった。

「あれ、誰だ」親方が尋ねた。銜えたままのシガレットホルダーが大きく揺れ動き、伴って煙も乱れた。「この歳じゃ目が利かなくなって、離れると顔も見えねぇ。こう暗くなっちゃぁ、尚更《なおさら》だ」

「あいつですよ、ほら」田野畑が答えて言った。吸い掛けの煙草を口から取り、南の方角を指した。「ここ二年くらいで、山谷《ヤマ》に住み着いた奴ですよ。あっちの、山谷堀公園にハウス構えてる」

飯樋だった。夕刻、今戸土建の帰りに訪ねてみたが留守だった男だ。寄り場でいい職にありついていればいいが、と思ったがどうやら無理だったらしい。昼間からあぁして、空き缶を集めているのだろう。業者に売っても一個、一円くらいにしかならない。労力の割に実入りはあまりに少ない。仕事にありついていたのならまず、やる筈はないのだった。「自転車があればまだ、えぇのにな」茎原が言った。フーッと長く煙を吐き出した。「自販機を効率的に回れる。しやけど歩きじゃ、しんどいで。一日、回っても大した距離は稼げへん」

「ニイやんあんた自転車、持っとるやっか」田野畑が言った。「今日は仕事にありついたとやけん、自転車は使わんやろ。あいつに貸してやったらよかやないか」

「そら向こうの方から貸してくれ、て言ぅて来るんやったら貸さんでもないで。俺にかて親切心くらいあるさかいな。でも何かあいつ俺らと距離、空けよとしとるやろ。バリヤーみたいなモンこさえよとしよる。そんな奴にわざわざ、こっちから貸したろかとは言えへんで。向こうから頼んで来るんならともかく。こっちかてカツカツでやっとんや。無差別に親切、バラ撒《ま》くほど余裕ないわ」

「まぁ」田野畑も煙を長く吐き出した。「そりゃ、そうたぃなぁ」

親方は何も言わなかった。ただ困ったものだ、という風に腕を組んだ。硬く嚙《か》まれたシガレットホルダーは、今度は微動だにしていなかった。

リヤカーを引いて遠ざかって行く飯樋の姿を眺めながら、思った。坂巻は酒のつまみに徹することで、皆に受け入れてもらう路《みち》を選んだ。大きな痛手は伴うものの、曲がりなりにも仲間の輪に入ることだけは叶った。

彼はどうなのだろう。いつか周りと距離を措くのは止《や》めて、近づいて来ることはあるのだろうか。〝山谷《ヤマ》の住民〟として定着する日は来るのだろうか。

あの事件のせいでこの街を離れることができなくなった、私のように。

ここは最果ての街。行くべき場所を失った根無し草が、最後に流れ着くところなのだ。

5

お前の名前を見ると、この街に来るべくして来たみたいだなぁ。遠い昔、先輩から言われた言葉が耳の中で響いた。冗談として口にされたのだ、分かっている。しかし実際に、私はここに居着いてしまった。今となってみればあれは、予言のようなものだったのか。皮肉な思いにふと駆られる。

先輩の言葉など思い出してしまったのは、事件の報を聞いたせいだった。

親方らと呑んだ翌日、出勤してみるとどうも街がざわめいている。気づかない私ではない。同じ感触だった、あの事件があった時と。何かあったな、と悟った。もしかして今回も、と予想すらついた。

「殺人事件みたいですよ」所に着くと労働第一課長のナオさんが教えてくれた。殺人事件、やはり。あの時の感触と同じ。私の第六感は、間違ってはいなかったのだ。「ホームレスが殺されたって。それもどうやら、うちに登録していた労働者らしいんですよ」

　更に悪い予感が、胸の底に湧いた。聞いてみると、案の定だった。事件現場は山谷堀公園、ブルーテントの前に死体は横たわっていたという。殺されたのはあの、飯樋だったのだ。

　昨夜、空き缶をリヤカーに積んで歩き去って行く後ろ姿が脳裡に浮かんだ。彼も私のように、この街に定着してしまうのだろうか。勝手に思った。だが結果的に、そうはならなかったわけだ。最果ての街を通り過ぎ、この世ですらないところへ流れて行ってしまった。

　午後には刑事がやって来た。浅草寺《せんそうじ》警察署の刑事課に所属する二人で、年嵩《としかさ》の方の顔に私も見覚えがあった。殺人こそ最近では少なくなったものの、喧嘩沙《ざ》汰《た》は今でも絶えない。うちの労働者が当事者である事件も多い。ここの職場に勤めていれば、自然と警官達とも知り合いになる道理だった。日雇い労働者の組合団体に過激派が入り込んでいないか、と警備課の公安警察官も時おり見回りに来る。

「聞きましたか、事件のこと」所長室のソファに座ると、年嵩の方の刑事が切り出した。私が頷くと、続けた。「どうやら被害者は、ここに登録されていたらしいんですが」

「飯樋さんですね。知っています。もっとも言葉を交わしたことは、そんなにはありませんでしたが。どこか、人との交流を避けていたようなところがあったように思います」

「彼の住んでいたと思われるダンボールハウスに、遺留品は幾つかありました」

死体はどんな感じだったか。死因は何だったかなど具体的な情報は漏らしてくれない。少なくとも、公的には。容疑者が挙がった場合、犯人しか知り得ないことをもしポロリと零せば真犯人である可能性が高まるからだ。これを「秘密の暴露」という。だから尋ねられない限り捜査に関する中身は、できるだけ口を閉ざそうとする。刑事の本能のようなものだろう。たとえこちらが顔見知りであっても、だ。

まぁ今回のような事件であれば、周りにちょっと訊けば死因くらいは直ぐに突き止めることはできるだろう。この場では敢《あ》えて、質問は差し控えることにした。

「まぁ人一人、住んでいたにしてはあまりに少ないものでしたが」言いつつ、刑事は写真を取り出した。カードが写っていた。実物は一応、証拠として押収され調べられているのだろう。「その中に、これが」

「うちが彼に渡したものです」一瞥《いちべつ》して分かったため、認めた。「通称〝ダンボール手帳〟と呼んでます」

我が出張所に労働者として登録すると、被保険者手帳が発行される。ただし正式な〝白手帳〟を手に入れるには手間が掛かるため、手っ取り早く登録して仕事に行きたいという求職者らのために仮の手帳もある。それがこのダンボール手帳だった。名前に住所、輪番や生年月日など必要最小限の事項を記した紙と顔写真を、文字通り厚紙に貼っただけ。見るからに間に合わせ、といったものに過ぎない。

「職安行政では基本的に、可能な限り常用雇用を目指すのを原則とします」私は説明して言った。「だからここの窓口にいきなり現われて、日雇いで働きたいと言われる方があったとしてもまずは浅草のハローワークに行ってみられては、と勧めます。特にまだ若く、体力もありそうな人であれば。先は長いんですから長期の雇用を求めてみないか、と説得するわけです。最近では東京オリンピックの特需か、建設関連の景気もいいみたいですしね。それでも、どうしても日雇いで働きたいという希望者はいます。そうなれば我が方としても『駄目です』とは言えない」

「そういう時、まずはこれを発行するわけですな」

私は頷いた。「取り敢えず登録してもらい、体験させてみる。日雇いとは思った以上に辛《つら》いもの、と納得してくれれば改めてハローワークに行ってみるよう勧める。逆にやっぱり自分はこれに向いている。ずっと日雇いで働きたいというのであれば正式な白手帳発行、という段取りになるわけです」

「しかし、今回の被害者の場合」

質問の先は聞くまでもなかった。飯樋の場合うちに登録して、既に二年以上が過ぎている。「仮手帳」の段階はとうに超えているのでは、というわけだ。普通の感覚では確かにその通りであろう。

「白手帳を希望しない労働者もいるのです」私は言った。「正式な登録には、住民票を持って来てもらう必要があるので」

「やっぱりですか」刑事は溜息《ためいき》をついた。「ではやはり、ここは」ダンボール手帳の住所の欄を指差した。

「ここにあるのは簡易宿泊所の名前ですね。彼が申請書類に記したものを、そのまま写したに過ぎません」

簡易宿泊所の住所で住民登録し、申請して白手帳をもらう労働者はいくらでもいる。どこでもいいのだ、正式な住民票でさえあれば。極端な話、たとえ住んでいなくとも構わない。また申請時には住んでいたとしても、後に宿泊所を出て他所、あるいは野宿に移った者もいるだろう。そこまではうちとしてもフォローできるものではない。

ただ逆に言えば、申請時における限り正式な住民票でなければならない。簡易宿泊所であれ何であれ、住民票をいったんこちらに移さなければならない。

住民登録、特に自治体を越えて移動する場合は、前に住んでいた場所からの転出証明書が必要になる。前住所の自治体に出向いて、転出届を出さなければならない。逃げるようにしてここへ来た者からすれば、かなり厄介な手続きが要るわけだ。

おまけに正式に登録すれば、記録に残る。どこからどこに流れて来たか、追及の手掛かりを作り出してしまう。だから例えば家族から逃れて来たような男であれば、住民票を移すのはどうしても躊躇う。今、どこにいるのか家族に知られてしまう事態は何としても避けたい。そういう場合、白手帳にすることはなくいつまでもダンボール手帳のままということになる。

「そうですか」刑事はもう一度、重い溜息をついた。「では、この住所から追おうとしても」

「何も出て来はしないでしょう。そこに書かれた住所に住民登録されているとは思えない。避けたいからこそ、彼は二年間その手帳のままだった筈ですから」

刑事達はこの後、一応は区役所に行ってみるのだろう。住民登録などまずされてはいまい、と分かっていても確認は怠れないのだろう。捜査の原則には従わざるを得ない。十中八九、無駄足と知った上で。彼の溜息の意味は訊くまでもなかった。同情に似た思いが湧いた。

「所長さん」若い方の刑事が口を開いた。「貴方は普段から街へ出向き、広く労働者達と接していると聞きました。何か耳にされたことはありませんか。被害者がどこから来たか、とか。元は何をやっていたか、とか。何か手掛かりになるような噂《うわさ》を、聞かれたことは」

私は首を振った。「先程も言ったように、どこか人と接するのを避けているようなところがある方でしたので。事件と聞いてからちょっと、記憶を辿《たど》ってみたのですが。やはり彼についての噂など、耳にした覚えは殆どないんですよ」

「それでも中には誰か、親しかったような労働者は」

もう一度、首を振るだけだった。「それはいたかも知れない。何と言っても二年以上、この街に暮らしていたんですから。ただし私は、聞いた覚えはちょっとありません。ここで尋ねられても、答えることができません」

あ、と思いつくことがあった。そう言えば逆に、とつけ加えた。「彼があの公園に住むようになったのは、他の労働者と揉めたからだと聞いた覚えがあります。だから人気《ひとけ》のない、あんなところにハウスを構えたのだ、と。親しいのとは逆で、喧嘩した噂なら」確か揉め事のあった場所は、そこの玉姫公園だった筈だと情報を伝えた。

「ははぁ、成程なるほど」刑事が手帳にメモをとった。「そういう話なら、聞き込んで行けば分かるかも知れませんね。被害者と揉めたのが誰と誰だったか、とか」

しかし喧嘩があったのは確か、もう一年余りも前のことである。自分で持ち出した話題ながら、先行きは暗かろうと認めざるを得なかった。調べれば、喧嘩した相手が誰と誰だったかまでは突き止められるだろう。ただそれが犯人である可能性としては、どうだろうか。

一年も前の揉め事がぶり返し、殺人にまで至ったという事態もないこととは言えまい。何かの弾みで怒りが再燃し、ということだってあり得ないではない。特に、この街においては。だがあまり期待を掛けられる仮説ではあるまい、と私にも思えた。それでも一応、追及してみなければならない。刑事の仕事にもう一度、同情の念を覚えた。お邪魔しました、と彼らは帰って行った。背中がどことなし、小さく見えた。

暫く待って、所を出た。マンモス交番に赴いてみた。

覗いて見ると、親しい警官が中にいた。戸田《とだ》公義《きみよし》巡査部長。ここの勤務が長く、私ともすっかり顔馴染みだった。事件捜査の刑事とだって顔見知りになるような仕事なのだ。交番の警官となら尚のこと、である。街のあそこでこういうことがあった。労働者の間でこんな揉め事があった。職務上、入り用となる情報で重なるものは多く、しょっちゅう顔を合わせる。情報交換をする。互いの職場に通い合うような間柄だった。特にこの戸田巡査部長は仕事に熱心で、頻繁に街をパトロールしているため外で顔を合わせることもよくあった。

「さっき漸《よう》く現場保存の任を解かれましてね」巡査部長は言った。鑑識の係員が調べている間は、現場に人が近づかないよう周囲を固めておく必要がある。その仕事がやっと終わったということだろう。「昨日から『当務《とうむ》』の班は、気の毒ですわ。死体が発見されたのは今朝方でしたので。眠い目を擦《こす》りながら、任務に就いてました」

「当務」とは二十四時間勤務である。午前九時から翌日の同時刻まで、徹夜で交番に詰めなければならない。なのにもうちょっとで解放という朝方になって、死体発見。そうとなれば「では時間になりましたので」と帰るわけにもいかない。現場保存の要員として、引き続き仕事に当たらなければならない。眠い目を擦りながら、というのはそういう意味だった。

「それで」私は尋ねた。「どういう状況だったんです」

「新聞配達のお兄ちゃんが発見したようですな。山谷堀公園を通っていて、ダンボールハウスの前に人が倒れているのを見つけた。それで慌ててここに自転車で乗りつけて、通報したということらしいですよ」

「死体は、どういう」

「私らは現場の周辺を固めておったので、詳しいことは分かりません。ただどうやら漏れ聞いたところによると、ナイフで刺されたような傷がいくつもあったようですね。それから、後頭部に殴られた痕もあった、とか。恐らく殴って気絶させた上で、刺し殺したということなんでしょう。明確な殺意を持った上での犯行です。喧嘩の最中につい行き過ぎて、というようなものではなさそうです」

先程、所を訪ねて来た刑事は死因その他について何も教えてはくれなかった。こちらも訊かなかったのだから、それはいい。どうせ後でこうして、戸田に尋ねればいいと思っていたのだ。向こうから進んで漏らす情報ではないにせよ、親しい間柄になっておけば訊けばこうしてスラスラ答えてくれる。

「ホームレス狩り」ついつい、言葉が口を衝いた。時おり不良少年などが、ホームレスを襲うような事件が起こる。死に至らしめてしまうこともある。いかにも彼らがやりそうな犯行に思えたのだ。

巡査部長は頷いた。「状況から見れば、一番ありそうに思えますなぁ。上の方もどうやら、そう見てるんじゃないでしょうか。最近、こっちの方じゃそうした事件は起こっとらんでしたが。まぁ、いつまでもゼロというわけにもいかんのでしょうな」

これだけホームレスがいる街なんですから、との言葉を飲み込んだようにも見えた。確かに不良少年たちが暴力の矛先を、いつこちらに向けて来たとしてもおかしくはない。何と言っても彼らにとっての〝獲物〟は、選り取り見取りなのだ。逆にこの街の場合、多過ぎて人目があり襲い難《にく》いという側面もあるのかも知れないが。飯樋はそのメリットすら生かすことはできなかった。自分から人目を避けていたのだから、不良少年からすれば襲ってくれと言っているようなものだろう。まぁあくまでこれが「ホームレス狩り」だったと仮定しての話ではある。

いずれにせよこれ以上、考えを巡らせたい方向でもなかった。さっきうちにも刑事さんが来た、と話題を換えると巡査部長は頭を掻いた。「いやぁ実は、所長さんの名前を出したのは私なんですわ。遺品から例のダンボール手帳が出て来ましたんで、ね。それなら労働出張所の所長さんを訪ねてみられるといい。普段から街へ出向いて労働者達と接している人だから、何か聞いた噂でもあるかも知れませんよ、と進言しといたんです」

そうか、と思い至った。若い刑事の言葉を思い出していた。年嵩の方とは顔見知りではあったが、私がいつも街を出歩いていることまでどうして知っているのだろう、と気になっていたのだ。

何か、ご迷惑を掛けるようなことでもありましたかな。巡査部長が気にし出したので、いやいや、と手を振った。「せっかく来てもらったのに何のお役にも立つことができなかった。申し訳なかった、という思いが募るだけです」

刑事との遣《や》り取りについて説明した。無駄足と分かっていながら一応は確認しなければならない。大変な仕事ですなぁと感想を漏らすと、今度は先方がいやいや、と手を振る番だった。

「ここだけの話。捜査員としては追い掛ける材料が少なくて、ホッとしとるのが本音ではないですか、ね。家族が分かったりするとまた、一応そちらにも聞き込みに回るなどあれこれ追及する方向が増えてしまう。ところが今回の被害者は住民票もこちらに移しておらず、どこの何兵衛だったか突き止め様がない。身許不明者が多分ホームレス狩りに遭ったということで、恐らく決着。犯人が見つかることもまぁなかろう、と上の方も踏んどるんじゃないでしょうか。もし万が一、見つかったら儲《もう》け物くらいに諦《あきら》めとるんじゃないでしようか」

先程の刑事達の様子を思い出した。住民票を挙げようとしてもまず無駄。分かった時についたあれは、溜息ではなかったのか。面倒なことにはならずに済みそうだと知って、ホッと吐いた息だったのか。私としては前者だったと思いたいのだが。巡査部長に言われてみると、成程ありそうだという気にもさせられた。

ともあれここまで内情を赤裸々に打ち明ける彼の開けっ広げさにも少々、戸惑いに近いものを覚えた。無難に、苦笑を返すくらいの反応しかできなかった。


交番を辞し、事件現場に行ってみた。全ての遺留物を一応、調べてみようというのだろうか。ブルーテントまでが丸ごと撤去され、ただ公園の無機質な地面が剝き出しになっていた。血痕もなく黄色いテープで囲まれていなければ、ここが殺人現場であったことすら分からないような有様だった。

お前の名前を見ると、この街に来るべくして来たみたいだなぁ。遠い昔、先輩から言われた言葉が再び耳の中に蘇った。

「だってそうじゃないか」先輩は言ったものだ。「深恒宣泰《みつねのぶやす》。三音英次《みつねえいじ》は『釜《かま》ヶ崎《さき》人情』を歌ったし、岡林信康《おかばやしのぶやす》は言わずと知れた『山谷ブルース』だ。大阪と東京。東西を代表する労働者の街を、歌った歌手の名をくっつけるとお前になる。字は違うけどな。やっぱりこりゃぁ、この街に来るべくして来た奴の名前ってことじゃないか」

冗談だった、分かっている。それでも指摘されて、ハッとしたものだ。単に職安行政の使命感に燃えて、ここでの勤務を希望し叶えられただけなのだが。本当に名前に暗示された運命が、自分をこの地に導いたのかもという気になった。

そうして実際、私はまだ留《とど》まっている。飯樋はただ通過しただけのこの街に。彼にとってはあの世への通過点に過ぎなかった地に、身も心も嵌《は》まり込んでしまっているのだ。

6

「あっ可愛《かわい》い。あなた、これなんてどう？」

「どれどれ。ほほぅ、水仙《すいせん》かぃ」

「球根の植えつけが九月から十月中旬。時期的にもう、ちょっと遅いかな。でも花が咲くのが一月から四月だって。寂しい冬のベランダでこんな綺麗《きれい》な花が眺められれば、きっと素敵じゃない」

「俺もいいと思うよ。店員さんを呼んで詳しく聞いてみよう。あ、ちょっと済みません。ちょっと、教えてもらっていいですか」

日曜日、妻と一緒にショッピングモールに来ていた。娘は就職し、息子も大学に進学済み。子供が両方とも親の手をほぼ離れた今、休日に時間がとれる時はできるだけこうして二人で過ごすようにしていた。妻、喜久子が中学校の吹奏楽部の顧問で忙しく、日曜も出勤することもしょっちゅうなため、尚更だ。私も彼女がいないとなれば、足は自然と山谷を向いてしまう。だから二人で過ごせる休日は、貴重な憩いの一時《ひととき》なのだった。

特に最近、共に凝っているのがベランダ・ガーデニングだった。と言っても胸を張れるような中身でも何でもない。たまたま興味を持って始めてみた、というだけだ。素人の悲しさ、植えてみては枯らすの繰り返しなのが実情である。まぁこうして試行錯誤している内、いつかはものになるかも知れないじゃないか。長い目でやっていればいい、と妻とは笑い合っている。それくらいの心構えで丁度いいと思っている。休日も家を空けることが多い二人なのだ。大して手間は掛けられないのだから、簡単に育てられる品種を選んで上手く育てば万々歳。たまの休みに花を愛《め》でられれば儲け物、くらいの積もりでやっていた。

大き目のプランターに植えていたペチュニアも十日ばかり前、枯らしてしまった。もっとも気づいたのはその日というだけで、萎《しお》れていたのはずっと前からだったのかも知れないが。

「あ〜ぁ。秋の終わりまで花が楽しめるって、期待してたのになぁ」

喜久子が土だけになってしまったプランターを眺めて、溜息をついた。先週の日曜のことである。学校には出掛けたものの早く帰ることができたので、夕食の支度に取り掛かりながらふとベランダに目を遣ったのだった。

私も読んでいた本を膝に置き、同じ方向へ視線を向けた。夕焼けの名残に照らされて、薄橙色《うすだいだいいろ》に浮かび上がったプランターの姿は確かに寒々しく映った。これから本格的な冬に突入する。意識すると寂しさがより一層、募った。

「来週はどうだい」食事をしながら私は尋ねた。「今度の日曜もやっぱり、部活があるのかい」

「いいえ。まぁ、今の段階で確かなことは言えないけど。多分、大丈夫と思う」

「じゃぁ休めたら、久々にいつもの花屋に行ってみないか。今からでも植えられる品種があるかも知れないし」

かくして今、私達はここにいる。我が家からこのショッピングモールへは、電車の乗り換え一回で来ることができる。免許こそ持っているものの互いに長年ペーパードライバーの二人は、今更ハンドルを握る気には毛頭なれない。マイカーなど言うまでもなく、ない。公共交通機関で来ることができるここは、とても重宝していた。

テナントとして入っている花屋も、我々のような初心者には有難い心配りが利いていた。この種や球根を植えたらどんな花が咲くのか。大きな写真で示してくれているので、イメージが湧き易い。いつ植えたらいつ頃に咲く、と「花カレンダー」をそれぞれに掲示してくれているのも大助かりだ。これから植えたらどんな花をいつ楽しめるのか。大まかなところを摑《つか》んだ上で、店員に説明を求めることができる。何も分からず、一から問い詰めたのではさすがに申し訳ないがある程度、把握してからなのでさして気兼ねせずに質問することができた。

結局この時は店員さんのアドヴァイスで、これから球根を植えても冬の開花は間に合うまいということで鉢植えのシクラメンを買い求めることになった。そもそもはプランターが空《から》になったため、新しいものを植えようと出掛けて来たのだが。まぁ素人趣味なんてこんなものである。想定とは全く違った結果に至ることが、ままある。

「どうしようか」鉢植えをぶら提げて、花屋を出た。「他に何か、買うものはあったっけ」

「こないだ、大皿を割っちゃったから新しいものを見てみようと思ってたんだけど。でもお花を抱えたまま、食器売り場をうろつくというのも何だわよね」

「俺は別に構わないよ。邪魔になるようだったらベンチのところで、お前を待っていてもいい」

「うぅん。やっぱり今日は止《や》めとくわ。別に急ぐわけでもなし。ちょっとした大皿くらいなら近所の、百円ショップでも買うことができるし」

それより夕食はどうしようかという話になった。今から帰れば家で作れないことはない。だが私は、首を横に振った。「久しぶりにせっかく、一緒に外に出たんだ。今夜は外食といこうじゃないか」

「わぁ、贅沢《ぜいたく》」ちょっと罪悪感、と言いつつ頬には嬉しそうな笑みが浮かんでいた。そう、これでいいのだ。胸の中で自分に言った。今日は久々の、奥さん孝行の日だ。「でもまだ早いし、ショッピングモールの中のレストランは止《や》めない？　どうせこういうとこに入ってるのは、どこにでもあるチェーン店ばっかりだし」

同意した。モールの敷地を出て、駅に向けて歩いた。十分くらいの距離だ。まだ夕陽が残っており肌寒さもそれ程ではなく、ぶらぶら歩くのは心地よかった。

京成《けいせい》本線に乗って京成船橋駅に出た。我が家の最寄りはJR総武《そうぶ》本線の東船橋駅である。十五年ほど前にローンを組んで、中古のマンションを購入した。こういう時、公務員の立場は便利である。勤め先が破綻《はたん》するリスクを想定しなくて済み、余程のことがない限り馘《くび》ということもないため銀行は快く金を貸してくれる。共済組合による住宅購入用の貸付制度もある。まだローンはかなり残っているが、既に住み慣れたマイホームだった。

JRと京成の両船橋駅は、ちょっと離れている。乗り換えでは外を少々歩かなければならない。以前は京成船橋駅は地上にあったため、踏切で車も人も大渋滞していた。高架化された今からは、想像もつかない光景である。

どうせ外を歩かなければならないのだから、と駅から程近い中華料理店に入った。前にも何度か使ったことがあるため、勝手も分かっている。まずは喫煙室に直行した。喜久子と半日、過ごしたためかなり〝禁断症状〟が出ていたのだ。肺一杯に吸い込んだ煙は、えも言われぬ美味《うま》さだった。じっくり味わってから妻の待つ席に戻った。

「私はもう選んどいたわ」メニューを私に差し出しながら、彼女は言った。咎めるような目にいつもながら気不味《きまず》さを覚えたが、これぱかりはどうしようもない。「ハマボウフウと干しアワビの炒《いた》め物。前に食べて美味《おい》しかったのを、忘れられないの。あなたは何にする」

「そうだなぁ。じゃ、酢豚。それから春巻きに、フカヒレのスープもどうだい」

「わぁ、豪華。どうしたの。そんなに、いいの」

「いいじゃないか、久しぶりの外食なんだから。それにここのスープはそんなにフカヒレ、入ってない代わりに値段もリーズナブルだ。たまにはいいさ」

生ビールで乾杯した。ごくりごくりと喉《のど》を鳴らして、大きく息を吐いた。ここのところ呑むと言えば親方ら山谷《ヤマ》の住民とばかり、が続いている。久しぶりに妻と味わう生ビールは、また格別だった。全く違う飲み物のように思えた。

「ハマボウフウと言えば」頼んだ料理が出て来たので、指差して微笑んだ。「元はと言えば俺達のささやかなベランダ・ガーデニングが始まったのも、そいつのお陰だったな」

「そうそう。そうだったわよね」

去年の夏だった。大学に進学した息子が、夏休みを利用して友達と海外旅行へ行くという。娘も仕事で忙しく、家には我々夫婦だけが残された。それじゃ俺達もどこかへ出掛けてみるか、と近場だが銚子《ちょうし》の温泉に行った。

今さら水着に着替えて海水浴という気分にもなれない。浜辺をのんびり散歩していると、砂地に白い花を見つけた。わぁ、可愛い。喜久子が顔をパッと輝かせ、屈み込んだ。

「あぁそれ、ハマボウフウですよ」海の家で働いている青年が、背後を歩き過ぎながら教えてくれた。客足が引いた時間帯には自分も泳ぐのだろう。真っ黒に日焼けしていた。地元の若者かも知れない。「食用にもなります。新芽を天麩羅《てんぷら》にすると、美味しいですよ」

食べられるって。妻と笑みを交わし合った。掘り返し、家に持って帰った。インターネットで検索し、レシピに従って新芽を天麩羅にしたり酢味噌《すみそ》で和《あ》えたりしてみたら、本当に美味だった。

食べずに残してプランターに植えた方は、あっという間に枯らしてしまったが。これを切っ掛けに、徐々に種々の植物が我が家のベランダを彩るようになったのだった。西陽が特に強く差す一角にはネットを張り、ゴーヤの蔓《つる》を這《は》わせてみた。今年は上手く実をつけさせられなかったが、来年こそはニガウリ料理をと密かに期待している。

「花を綺麗だって観賞したり、美味しいと言って食べてみたり。人間って本当に勝手だわよね」

「仕方ないさ。綺麗なのも美味いのも、否定のし様がない」

注文した料理を互いに取り合って、食べた。「あぁ、美味しい。やっぱりここのハマボウフウ、最高」

やはり共に出掛けて、よかった。嬉しそうに微笑む妻を見て、心から思った。

喜久子の少女時代は、幸せとはとても言えない境遇だったと聞く。彼女の父親は福島市内で不動産屋を営んでいた。事業を手広くしようと無理をして、多額の借金を抱え込んだ。返済に詰まって違法なヤミ金融にまで手を出してしまい、泥沼に陥った。

金を返すためだけに夫婦で一日中、働き通しだった。稼いでも稼いでも金利に消えるばかりで、元金を減らすにはなかなか至らなかったという。娘と共に過ごせる時間など、全くと言っていい程なかった。

「だから私、子供の頃は家で独りずっとテレビを見たり、お人形で遊んだりするばかりだったわ」彼女が以前、私に語ったことがある。「ご飯も母が朝に出掛ける前に作って行ったものを、温め直して食べるだけ。独りだけの食事って、最低。本当につまらないし、美味しくもないの」

必死で働いたお陰で何とか借金は返し終えることができたものの、過労が祟《たた》ったのだろう。両親ともすっかり身体を壊していた。結婚を申し込みに彼女の実家に行った時、実年齢を聞いて私も「えっ」と思った記憶が鮮明にある。それくらいやつれ果てていたのだ。結局二人とも、平均寿命に達するよりずっと早目にこの世を去った。苦労が命を削ってしまったのだろう。

「両親を見ていて私、だから思ったの。自営業なんて、絶対に嫌だって」

奨学金を得て、千葉大学の教育学部に進んだ。中学校教員養成課程を修めて卒業し、船橋市に採用された。晴れて公立中学校の教職員となった。自営業者から見れば確かに真逆の立場であろう。両親の失敗を見て思い描いた目標通り、彼女はこの上なく堅い職場を得たのである。私を生涯の伴侶《はんりょ》として選んだ背景にも、こちらも公務員という要素はあったのではなかろうか。面と向かって質《ただ》したことはないし、今後もする積もりは毛頭ないが少なくとも、皆無ということはあるまいと私は密かに思っている。

少女時代の反動は職業だけではなかった。家族と過ごす時間、というものも妻はとても大切に捉えていた。仕事は忙しいができる限り合間を縫って、私や子供達との一時《ひととき》を確保していた。その姿は見ていて、健気《けなげ》に感じる程だった。料理の際も手を抜くことは一切なかった。家庭における食事の時間が大事、というのも子供の頃に寂しい思いをした裏返しだろう。

子供が二人ともほぼ親元を離れ独立した今、彼女の大切な時間につき添うのは私しかいない。なかなか家に寄りつけないのは、お互い様。先日、親方との酒宴が決まって今夜は遅くなると妻に電話を掛けた時、自ら口にした言葉を思い出した。夫婦とも仕事があり、私生活を犠牲にしなければならないことも多い。だからこそ、共に過ごせる休日はこうして最大限に楽しむよう心しているのだ。ベランダ・ガーデニングという共通の趣味も得て、夫婦の憩いの機会を創り出しているのだ。

自分は恵まれている。しみじみ、思う。

山谷《ヤマ》の住民にはこんな幸せなど、夢見ようもない。彼らには家族と過ごす時間などない。究極の独り暮らしである。死ぬ時も孤独そのものである。これ以上、侘《わび》しい人生の終末もなかろう。

彼らにできるだけ寄り添うよう、私も努めている。少なくとも、その積もりではいる。が心底、一体化することはあり得ない。家に帰れば幸福な時間が待っているのだ。そんな人間に、彼らの気持ちにまで入り込むことなどできるわけがない。

飯樋の顔がふと浮かんだ。どこかからあの街に流れ着いた彼は、人との触れ合いを半ば拒否している内、誰かに殺されてしまった。死ぬまで独りだった、どころか最期は人の極限の悪意に晒される結果となった。何と悲しい生き様、そして死に様だろう。考えれば考える程、彼が哀れでならなかった。自分が幸せな分、後ろめたさのような感覚が湧いた。

「どうしたの」喜久子の声に我に返った。「何を考えてるの。何だか心ここに在らず、って感じだったけど」

「あぁ、いや」首を振った。今は妻と過ごす大切な時間ではないか。山谷のことなど考えている場合ではない。いくらあの街から離れられない身、とは言っても自分の全てを注ぎ込んでいるわけでもない。家族もまた、私の重要な一部分なのだ。「ご免ご免。ついつい余計なことを考えてしまっていた。さぁ、食べよう食べよう。せっかくのご馳走、存分に味わわなきゃ」

ビールを呑み干してしまったため紹興酒をロックで一杯、注文した。春巻きに箸《はし》を伸ばした。辛子を溶いた醤油《しょうゆ》につけ、食らいついた。カリカリに揚がった皮が心地よい音を立てて口の中で割れ、肉汁と椎茸《しいたけ》のダシが舌の上に溢《あふ》れた。あぁ、堪らない。本当にここの料理は、美味い。

もう一度、後ろめたさと共に飯樋の顔が頭に浮かびそうになった。纏《まと》わりつこうとするものを、必死で振り払った。

7

所長室に電話が掛かって来、何もなければ帰り掛けに一杯やらないか、と誘われた。十年、歳上《としうえ》の職業安定所の先輩だった。長年、親しくつき合ってくれる間柄でこうして酒を酌み交わすことも多い。名を万成保《まんせいたもつ》といった。今はハローワーク浅草で、統括職業指導官を務めていた。こちらはその出張所だから、仕事の上でも何かと関《かか》わりが深かった。

浅草所の周辺にも呑《の》める店はいくらでもある。だが近くの店に入れば、例えばハローワークへ求職に通っているがなかなかいい勤め先が見つからない、というような人に出くわさないとも限らない。そうなれば気不味《きまず》い雰囲気にもなり兼ねない。何だよあいつら、こっちにはろくな仕事も紹介できねぇくせに自分達だけは、楽しく遊んでやがる。妙な逆恨みを買ってしまう可能性だって、ないとは言えない。

だから上野《うえの》まで出ようという話になった。職場の近所で呑むのはこのように、仕事の性質上あまり好ましいことばかりとは言い難いのだ。山谷でも私は労働者と一緒にしばしば盃《さかずき》を交わすが、それは彼らの懐に入り込んでのことである。彼らがなかなか入れないような店に、こちらだけ通っていてはやはり反感を買ってしまうだろう。

池之端《いけのはた》の赤ちょうちんで待ち合わせた。地下鉄日比谷線で上野に出、地下道を使って中央通りを潜《くぐ》った。鈴本演芸場《すずもとえんげいじょう》前で地上に上がった。ここのところ寒さが日に日に募って来ており、陽《ひ》が落ちると風の冷たさが身に沁《し》みる。できるだけ地下道を通りたい、というのは人情だろう。地下の通行量はいつもより多いように感じられた。とは言え、出てみると地上も馬鹿な人出だった。ぼんやり歩道を横切っていては、通行人に弾《はじ》き飛ばされてしまいそうだ。いつもこうなのだ、上野という街は。暑かろうが寒かろうが、ここから活気のなくなることは一日中あり得ない。

呑み屋の立ち並ぶ仲町通りを西へ向かい、路地を左に折れた。直《す》ぐのところが目指す店だった。暖簾《のれん》を潜《くぐ》ると、万成先輩は既に来て待っていた。

「よう」先輩が生ビールのジョッキを掲げた。「俺も今、来たとこだ。先に一杯やってるが、料理の注文はまだだ」

「済みません、待たせてしまいまして」向かいに座り、歩いて来た女性店員にこっちにも中生《ちゅうなま》を、と頼んだ。

「何の」先輩は笑った。仕種《しぐさ》の端々に豪快さが滲《にじ》む。だが磊落《らいらく》なだけではない。繊細さも併せ持っているのが、この人なのだ。「だから俺も今、来たとこだって。そっちの方が距離があるんだからな。俺が先に着くのは、当然さ」

乾杯した。ガツ刺しにタコ酢、ウィンナー炒《いた》めとワカサギの天麩羅《てんぷら》を頼んだ。野菜も摂《と》らなきゃ駄目だろうと、わかめサラダを追加した。この歳になると食べるものも選ばなきゃな。先輩はまたも豪放に笑った。何と言ってもこちとら、来年でいよいよ定年だからな。

「定年後は、何か決まってるんですか」

「まぁ相談役のような立場で、職場に引き続き置いてくれたら有難いんだが。どうなることやら俺にも分からんよ。上の方じゃ既に、方針は決まってるんだろうけどな。本人にはギリギリまで、知らされることはない」

何らかの形で職場に留《とど》まるか。それとも外郭《がいかく》団体に出ることになるかで定年後の身の振り方も大きく変わる。どうせ方針が決まっているのなら早目に伝えて、心の準備をさせておいてくれたらいいのにと思うのだが実際には、直前まで教えてはくれない。人事なんてそういうものだ。先輩が自分にも分からない、というのは本当なのに違いなかった。

「それで、どうだい山谷《ヤマ》の方は」運ばれて来たガツ刺しに箸《はし》を伸ばしながら、先輩は口を開いた。「相変わらず、か」

「ええ」頷《うなず》いた。ここのガツ刺しは本当に美味《うま》い。コリコリッとした歯応《はごた》えが癖になる。

「高齢化が進んでますからね。全体的には、落ち着く一方ですよ。今後も静かになることはあっても、昔のように暴動なんて騒ぎはもう起こらないんじゃないですか、ね」まぁ、とつけ加えた。先日トンビが受けた、悪戯《いたずら》電話の件が頭にあった。「まぁ小さなトラブルなら、今もちょくちょく起こりますが。大きなことは、もう」

「俺達の頃は大変だったからな」タコ酢を口に放《ほう》り込んで、ビールで流し込んだ。「トラブルの芽は常にあった。街全体がいつも、ピリピリと張り詰めてた」

万成先輩は私が山谷に初赴任した時、既にそこにいた。前年の着任だったため例の呼び方で言えば、「2山」ということになる。だから歳だけではない。出張所の仕事においても頼りになる先輩だった。私の指導役を仰せつかってくれた。お前の名前を見ると、この街に来るべくして来たみたいだなぁ。東西を代表する労働者の街を、歌った歌手の名をくっつけるとお前になる。例の言葉を私に掛けた先輩とは、この万成さんだったのだ。

俺達の頃は大変だった、の言葉にも大きく頷けた。私の赴任する前年、一触即発の出来事があったのだ。当事者こそまた、この万成さんだった。

朝の職業紹介で職にアブレると、労働者達は長い長い時間を潰《つぶ》さなければならなくなる。アブレ手当が支給されるのは昼だから、それまでひたすら待つばかりというわけだ。やれることと言えば限られている。博打《ばくち》か、酒か。当時、出張所の隣には立ち呑み屋があった。労働者の多くはそこで酒を引っ掛け、昼になるのを待った。

手当の支給開始時には既にベロンベロンで、立ち上がれなくなっている者もしょっちゅうである。ほら○○さん、ちゃんと来なきゃ支給できないよ。職員が発破《はっぱ》を掛ける場面も毎日のようにあった。どこかの路上で寝込んでしまい、受け取りに来ない者もよくいた。漸《よう》く顔を出した頃には支給時間は終わっている。残った金はうちとしても、返してしまっている。

「もう戻しちゃったんですよ」金をくれと詰め寄る労働者に対し、こちらに言えることは他にない。「次に来た時に、払いますから」

「何っ。俺は今日、受け取る資格があるんだぞ。それがない、ってのはどういうことだ」

「だって戻しちゃったんだから、しょうがないじゃないですか。どれだけゴネられようとも、ここにはもうないんだから」

「俺は今日、もらう権利がある。何と言われようと、納得できねぇ」

「もちろん貴方《あなた》は仕事にアブレたんだから、受け取る権利はある。それは確かですよ。でも今日はもう、無理なんだから。次に来た時には渡しますから、分かって下さい」

「納得できねぇ、ってんだろう。今日もらえなきゃ、今夜の酒が呑めねぇじゃねぇか」

「そもそも貴方が寝込んでしまって、時間内に来なかったのが悪いんでしょうに」

「何っ。俺が悪い、ってのか。もう勘弁できねぇ」

金が絡んでいる。先輩も言った通り常にあるトラブルの芽の、代表格のようなもの。おまけにあの頃は街全体が若かった。鬱積《うっせき》したエネルギーを暴力に転換するには、ちょっとした切っ掛けがあれば充分だったのだ。

ある日のことだった。一人の職員がちょっとした用足しに外に出て行ったところ、労働者に囲まれてしまった。立ち呑み屋でしこたま呑んで全員、酔っ払っている。彼らどうしの喧嘩《けんか》だって絶えず起こる。職員に絡んで来る者が現われるのも、自然の流れではあった。

「何だよ手前《てめ》ぇ」職員は胸倉を摑《つか》まれた。「中に着てるのは、防刃《ぼうじん》チョッキだろう。何でそんなもの着るんだよ。俺達があんたらを刺すとでもいうのか、えぇ」

さすがに我が国では発砲という局面は、余り想定しなくてよかろう。しかしナイフで刺される、という事態ならいつでもあり得る。だから職員は彼らの前に出て行く時は、防刃チョッキを着用することになっていた。そこに逆に、因縁をつけて来たわけだ。

「俺達はそんな、ならず者集団か。仕事を紹介したり、アブレ手当を払ったりしてくれるあんたらにナイフを突き立てるような無法者だらけだっていうのか、あぁ」

こんな時、下手に反論などしては危ない。刺激すれば悪い方に転がるだけだ。ちょっとした弾みで集団暴動に発展してしまい兼ねない。機動隊員が駆けつけてくれれば鎮圧は可能だろうが、それまでに出た被害は取り戻し様がない。少なくとも渦の真ん中にいた職員は、大怪我《おおけが》を免れないだろう。

だから誰もが、固唾《かたず》を飲んで見守っていた。一触即発。分かっているからこそ、何もできなかった。ほんの僅《わず》かなミスが致命的な事態を招き得るのだ。

「分かった分かった」見兼ねて出て行ったのが、万成先輩だった。わざと上に、防刃チョッキを引っ掛けて行ったという。「悪かったよ。あんたらを不快にさせたんだったら、謝る。一応、規則だからこんな物を着ているだけだ。俺達だって本当は嫌なんだ、こんな物。暑っ苦しいしな」

チョッキを脱ぎ、地面に叩《たた》きつけた。両腕を彼らに向かって広げて見せた。「さぁ、これでいいだろう。俺達はあんたらを信頼している。こんなチョッキは必要ない。だからその仲間を、放してやってくれ。彼だって規則だから着ていただけだ。あんたらを物騒に思っていたからでも、何でもない」にやり、と笑ってつけ加えた。「それにそろそろ、アブレ手当の支給時間だぞ。なのにこんなことをしていたままでは、支払いもできない。それじゃあんたらだって、困るだろ」

全員、ぽかんと虚《きょ》を衝《つ》かれていた。やがてどこかから、笑いが漏れた。「そりゃそうだ」誰かが言った。「そもそも手当がもらえなけりゃ、ここの（と立ち呑み屋を指差した）払いもままならねぇ」あっという間に笑い声は、全体に伝播《でんぱ》していった。

囲まれていた職員は解放された。こうして最悪の展開もあり得た事態は、回避されたのだという。

「どうなったんですか」初めてエピソードを聞かされた時、私は先輩の元に飛んで行って訊《き》いた。「後で叱《しか》られなかったですか。勝手なことをするな、って」

「いやぁ、ははは。あの件か」万成さんは苦笑いして頭を掻《か》いた。「そりゃ所長らの胸の内は、複雑だったろうさ。俺が勝手な真似《まね》をして、幸い何とか収まったからいいものの下手をすりゃ、騒ぎに火をつけるだけだったんだからな。本来なら出過ぎたことはするんじゃない、って注意すべき場面だったろうよ。だがまぁ結果論とすりゃ、無事に済んだ。誰も怪我することはなかった。だから怒るに怒れなかった、ってとこだったんじゃないのかな。何も言われることはなかったよ。もっとも後で先輩から『たまたま上手《うま》くいったからいいが、もうあれで終わりにしとけ』ってチクリと釘《くぎ》を刺されたけどな」

だからこんな俺が言えた義理じゃないが、とつけ加えた。「ここは特殊な街だ。ちょっとしたミスで何が起こるか分からない。気は常に引き締めとけよ。労働者との接し方には、細心の注意を払え」

事実、赴任した直後にも周りから何度も言われた。用がない限りできるだけ外には出るな。労働者と接するのは仕事上の、必要最小限に抑えとけ、と。

確かに下手に特定の労働者と親しくつき合い、その姿を周りに見られていると「あの職員は仲のいいあいつにばかり仕事を割り振っている」「依怙《えこ》贔屓《ひいき》して実入りのいい仕事ばかり回している」などと難癖をつけられ兼ねない。こちらにそんな気が毛頭なくとも、別に優先して回しているわけでも何でもなくとも勝手に邪推され、やっかまれることは常にあり得るのだ。痛くない腹を探られる。ならばなるだけ、その種を与えないようにするべきだ。広く誰とでも、平等につき合うというのはなかなかに難しい。それなら最初からつき合わないようにすればよいではないか。外に出るのも、労働者と接するのもなるべく控えろというのは成程、考えてみればもっともだった。出張所で仕事をしていく以上、必然の対処法と言えた。

ただし今、私は正反対のことをしているが。積極的に街をうろつき、彼らと広くつき合うよう努めているが。

それは、あの事件があったから。

あれはあんたのせいじゃない。先日の親方ばかりではない。他の人達も、この万成先輩も繰り返し言ってくれる。お前は間違っていない。対処したのが誰だったとしても、同じことをしていたさ。だからあの事件が起こったことに対して、責任を感じる必要はどこにもない。誰もが言ってくれる。

違う！　一人、私の胸だけが否定する。やはりあれは、俺が悪かった。俺がもうちょっと、彼らの気持ちを汲《く》んでいればよかったのだ。機械的に捌《さば》くのではなく、もう少し情の通った対処をするべきだった。そうすればあれは起こってはいなかった。全面的な責任まではないのかも知れないが、やはり咎《とが》の一部は確実にこの俺にあった。

だから私は街に出るようになった。労働者達の気持ちに入り込もうと、努めた。周りからは止められた。特に制止に熱心だったのが、目の前の万成先輩だった。止《や》めろ。言ったろう、この街は特殊だって。俺があの事態を何とか収められたのも、たまたまだ、って。ここで労働者と接するには細心の配慮が必要なんだ。下手なことをしてしまっては、大変なトラブルを引き起こし兼ねない。

分かっていた、言われている意味は。理屈は通じた。自分のやろうとしていることは無茶だ、という自覚も頭の片隅にはあった。

それでも止《や》められなかった。あの事件を引き起こしたのは自分だ。だから何らかの償いをしなければならない。もう二度と、あのようなことが起こらないよう最善を尽くさなければならない。自責の念が私を動かしていた。

一度などこの先輩から、胸倉を掴まれて怒鳴られたこともある。止《や》めろと言ってるんだ。これだけ言っても分からないのかっ。

私は静かに首を振った。先輩を見詰める眼《め》が、悲しく光っているのが自分でもよく分かった。これしかないんです。僕にできることは、これしか。そうしてまた、街に出掛けて行った。

もう、誰も止めなくなった。私は街に通い続けた。山谷勤務の二年が終わり、他の職場に異動になっても時間を見つけては、あの街に足を運んだ。そうしながら山谷にもう一度、戻してくれるよう人事には繰り返し希望を出した。叶《かな》って今、私は異例の三度目の出張所勤務をしている。

当初は胡散《うさん》臭《くさ》げな眼しか向けなかった労働者達も、徐々に受け入れてくれた。どうせこんなことをしているのも今だけさ。ちょっとした責任感に駆られて一時的に、殊勝な真似《まね》を演じているだけさ。遠巻きにするようにしか接しなかった彼らだが、通い続ける姿を見て少しずつ心を開くようになってくれた。

そして今の、私がある。ここに至るまでには長い、長い時間を要した。一朝一夕で手に入れた立場ではない。だから所の部下達には釘を刺している。お前達は街に出る時には、細心の注意を払え。こんな真似をするのは、俺だけでいい。

「山谷も高齢化が進んで、街は落ち着く一方だ、って話だったが」万成先輩の言葉に、我に返った。最初に注文した料理はあらかた平らげ、二人とも煙草《タバコ》の煙を味わっていた。酒もビールからホッピーに切り替えていた。「こないだ事件があったそうじゃないか。それも、人殺し」

「ええ」私は頷いた。「塒《ねぐら》にしていた山谷堀公園で、死体が見つかりました。うちに登録してた労働者でした。現場の状況からどうやら、ホームレス狩りに遭ったみたいです。警察もそう見ているようです」

「知っている労働者だったのか、つまり、その」

口籠《くちごも》ったが訊きたいことはよく伝わった。親しくつき合っていた仲だったのか、という質問だ。「いえ」と首を振った。「人と交わるのを避けているようなところがありましたので。言葉を交わしたことは勿論《もちろん》ありますが、親しく、というような相手では、全く」

「そうか」煙草の煙を長く吐き出し、吸い殻を灰皿に押しつけた。ジョッキの中身を呑み干すと氷を追加し、キンミヤ焼酎とホッピーを新たに注ぎ入れた。

「ただ、可哀想《かわいそう》な人ではあるんですよ。今も言ったように誰とも距離を措くようにして、孤独に暮らしていた。最期まで独りだったのかと思うと、何ともやり切れなくて」

「ただまぁそりゃ、警察の仕事だ。その男が何者で、何をやってあの街に流れ着いたか。ホームレス狩りにしろ何にしろ、どういう最期を迎えたのか。調べるのは、警察」

「ええ、まぁ」私も煙を長く吐き出した。「でも警察としても、熱心に取り組むとはとても思えんのですよ。彼らからすればホームレスが一人、殺されただけのことですからね。よくある事件の一つ、みたいな感覚でしょう。何とか犯人を突き止めてくれ、と詰め寄るような遺族もいない。そんな捜査に彼らが、本腰を入れて取り組むとは、とても」

捜査員としては追い掛ける材料が少なくて、ホッとしとるのが本音ではないですか、ね。マンモス交番の、戸田巡査部長の言葉が蘇《よみがえ》った。今回の被害者は住民票もこちらに移しておらず、どこの何兵衛だったか突き止め様がない。身許《みもと》不明者が多分ホームレス狩りに遭ったということで、恐らく決着。犯人が見つかることもまぁなかろう、と上の方も踏んどるんじゃないでしょうか。

「それでも警察の仕事だ」先輩は繰り返した。視線は静かに、テーブルの上を彷徨《さまよ》っていた。「調べるのは、警察だ」

はっ、と思い至った。先輩の真意を、不意に悟ったのだ。深入りするな。万成さんは言ってくれているのだった。警察に任せておけ。お前はこの件に手を出すな。最初からそうだったのだ、と気がついた。一杯やろうと誘ってくれたのは、事件発生を知って私が何かやる積もりなのではないかと察し、制止するためだったのだ。

手を出したいのだろうか。逆に、自問してしまった。俺はこの事件を、追及したいと思っているのだろうか。

死体が発見された日、現場に佇《たたず》んでみた時のことを思い出した。彼にとってこの街は、あの世への通り道に過ぎなかった。最期まで孤独に逝《い》った飯樋を思うと、哀れでならなかった。

調べたい。胸から返って来た答えに、我ながら戸惑った。犯人を捕まえたいとか、そういうことではない。大それたことを考える程、自惚《うぬぼ》れてはいない。

ただ飯樋が何者だったか。どこから流れて来た男だったのかくらい、調べれば分かるのではないだろうか。それなりに街にはネットワークを築いているのだ。訊いて回れば、突き止める材料も幾つかは出て来る筈《はず》だろう。繋《つな》ぎ合わせれば彼の人となりも浮かび上がって来るだろう。

そうして最終的には、家族を探し出す。彼がどういう最期を迎えたのか。少なくとも家族には知る権利がある筈だ。伝えるのが俺の役目だ、という気がした。それくらいしてやらなければ、飯樋が浮かばれない。彼を究極の孤独から解放するには、それしかない。

だが正面に視線を遣ると、万成先輩の眼とぶつかった。止《や》めろ。言っていた。警察の仕事だ、お前のやることではない。強く、語り掛けていた。これだけ言っても分からないのか。街に出歩くのを止《や》めさせようと、胸倉を摑んで来た時の眼と全く同じだった。

8

「簡易宿泊所、通称〝ドヤ〟といいます。恐らく『宿』を逆さに読んだ、隠語なのでしょう」私は言った。壁に貼《は》られた地図を指し示した。「ここでオレンジ色に塗られているのが、そのドヤです。現在もこの街に百五十軒ほどが残っています。全盛期は二百軒はあったようですね。日雇い労働者も一万人はいたといいます。今ではドヤの住人は五千人、前後といったところでしょうか」

十四個の若い瞳《ひとみ》が私を向いていた。これだけの人数が所長室に詰め掛けると狭苦しさを禁じ得ないが、私はむしろ心地よい気を感じた。息苦しさなど覚えない。彼らの内面から溢《あふ》れる、熱意の賜物だった。

いずれも千住大学の学生さん達だった。夏霧繁人《なつぎりしげひと》准教授のゼミで労働者福祉を学んでおり、毎年こうして新入生は我が出張所へ見学に来るのが恒例になっていた。引率の准教授も教え子達の背後で、満足そうに彼らの姿を眺めていた。若い歳でこうした分野に興味を示し、現場にまで足を運んで学ぼうとする。学生らの熱心さが私にも頼もしく思えた。将来の社会福祉を担うのはきっと、彼らのような人材なのに違いない。説明の声に自然、力が籠った。

「山谷、という地名も今は残っていません。正式には台東《たいとう》区日本堤《にほんづつみ》や清川《きよかわ》、荒川《あらかわ》区南千住の何丁目だとかの住所になっています。ただ一般的に今も『山谷』の通称で呼ばれるのは、かなり広い範囲ですね。台東区の北部から荒川区の南部にまで及んでいる。街にはドヤだけでなく飲食店、コインランドリーにスーパー、商店街に交番まである。ここから一歩も出ずに生活できるだけのものが揃《そろ》ってますね」

「さっき、僕達は南千住駅から歩いてここに来たのですが」男子学生の一人が手を挙げた。「ドヤと言えば勝手に、古いボロボロの建物を想像していたのですが。実際に見てみたらちょっと違いますね。小綺麗《こぎれい》な、ビジネスホテルみたいなものもありました」

「ドヤから建て替えたものも多いんです」私は頷いた。「特にバブル期にかなりの数が建て替わりましたね。あぁいうところは大体、一泊二千円強といったところでしょうか。空調やカラーテレビ完備なんかと謳《うた》っている。今では安いと外国人の旅行客にも評判で、そうしたバックパッカー専門のホテルもあるみたいですよ。また年度末には、受験生も多く泊まりに来るそうです」外は昼間から一杯、引っ掛けたオッチャン達が闊歩《かっぽ》している環境にも拘《かか》わらず。受験期の社会勉強としてはまだちょっと早いかも知れませんが、とつけ加えると笑いが湧《わ》いた。ただ、と真顔に戻した。「ただそれでも、日雇い労働者が住むには高い。彼ら向けのドヤも今、言ったように百五十軒は残っている。三畳一間の部屋や、中には二段ベッドがずらりと並んだようなところも。一番、安いドヤでは今も千円しないんじゃないでしょうか」

「どうしてここは日雇い労働者の街になったんですか」女子学生が質問した。よくこの街に足を踏み入れる気になれたな。思わず感心してしまうくらい、若く可愛《かわい》らしい女の娘《こ》だった。「街の歴史を簡単に、教えて下さい」

「皆さんは南千住からここに来る途中で、『泪橋』という交差点を渡ったでしょう」女性ならここに来るだけで、ちょっとした勇気が必要だったろう。彼女の熱意に応えたい、と願うのは私がオヤジだからというばかりではない筈だった。人類として当然、持つ感覚に違いあるまいと自分に言い聞かせた。「昔はあそこには本当に橋があった。実は南千住の駅前にある回向院《えこういん》は、江戸《えど》時代の小塚原《こづかはら》処刑場の跡なんです。刑場に引き立てられる死刑囚は、橋の袂《たもと》で家族と涙の別れをした。それでその名がついたと言われています」

　何故《なぜ》この地に処刑場があったかと言えば、江戸の外だからだ。千住宿は日本橋を起点とした江戸五街道の内、奥州《おうしゅう》・日光《にっこう》街道の最初の宿場町である。そこまで遠ざければ府内には影響が少なく、殺された死刑囚の霊も祟《たた》りを及ぼすことはなかろうと見られた。小塚原と同じく江戸を代表する処刑場、鈴ヶ森《すずもり》も東海道《とうかいどう》第一の宿場町、品川《しながわ》宿の外側にある。

「今も回向院の前の道を『コツ通り』と呼ぶ。小塚原の『コツ』という説と、単に『骨』だという説とがあるようですね。実際、十年ちょっと前に『つくばエクスプレス』を通す地下工事をした時、百体を超す骨が出て来たそうですよ」

　しまった。言いつつ、反省した。ちょっと調子に乗ってしまったようだ。男相手になら面白がられる話題かも知れないが、女性からすれば気味悪いだけだろう。事実、女子学生は眉《まゆ》を少々顰《ひそ》めていた。慌てて話題を換えた。

「とにかくそうして宿場町が近かったこともあって、この辺りにも江戸時代から木賃宿《きちんやど》が立ち並んでいたそうです。米を持参して薪代《まき》を払えば、自炊して泊まれるような安宿ですね。彼らを相手に商売するような商人や、芸能関係の人も周りに多く住んでいた。それが、明治以降も続いていたようです」

ところがその後、街は二度に亘《わた》って灰塵《かいじん》に帰す。関東大震災と、第二次世界大戦である。

「戦後、焼け出されて上野駅の辺りに屯《たむろ》していた被災者を、GHQが強制的にこの地に移した。一面、焼け野原になっていたし土地の権利関係も曖昧《あいまい》だから、移住させ易かったのかも知れません。テント村の形で住まわせた。それが徐々に、宿泊所に変わって行ったということのようです」

更に街の様相を一変させたのが、戦後復興だった。特に東京オリンピック前の景気は凄《すさ》まじく、都下は建設ラッシュだった。建設作業員の需要は無尽蔵にあった。田舎から出て来た出稼ぎ労働者は、安価な簡易宿泊所の集まるこの街へ自然に流れて来る。最盛期、ここには一万五千人からの労働者が住み着いていたのだ。

「それがこの街の原形になった、ということですね」

大きく頷いた。「今もここに残る高齢化した労働者は、頻《しき》りにあの頃の思い出話に耽《ふけ》る。彼らは当時、東京のあちこちの現場に散って建設作業に従事した。私達が普段、普通に利用している現代のインフラも元を正せば彼らの関わったものなんです。ここの労働者が東京の土台を造った、と言っても過言ではありません」

暫《しば》し、間が空いた。重い歴史の真実に、次の質問がなかなか浮かばないのかも知れない。自分達が今、電車に乗ったり首都高を走ったり便利に暮らしていられるのも元はと言えば、彼らのお陰。考え始めれば確かに、一筋縄では行かない奥深さであろう。初めて直面すれば成程、言葉を失うのも当然ではあろう。「ただその労働者達が今では、というわけですね」夏霧准教授が助け船を出した。「すっかり歳をとってしまい、建設作業に出るのもままならなくなっている。そこの辺りをこれから、ご説明ください」

「先生のご指摘になった通りです」私は言った。「東京の礎が出来る頃、彼らはまだ若かった。お陰でこの街は物騒でもあったんですがね。暴動が何度もあった。溜まった鬱憤を、辺りにぶつけていたんです。ところがそうした熱さも、バブル景気まででした。バブルが弾けると文字通り空気が抜けるように、活況が萎《しぼ》んでいった。それまでいくらでもあった建設需要が、パタッとなくなってしまった。この街は未曾有《みぞう》の不景気に見舞われたんです。日本全体も『失われた二十年』なんて言ってますが、山谷の陥った状況たるや惨憺《さんたん》たるものでした。こうした街は景気の影響を、もろに受けます。経済が停滞すると最も手痛いダメージは、ここが被《こうむ》るんです」

「今は次の東京オリンピックに向けて、多少なりとも景気のいい話も聞こえて来ます」別の男子学生が質問した。「この街にも少しは、恩恵はないんですか」

「それが今、先生も仰《おつしや》った高齢化問題です。長い不景気を遣り過ごしている間に、労働者は歳を重ねてしまった。今や激しい建設作業に行かせるのはあまりに危な過ぎる。せっかく建設需要が復活したとしても、仕事はなかなかこちらには回って来ない。もう、遅過ぎたんです」

溜息に近い空気が室内を満たした。「それで今、こちらの平均年齢は幾つくらいなんですか」さっきの女子学生が訊いた。

「うちに登録している労働者の平均で、六四・一歳ですね」再び溜息に近い気が漂った。

「でも」質問が重ねられた。何とかしなければ、という彼女の問題意識が伝わって来た。「ここに登録されているということはまだ仕事はあるんでしょう。激しい建設作業は無理でも、何か仕事が」

簡単なレジュメを学生達に配った。彼らのみならず、ここの業務内容を見学しに来る人があれば説明に使っている資料だった。

「ここのページを見て下さい」と指し示した。「東京都は『特別就労対策事業』として予算を組んでいる。減り続ける民間事業者の日雇い求人を補うため、都営の霊園、公園、道路の清掃事業などを民間を介し、こちらに求人を出してもらうのです。危険な建設作業は難しくても、公園の掃除くらいならできますからね。実際、こちらに頼りっ切りなのが現状ですよ。今ではうちに来る求人の、8割から9割近くが都から降りて来る仕事です」

今も建設会社からの求人がないわけではない。が逆に、労働者の方が嫌がって手を挙げないケースもある。あそこの仕事はキツいから、それよりガードレールを掃除してた方がいい、というわけだ。するとせっかく求人を出してくれた企業に、「今日は人を出せませんでした」と謝ることになる。「未充足《みじゅうそく》」と称す。建設会社としても事情は承知しており、「あそこは年寄りが多いからな。もう無理かな」と今後、仕事はあってもこちらに回さないようになってしまう。かくしてますます、都の清掃事業の割合が増えて行くという循環に陥る。

「労働者も皆互いに、知り合いですからね。仕事が決まると銘々《めいめい》、現場への送迎バスに向かいながら『お前、今日はどこ』『俺は多磨《たま》』なんて話してますよ。『俺は今日は谷中《やなか》だよ』『いいなぁ近くて。多磨霊園だと帰って来るのが遅くなって、困るよ』なんて。まるで遠足にでも行くみたい。のんびりしたものですよ、昔に比べると」

学生達から笑い声が上がった。僕が仮にここで日雇いの紹介を受けたい、と思ったらどういう手続きをとればいいんでしょうか。質問が出たので、被保険者手帳の写真を指し示した。レジュメには白手帳とダンボール手帳の実物の写真が載っているが、顔写真や名前などの欄には当然、ボカシが入れてある。

「職安行政はあくまで、基本的には安定した就職先を紹介するよう努めます。ただ様々な事情で、日雇いで働きたいという人もいますからね。そういう場合はうちに登録してもらう。するとこの手帳が発行されます。こっちが仮の手帳で通称、ダンボール手帳。こちら正式の白手帳の発行を受けるには、住民登録が必要になります」

説明しながらふと先日、ここを訪ねて来た刑事の顔が浮かんだ。飯樋が殺された事件について聞き込みに来た際、同じように住民登録の必要性について解説したのだ。そう、〝ダンボール〟は仮手帳だがずっとこのままの労働者もいる。住民票を移すことができない事情を抱える者である。

「ここの、手帳に大きく書かれている番号は何ですか」

「これは〝輪番〟といいます。一〇〇一番から始まって、発行を受けた順に各人に割り振って行く。数年前に整理したので、今では三三〇〇番代の後半くらいまでになってますね。それでも途中でいなくなったり、本人の希望で登録を抹消したりした方もいらっしゃるので現在、うちに登録されている人数は千五百名弱といったところです」だから今では一〇〇〇番代と言えばかなりのベテランということになります、とつけ加えた。

仕事は基本的に、この輪番に沿って紹介していく。例えば前日に二〇〇〇番の人まで回ったら、次の日は二〇〇一番から紹介を受ける権利を得るわけだ。このようにして順番に回して、全員になるべく平等に機会が訪れるよう期しているのである。

季節によって大きく異なり、日によってもまちまちだが大体、一日に五〇〇番前後が回る。「今日は面倒臭い」や「仕事が要らない」と来ない労働者もいるため実際の求人数に比べ、かなり多目に動くわけだ。すると前の日が何番で終わったかが分かれば、「そろそろ俺の番号に回って来るぞ」と見当がつけられる。職が欲しい者は翌朝ここへやって来る。このように「何番まで回ったか」は極めて重要な情報なためここだけでなく、都の施設である京北《けいほく》労働福祉センターにも大きく貼り出してもらい周知している。電話による直接の問い合わせも多い。

「難しいのは天気予報が雨だった場合ですね。『今日は求人はなかろう』と労働者もあまり集まらない。ところが実は昼から晴れだったりする。実際には求人が来て、集まっている人数が少ないからバーっと回ってしまう。そういうこともあるので本当に予測がつけ難るんですよ。電話で『明日は何番まで行きそうでしょうかね』なんて問い合わせがあったりしますが、こちらとしては答え様がない。『とにかく来てみて下さい』と言うしかないですね。どこまで回るかなんてその時になってみないと、分からないんですから」

「さっき『仕事が要らない』と来ない労働者もいるというお話でしたが」質問の手が挙がった。本当に熱心な学生達だ。頼もしさが再び、身に沁みた。「そんな人もいるんですか。誰もが仕事が欲しいんじゃないんですか」

「さっき、正式な住民登録をしていないと手帳も発行されないというお話をしましたよね」私は言った。「彼らは大半が、ドヤなどを住居として住民登録を受けています。本当にそこに住んでいるかどうかは、別として。書類上はここ台東区、あるいは荒川区のれっきとした住人なわけです。そうすると別な金銭的、行政サービスも受けられますね」

あっ、という声が上がった。「生活保護ですね」

「その通り」大きく頷いた。「正式な手帳を発行されている労働者は住民登録をしていますから、生活保護も受けている人が多い。するとある程度、以上の収入があると逆に困るわけです。支給を減らされてしまいますからね。だから支給が減らない分だけ働きたい。今月はもう結構な収入があった、という時はここには来なくなるんですね」

言いながら再び、飯樋のことを思い出していた。今の話はあくまで、住民票を移すことができる者に限ってのメリットだ。できない場合は様々な苦渋が強いられる。彼がやっていたように空き缶を集めるなど、自らの身体による労働でしか生きる術《すべ》はない。

飯樋のことを意識の隅に追い遣って、説明を続けた。次はアブレ手当についてだった。職を求めてここへ来たにも拘わらず、ありつけなかった者は「失業した」と見なされアブレ手当が支給される。しかし権利を有するのは前月と前々月、合わせて二十六日以上就労した労働者だけだ。働いた実績に乏しい者、最初から働こうともしない者に「失業手当」も何もない、というのは理屈としては頷けよう。ただ求人数がこれだけ減っている現状にあって、この制限は厳し過ぎるのではという本音も胸に湧かないでもない。

再びレジュメの、被保険者手帳の写真を指差した。

「一日、働くと企業からこの欄に印紙を貼ってもらう。賃金日額が一万一千三百円以上だったら『一級』で赤、八千二百円から一万一千二百九十九円の間だったら『二級』で緑、という風に印紙にも種類がある。そしてどの印紙を何枚、貼ってもらっているかでアブレ手当の額も決まる仕組みです。手当を支給される日数も二ヶ月間で何枚、貼られているかで決まる。細かい個々の額については表を参照して下さい」

職にアブレた労働者が何人で、それぞれがどれだけの額をもらえる権利を有するかは提出された手帳を見れば分かる。合計して今日の支給額は全体で幾ら、と計算し本所へ現金を受け取りに行く。昔は一日に二千万円にも上ったため、専門の現金輸送車を頼んで使っていた。今では精々五十万前後なので、職員が二人一組で運んで来る。それでも現金を積んでいるのだ。襲われる可能性は常にあるため、何かあった時には直ちに警察に一報が行くボタンをつけるなど、車は特殊仕様にしてある。携帯電話がなかった頃は殊《こと》に気を遣っていた。無線で「ただ今どこの辺りを通過中」などと定期的に連絡を取り合っていた。

「お金を扱う仕事ですからね」夏霧准教授が口を開いた。「トラブルはつきもの。念には念を入れておく必要がある、ということですね」

頷いて、言った。「例えばさっき言った輪番の件ですが、自分の順番が来ているにも拘わらず仕事に行かないような人には、アブレ手当は出ません。道路清掃など誰にもできる仕事なのに行かないということは、就業を拒否しただけ。失業には当たらないと見なされるわけです。手当は基本的に、輪番が回って来なかった人に支給されます。ところが『貴方は行かなかったんだから支給されませんよ』と言っても納得しない人もいますよね。窓口で何だかんだと抗議する労働者がいたり。先生も仰ったようにお金が絡みますから。トラブルが絶えることはありませんよ」

最後に全員を連れて所長室を出、〝寄り場〟に案内した。200㎡の大広間で、数百人の労働者を収容できる。無人の今は茫《ぼう》としたただの空間に過ぎないが、毎朝ここは人いきれで溢れ返る。

「ここで、集まった労働者に仕事を割り振ります。カンバンに求人のあった会社名を書いて掲げ、希望者はそれぞれの前に並んでもらうわけです。一般的にはこうしたところを〝寄せ場〟と呼びますが、ここでは昔から寄り場ですね。仕事も人もここに寄って来る、という意味でしょうか、ね」

「職員が立つこちらと、労働者側とを仕切るこのカウンターは上が丸くなってますね」男子学生が気づいて質問した。「こんな形は珍しいですね」

さすが夏霧ゼミの生徒だ。目のつけ所が違う、と感心した。「摑みどころがないように、ですよ」言いつつ思わず、苦笑が漏れた。「労働者に、乗り越えられないように。角があると手が掛け易いですからね」

これもまたトラブルの芽が常にある、ここならではの配慮ということですね。夏霧准教授の言葉に何人かの男子学生は笑い声を上げたが、女子はそういかないようだった。表情が引き攣《つ》っていた。こうでもしておかないと怒った労働者がカウンターを乗り越えて来兼ねない。騒乱の現実性を実感し、笑うどころではなかったのだろう。

「今日はもうこうして紹介も終わり、寄り場も閑散としてますが」私は言った。「今度は是非、朝に来てみて下さい。独特の光景を見ることができますよ」

言ってみたが、少なくとも女子の反応は今一つのようだった。今し方、震え上がらせてしまったのだ。やり過ぎたかな、と改めて反省した。やはり労働者福祉の現場は恐ろしい。せっかくやる気に燃えていた若者を忌避《きひ》させてしまったとしたら、本末転倒以外の何物でもない。

「今日は本当に有難うございましたぁ」

帰って行くゼミ生達を見送りながら、ちくりとした痛みが胸を突いた。そう、労働者福祉の現場は一筋縄では行かない。切実に助けを必要としている人に、行き届いているとは言い難い側面も多々ある。例えばダンボール手帳の所持者は、アブレ手当を受け取ることができない。飯樋のような最も弱い立場にいる者は、公的な扶助も受けられず終《じま》いだったのだ。

9

マンモス交番の戸田巡査部長がやって来た。巡回の途中で立ち寄ったのだ。所長室で茶を出すと礼を述べて一口、啜《すす》った。いやぁさっきも商店街で揉《も》め事があってですね、と笑った。

「ホームレスが店の前で野糞《のぐそ》をしたらしいんですわ。そりゃ店主も怒りますわね。『お前らこの商店街から消え失《う》せろ』なんて騒ぎになって。収めるのに、往生しましたよ」

通りにはアーケードがあるため、ホームレスからすれば雨風を凌《しの》げる有難い塒である。ところが商店街にしてみればアーケードは皆で金を出し合い、設置し維持しているもの。なのにお陰でホームレスが集まって来、汚されたりするのでは客が寄りつかず、割に合わない。店主とのトラブルは常にあった。中には時折、親切に食事を分けてあげる店主などもいたりするが、それも「あんたらがこんなことをするから、ホームレスが甘えるんじゃないか」と周りの反感を買うことにもなる。店主どうしの諍《いさか》いの種にもなる。難しい問題だった。

「どうやって収めたんです」野糞なんて話題、先日の女子学生が聞いたらどんな顔をするだろうかと訝《いぶか》りながら、訊いた。労働者福祉に対する彼女らの熱意にまた一つ、水を差すことにならないだろうか。

「野糞した本人は、ベロンベロンに酔っ払ってて話にならない。それで取り敢《あ》えず俺達で掃除しておこう、という労働者が現われてくれて、その場は収まりました。ほら例の、労働者のリーダー格の」

親方だった。この商店街には俺達もお世話になっている。嫌われて二度と来るなと言われたら最終的に困るのは自分達だろう、と説得されて周りも納得したという。収入が入ればドヤに泊まり、ない時はアオカン（野宿のこと。青空簡易宿泊所の略、という説もある）という労働者も多いのだ。彼らは皆、親方には世話になっている。渋々ながらも協力した、というのは成程ありそうな話だった。

「私達が同じことを提案したとしても、協力してなどとてももらえないでしょうが」私は言った。「彼らも親方なら従うということなんでしょうね」

「あぁいう人がいてくれて正直、助かりますわ。今日も下手をすると長引きそうだったトラブルが、お陰でスムーズに片づきましたからね」

求人の悪戯電話で、田野畑が怒鳴り込んで来た時のことを思い出した。我が所もあの時は、親方に大いに助けてもらったのだ。

「あぁそうそう、ホームレスと言えば」巡査部長が膝《ひざ》をぽんと叩いた。「以前、山谷堀で殺されていたのがおったでしょう」

飯樋だった。万成先輩に制されて以来、なるべく意識しないよう気をつけていた名に思わず胸がざわついた。

「遺骨が引き取られたらしいですわ」

遺体は司法解剖の後、火葬されたと聞いている。飯樋は身許が分からないため、法律上は「行旅死亡人《こうりょ》」という扱いになる。定義においては住居内で遺体が発見されても、身許が断定できなければこの呼称になるので所謂《いわゆる》「行き倒れ」とはイメージが異なろう。飯樋の場合も発見されたのは路上だが、殺されたのは明らかなのだから「行き倒れ」と呼ばれれば違和感がある。いずれにせよ行旅死亡人は法律により、地方自治体が火葬することになっている。福祉事務所のケースワーカーが担当し、種々の手続きを行う。遺骨を保管して官報に公告し、遺族が名乗り出てくれるのを待つ。身許が突き止め切れず終いとなれば、無縁仏として葬られる。なのにそれが、引き取られたということは……

「まさか」ついつい身を乗り出してしまっていた。「遺族が現われたのですか」

「いやいや」巡査部長は手を振った。やはり、か。落胆が肩に伸《の》し掛かった。現実にはここに流れて来た者達が、死んだからといって遺族が名乗り出ることは滅多にない。分かっていても引き取らないケースだって多いのだ。一瞬、抱いた期待が夢のようなものだったとは自覚している。それでも落胆は禁じ得なかった。「山共会《さんきょうかい》ですよ」

ＮＰＯ法人だった。自前のクリニックを有し無料で治療を施したり、労働者の相談に乗ったり炊き出しをしたりと福祉活動に努めている。身体《からだ》を壊し、入院したまま息を引き取る者も多いため合葬墓《がっそうぼ》を建立する支援を募り始めた、とも聞いていた。その流れの中で、飯樋の遺骨も引き取ることになったのだろうか。まぁいずれにせよ直接、尋ねてみればいいだけの話だ。私としてもスタッフ全員と顔見知りであり、親しく会話を交わす仲の者も複数いるのだから。

「そのお墓の建立ね、お陰様で目処《めど》がついたんですよ」私と親しい山共会スタッフの一人、久里辰利《くりたつとし》は言った。「募金が思いの外、早く集まりまして。そこの法上院《ほうじょういん》さんの協力を得て、お墓を建てることが既に本決まりになってます」

法上院は吉野通りを南へ下り左に一筋、入ったところにある寺だ。住職は貧困者福祉に熱心なことで知られていた。こうした人達の理解と活動がなければ、この街の現状はずっと悲惨なものになっていたろう。

無縁なんてやるせないじゃないですか、と久里は語った。家族との連絡も途絶えた上での、孤独死。なのに無縁仏となってしまったら死んだ後も、ずっと独りになってしまう。彼らなりにこの街には、仲間がいくらもいた筈なのにね。だから合葬墓に葬ってやれば死んだ後も、ずっと会うこともできるし幸せでいられると思ったんです、と。

「うちのクリニックで亡くなった人達の遺影が、診察室に飾ってあるでしょう。訪れた人がよく、診療を受けた帰りに語り掛けたりしてるんですよ。中にはお線香を上げる人もいたりして。あぁ、生前は仲がよかったんだなぁと見ていて感じます。『俺も死んだらこうして飾ってもらえれば、いつでも仲間に会える。忘れないでいてもらえる』なんて。そうした姿を見ていて、合葬墓を建てようじゃないかというプロジェクトに繋がったんです」

「飯樋さんの遺骨については」私は尋ねた。「引き取ってもらえないか、とケースワーカーから依頼でもあったんですか」

「いやぁ」と久里は首を振った。「こっちから話を持って行ったんです。私らとしてもあの事件については、聞いていましたからね。気の毒でならなかった。ちょうど合葬墓を建てることになったんで引き取りましょうと申し出ると、福祉事務所も救われたような物腰でしたよ」

遺族が名乗り出なければ火葬に加えて、最終的に無縁墓地に葬る経費まで自治体が持つのだ。引き取ると言い出してくれて有難がったのは、偽らざる本音だろうと思われた。

「行政としても身許が突き止められることはまずあるまい、と思ってたんでしょうね」

私は見ていないが規定通り、飯樋の死について官報に公告はなされた筈だ。本当に名乗り出て来る遺族はないのか。ハッキリするまで一年は遺骨を管理する義務がある。だが所《しょ》詮《せん》、それはあるまいと見切ったのだろう。こちらが申し出てくれたのを幸い、あっさり引き渡したのはそういうことに違いなかった。

「ケースワーカーも飯樋さんのことは、殆《ほとん》ど把握していなかったみたいでしたね」

福祉事務所が動くのはあくまで、困窮者側から相談があった場合だ。これこれで困っていると相談を持ち掛ければ、面接員が対応し地区担当員に割り振られる。担当員は個別に訪問したりして生活実態を把握し、問題をいかにして解決するか援助の方針を立てて行く。

しかしあれだけ人との接触を忌避していた飯樋だ。彼から自発的に福祉事務所に出向き、相談を求めたとは思えない。指摘すると久里もその通りだと頷いた。

「我々としても飯樋さんのことは気にはしていたんです。いつも炊き出しに並んだりしていて、顔は知っていましたからね。身体もどこか具合が悪そうだったりするんで、クリニックにいつでもいらっしゃいと機会あるごとに声を掛けるよう心掛けていた。でも」

悲しそうに肩を竦《すく》めるばかりで、応じることはなかったという。彼ならばそうだったろうと私も頷くしかなかった。

「福祉事務所というものもあるんですよ、と何度も促したんです。困ったことがあれば相談に乗ってくれる。だから一度、行ってみるといい、と。でも」

反応は同じだった。悲しそうに肩を竦めたり、首を振るばかりだった。

「彼はうちにも登録していましたが、最後までダンボール手帳のままでした」私は言った。

「住民登録ができなかったんです。家族か何かから逃げていたんでしょう。居場所を知られる危険は冒せなかった。だから名乗り出る遺族もあるまいという福祉事務所の判断も、妥当だと思いますよ。私も訊かれれば、まずなかろうと答えるしかない」

「今では世論的に生活保護に対する風当たりが強くなってますから」久里は言った。やるせない表情が重かった。「裏技を駆使したとしても、正式に受給させるのは難しいとは思います。それでもね、やり方はあるんですよ。クリニックに入院させ、ここを実質的な住所として行政的な支援を受けさせることはあれこれ可能なんです。でも」

　本人にその気がないのではどうしようもない。久里の言う通りだった。飯樋は人を避けていただけではない。半ば、生きることから逃げていたような節すら感じられた。本人が生きる気をなくしているのでは、活《い》かし様がない。もしかしたら彼は死に場所を探してここへ流れて来たのではないか。殺されたのはある意味、本望だったのではなかろうかなどという思いが浮かびそうになり、慌てて振り払った。悲観的になり過ぎているぞ、と自分を戒めた。

「それでね」ちょっと奥に引っ込んだ久里が、大きな袋と風呂敷《ふろしき》包みを抱えて戻って来た。

「これが残されていた、飯樋さんの遺品です。警察もいったん、証拠として押収したみたいですが。あまり価値なしと見なしたんでしょうね。返されて一応、福祉事務所が保管してましたが。まぁ綺麗なもんでした」

　犯人が触れた可能性がある、と見れば警察は指紋を探して、粉末を掛けるなりの処理が施された筈だ。しかしそのような跡は基本的に、遺品には見受けられなかったという。恐らく警察は十中八九、ホームレス狩りと見なしているのだ。ならば犯人がダンボールハウスに入り、被害者の私物に触れた可能性はあまりない。証拠としての価値も低かろうと踏んだとしても、当然と思われた。原則論から言えば僅《わず》かでも可能性があれば、あらゆる調査を徹底すべきだろうが現実とはこんなものである。

捜査員としては追い掛ける材料が少なくて、ホッとしとるのが本音ではないですか。身許不明者が多分ホームレス狩りに遭ったということで、恐らく決着。犯人が見つかることもまぁなかろう、と上の方も踏んどるんじゃないでしょうか。事件発生直後、マンモス交番で戸田巡査部長の漏らしていた言葉が嫌でも再び思い出された。

大きな袋の方に詰められていたのは、衣類や毛布の類《たぐ》いだった。広げると染みついていた体臭がむっと鼻を襲った。生活の必需品である。恐らくどれも、どこかから拾って来たものだろう。冬の寒さを凌ぐためには不可欠な品ばかりとはいえ、遺品としての価値はさしてなかろうと思われた。

「ええぇえぇ、そうなんですよ」久里も同意した。「だからこっちは、無理して保管する意味はなかろうと我々も思います。置いとく場所もありませんしね。焼却してしまうか。洗濯した上で、希望者にあげるか」

殺された男の着ていた服、などと気味悪がるような者はここにはまずいない。逆に暖をとれるのならめっけもん、と飛びつく方が多いだろう。〝洗濯〟案の方がベターだろうと私も思った。この臭いを綺麗に洗い流してしまうのは、一苦労ではあろうが。

「ただね、こっちも似たようなものなんですよ」

久里は風呂敷包みの方を開けた。遺品として意味があるのは、故人を偲《しの》ぶ記念品になるようなものだろう。なのにこっちにも、さしてめぼしいものは見当たらないのだ、と。

まず目についたのはラジオと、灯《あか》りとりのためのランタンだった。どちらも乾電池式で、拾ったか誰かからもらったか、それとも玉姫公園のところで開かれている〝泥棒市〟辺りで購入して来たものだろうと思われた。独り、長い夜を過ごすためには成程これらも必需品だ。ただ服と同じく故人を偲ぶもの、とは確かにあまり思えない。百円ショップでも売っていそうな小さな置き時計もあったが、これも同様と言えた。日雇いの仕事にありつくために目覚ましも必要だったろうが、生前だけの話である。

カセットコンロに鍋《なべ》という最低限の調理道具と、丼《どんぶり》に箸もあった。公園の片隅で一人、これらを使いながら何かを作っている飯樋の姿を思い浮かべてみた。が、あまりに寂しい光景に直ぐに打ち消した。食べていたのもどうせ、スーパーで安売りされるインスタントラーメンが大半だったことだろう。栄養状態がよかったとは夢にも思えない。身体もどこか具合が悪そうだった、という久里の言葉ももっともに思えた。

他には本や雑誌の類いと、小物が幾つかといった具合だった。人一人、生きていたというのに残されたものはこんなに少ないのか。見ていると侘《わび》しさが込み上げた。小物の中にはどこかで拾って来たのだろうか、小さな犬のぬいぐるみがあった。両掌《りょうてのひら》に納まるくらいの大きさで、汚れ擦り切れていたが触ればふかふかの感触が残っていた。ダンボールハウスの中で一日の終わり、これを眺めながら心のささくれを繕《つくろ》っていたのだろうか。姿を想像しようとしてみたが、やはり止《や》めた。こちらの気持ちまでどうにも、重苦しくなってしまいそうで。

本も、拾って来たものばかりなのではと思われた。大半が汚れ、ページもあちこち破れてしまっていた。この街へ流れて来る際、大切に持参して来たものとはとても見えない。小説だったり実用書だったり、中身もバラバラで統一性がなかった。きっと何か、読めさえすればよかったのではなかろうか。何もない時間を乗り越えるため、気晴らしに字面を目で追うことさえできればよかったのではないか。ポルノ小説の類いも何冊かあった。

雑誌も大半はそうだった。際どいヌードグラビアを売り物にしているようなものが殆どだった。女性には理解できないかも知れないが、これもまた男にとって、独りで長い夜を過ごすには必需品と言っていい。そう、ここにあるのはどれも、孤独な暮らしをするには必要なものばかりだ。最後にどんな時間を送っていたかを窺《うかが》い知ることはできても、遺品としてどうかと問われれば首を捻《ひね》らざるを得ない。

身許を暗示するもの、という観点に立っても然《しか》りだった。警察がこれらに証拠性を見出《みいだ》さなかった、というのも当然と頷けた。

「ただ一つだけ、気になったものがあったんですよ」久里が言った。「これなんですけどね」

写真雑誌だった。素人カメラマンの投稿して来た写真が中身の大半を占めているようで、日本各地の風景や、事件現場の臨場感を写した作品などが目を引いた。それらがジャンルごとに分けられ、編集部で高評価を受けた物が大きく、それ以外の佳作が控え目にレイアウトされ載せられていた。

久里が気になった、という写真も直ぐに分かった。黒毛和種の成牛を写したもので、一ページを丸々使って載せられた作品だった。それだけ選者から高い評価を受けたということである。理由も察しがついた。牛の表情がとにかくいいのだ。目を剥《む》いて口を突き出し、少し舌も飛び出ており何とも言えない愛嬌《あいきょう》が醸し出されていた。撮影者に心から懐いているのだろう、と見ただけで伝わって来るようだった。きっと写真を撮ったのは、この牛を飼っている人なのに違いない。そうでなければ牛だって、ここまで寛《くつろ》いだ表情にはなるまい。背景をつい、あれこれ想像してしまいそうになる。見ていると知らず知らずの内に、笑みが溢《こぼ》れるようだった。

ただ気になったというのは、作品の質の高さ故、ではなかった。実はそのページはいったん、ズタズタに破かれているのだ。それを再び、丁寧に修復しているのだ。もっとも丁寧とは言っても、乏しい手持ちの道具を最大限に活用して、という意味ではあるが。

「糊《のり》、ですかね」

セロテープの類いがなかったのだろう。破かれたページはジグソーパズルを組み合わせるように、破片を次のページに貼りつけることによって修復されていた。つまりは次ページの写真などどうでもいい。この牛さえ元通りに見られるようになればいい、との飯樋の思いが表れていた。

「いやそれが、どうやら米粒じゃないかと思うんですよ」久里が言った。「証拠にほら、ここの厚さ」

指摘される通りだった。貼り合わされた二つのページの間が、厚過ぎる。市販されている糊であればこうはなるまい。おまけに触ってみると、デコボコしている。飯粒を糊代わりに使い、各所に押しつけて貼り合わせたからこそこのようになったのだろう。

つまりはこういうことだった。飯樋はこの写真を見ていったん激情に駆られ、破り捨てた。ところが直ぐに後悔し、修復を試みた。手元にはセロテープどころか、ちゃんとした糊さえもない。仕方がないので食べ掛けの飯を使って急遽《きゅうきょ》、貼り合わせた。残された状態を見るに、そうだったとしか思えない。翌日、どこかで糊を手に入れるまで待つこともできなかった。破片が一つでもどこかへ行ってしまえば、写真を元通りに見ることができなくなってしまうのだから。

「どういうことでしょう」小さく首を振った。「飯樋さんは以前、牛を飼っていた。あるいはそれに類する仕事に就いていた、ということでしょうか」

「しかし、ならば」久里も戸惑いを隠せないでいた。「どうしていったん、破いてしまったんでしょう」

「多分その仕事が、破綻《はたん》した。だから思い出したくなくて、写真を破いた。しかしやはり長年、携わって来た仕事だ。牛への愛着も捨て切れない。直ぐに後悔して直そうとした。そういうことでしょうか。ちょっと想像が飛躍し過ぎ、なのかも知れませんが」

「いやいや。聞いていて私も、それはありそうに感じましたよ。恐らくその仮説、そんなに真相から外れてはいないんじゃないでしょうか」

　牛を飼っていた仕事が、破綻した。自ら口にした言葉が頭を渦巻いた。飯樋がこの街に流れて来たのは、そのせいだったのだろうか。今のは単に破かれ、修復されたページを見て勝手に想像を逞《たくま》しゅうした仮説に過ぎない。それでもこれまで近づくことすらできなかった飯樋の人となりに、僅かなりとも迫ることができたような気に私はなっていた。

10

早朝だった。いつものように南千住駅で日比谷線を降り、出張所に向かって歩いていた。感触があった。街がざわめいている。何かあったんだ。咄嗟《とっさ》に、察した。何か事件でも、起こったのではないか。

「殺人事件らしい」職場に着くと、教えてくれた。万成先輩だった。「さっきそこで、人が刺されたらしい」

悪い予感が湧いた。胸がざわついた。街の空気が、伝播《でんぱ》したかのようだった。「誰ですか」詰め寄った。「殺されたのは、誰なんですか」

「気にするな」先輩は強く言い放った。「まだよく分からん。だが何があったにしても、こっちとは関係のないことだ。お前が気にすることなど、何もない」

以降、繰り返し言われ続けることになる、これが最初だった。あれはお前のせいじゃない。対処したのが誰だったとしても、同じことをしていたさ。だからあの事件が起こったことに対して、責任を感じる必要はどこにもない。

違う！　一人、私の胸だけが否定する。やはりあれは、俺が悪かった。俺がもうちょっと、彼らの気持ちを汲んでいればよかったのだ。機械的に捌くのではなく、もう少し情の通った対処をするべきだった。そうすればあれは起こってはいなかった——

汗塗《あせまみ》れで飛び起きた。胸が高鳴っていた。呼吸が荒かった。

周りを見渡した。暗い。家の中だ、と気づくまでちょっとした間が入り用だった。まだ夜、朝までは時間があるらしい。

夢、か。もう長いこと、見ることはなかったのに。久しぶりにまたこの夢を見てしまった。上半身を起こしたまま、ふぅと長く息をついた。額の汗を拭《ぬぐ》った。

「どうしたの」隣で寝ていた喜久子を起こしてしまったようだ。声に心配が籠っていた。「何か、悪い夢でも見たの」

「あぁ、いや、済まない」元通り横になった。布団を首のところまで引き上げた。「変な夢を見てしまったようだ。お前まで起こしてしまったね。済まない」

「うなされてたわ。それで私も目を覚ましたの。大丈夫？ と揺すろうか迷っていたら、あなたが飛び起きて」

「うなされてた。そうか」暗い天井を見上げながら、言った。「とにかくただの夢だ。気にすることはない」

「そう」

「さぁ、寝よう寝よう」

隣で頷き、喜久子も身を横たえる気配が伝わって来た。心配させまいと明るく答えてみせたが、あまり上手くいったとは自分でも思えなかった。無理して敢えて、であったことは彼女にも分かったのではなかろうか。鋭い女性なのだ。こちらの微妙な感情の揺れ動きも、敏感に察する。

さぁ寝ようと言ってみたが、眠れそうにないことも自分で分かっていた。喜久子もなかなか寝つかれずにいるのが、これも気配で伝わって来た。

寝不足のお陰で一日中、頭の中に霞《かすみ》が掛かっている気分だった。さっさと帰って家で一杯やりたいのが本音だったが、そういうわけにもいかない。今日はトンビが遅番なのだ。帰りに呑みに誘おうと一昨日《おととい》から決めていた。昨日の内に「明日はつき合え」と本人にも言ってあった。

実はユウさんから頼まれていたのだ。あいつちょっと落ち込んでいるので励ましてやってもらえませんか、と。

「何かあったのか」

「えぇ、実は。今朝もちょっと労働者と揉めまして」

相手はニイやん、こと茎原だった。親方や田野畑らとよく一緒に呑んでいる、関西出身の彼だ。

「何や何や、今日もまた俺の前で締め切りかいな」紹介が終わり、カンバンを片づけようとしていたトンビに茎原がボヤいたという。彼の輪番の直前で、求人は満たされてしまったのだ。「こないだもそないやったで。あんたもしかしたら、俺に嫌がらせしとんのとちゃうやろな」

「そんなことはありません。たまたまですよ」軽く受け流してさっさと引っ込んでしまえばよかったのだ。なのに一言、つけ加えてしまった。いつもながらトンビの悪い癖だった。

「第一、私らが貴方に嫌がらせする理由なんてないでしょう」

「そら分からんで。どこで誰に、恨み買《こ》ぅてるか誰にも分からん。こっちゃに身に覚え、なかってもな」

「それに輪番が自分の直前で終わったのなら、明日は確実に仕事に就けるわけじゃないですか。だからあながち、悪いばかりじゃないのでは」

「アホ抜かせ。明日も来んならん、ゆぅことやなぃか。毎朝、早起きせんならんこっちの身にもなってくれや」

「早起きくらいしましょうよ。こっちだって毎日、早朝から出勤してるんだから」

「何っ、お前らと一緒にすな。そっちは出勤すれば確実に給料もらえるんやなぃか。それも、税金から。こっちゃは来たから言《ゆ》ぅて仕事もらえるとは限らんのやぞ」

「税金はこの際、関係ねぇだろ」

「あるわぃボケ。公僕やったらちゃんと仕事せぇや」

「何っ手前ぇ、もういっぺん言ってみろ」

「おのれこそ何じゃ、こら」

茎原としても当初は、ちょっとトンビをからかってやろうと思っただけだったのではないか。からかうと直ぐ、ムキになったりして、な。俺達にとっちゃぁ軽い退屈凌ぎなんだよ。先日、親方の言っていた言葉を思い出した。それくらい毎日、誰もが鬱憤を溜めてるってことさ。時にはガス抜きでもしとかなきゃ、壊れちまう。

ところが遣り合っている内に茎原も、頭に血が上った。ついつい本気になった。

「おんどれ誰に物、言うとんのんじゃ。こっちゃホンマなら、関西の不動産王になっとった身なんぞ。お前なんぞ俺の眉の動き一つで、馘《くび》にできとったんぞ」

とうとう伸び上がってカウンターの仕切り越しに手を伸ばし、トンビの襟元を摑んでしまった。寄り場に引き摺《ず》り下ろしてやろうという勢いだった。

「まぁまぁまぁ」ユウさんが慌てて止めに入った。「こっちも言葉が過ぎてしまったみたいだ。謝ります。どうか、収めちゃもらえませんか」

ひたすら下手に出たため茎原も気を鎮めて、帰って行ったという。

「済みません、ユウさん」トンビも落ち着くと、心から反省したようだった。「いつもいつも俺のせいで、迷惑を掛けて。どうして俺、こうなのかなぁ。知らん顔をしていればいいのに。つい、反論しちまう」

随分、落ち込んでいたという。だから慰めてやってくれませんか、とユウさんから頼まれたのだった。

最近の若い者は子供の頃に叱られ慣れてねぇから、ちょっとのことで潰れちまう。以前、今戸土建の社長の言っていた言葉が浮かんだ。トンビもまだ若いのだから、もう少し慎重に見守ってやる必要があるだろうか。あの時、自分も思ったではないか。今回は丁度いい機会なのかも知れないな、という気がした。

トンビの住む官舎は松戸《まつど》にある。だから日比谷線で北千住に出ることにした。私の通勤ルートから言えば逆方向になるが、別に構わない。オヤジさんの帰られる方角でいいですよ。トンビは頻りに恐縮したが、まぁいいじゃないかと手を振った。俺もあっちの方へ出て呑むのは、久しぶりだし。

北千住駅の西口を出、線路に沿って戻る方角の狭い路地に呑み屋の密集した一角がある。前に何度か、入ったことのある居酒屋を選んだ。ここは何を頼んでも美味《うま》く、また安かったのを覚えていた。

生ビールで乾杯した。

「俺はつまみに〝千住揚げ〟。ここに来たらこいつは頼まなきゃ。後は任すよ。好きなものを頼むといい」

はいそれじゃ、とトンビは「まぐろのぶつ」だの「牛のハラミ焼き」だの腹に溜まりそうなものを次々注文し始めた。思わず、苦笑が湧いた。親方と『めぐみ食堂』に行った時や、万成先輩と上野に出た際とはえらい違いだ。歳をとるとどうしても食が細くなる。ちょっとしたつまみがあれば充分、満足できる。だが若い頃は、私達だって今のトンビのようなものだったのだ。

「俺、駄目なのかなぁ」既にビールから日本酒に切り替えていた。少し、酔って来たのかトンビが弱音を漏らし始めた。「この職場に向いてないのかな」

「そんなことはないさ」私は言った。本心だった。「お前はよく頑張ってると思うよ。まだ来て、時間が経ってないんだから。慣れなくてミスを犯すことだってある。そんなの、誰だって仕出かすことさ」

「でも労働者からちょっかい出されるとつい、ムカついて。言い争いになってしまう。いつもユウさんに迷惑を掛けちまう。後になって何であんなこと言ったんだろ、って後悔するんスけど。その時は頭に血が上って、言わなくてもいいことをワーッと言い返しちゃってる」

「そういうものさ」日本酒を一口、含んで呑み干した。「若い頃にはつい、感情が先走る。俺だって昔は、今のトンビみたいだったよ」

「オヤジさんが、ですか。マジっスか」

「あぁ。もっと酷《ひど》かったかもな。こっちだけじゃなく、労働者側も若かったから。みんな血の気が多かったから、何かと言うと直ぐに喧嘩だった」

「昔は暴動なんかもあったそうですね」

「俺が来た頃にはもう、そこまではなかったけどね。だが昔は本当に大変だった、って話は先輩からよく聞かされた。交番や京北センターも焼き討ちに遭った。うちだって囲まれて籠城《ろうじょう》したことがあるって話だ。電話線も外から切られてね」

山谷《ヤマ》の住民にとって溜まった鬱憤をぶつけるには、公的機関こそ格好の対象だったのだろう。街にはヤミの手配を請け負うヤクザだって多くいた。日雇い労働者のなけなしの金すらピンハネする。新左翼系の団体との衝突が絶えず、山谷のドキュメンタリー映画を撮ろうとしていた監督が刺殺されたり、団体の幹部が撃ち殺されたりといった事件もあった。

「物騒だったんスね。今とは比べ物にならないくらい」

「今もトラブルの芽はいくらもある。だがまぁ労働者も、歳をとったからな。昔のように暴動なんてことはもうないとは思うよ」

「その時代だったら分かりますよ」今日のトンビはどうやら、自らを追い込むモードに入っているようだった。「周りも血走ってるから、こっちだって反応しちまうってのは分かります。でも今はオヤジさんも言った通り、みんな歳をとって落ち着いて来てるのに。俺ばかりが直ぐ感情に走っちまう。やっぱ向いてないんっスよ、俺はあそこに」

そんなことはないともう一度、打ち消した。「逆に周りが老けて、お前ばかりが若いせいもあるのさ。若い者を見るとついつい、からかいたくなってしまう。それは年寄りの悪い癖でね。わざとちょっかい掛けて怒らせ、息抜きをしている。お前が乗せられてしまうのも、周りが老獪《ろうかい》だからという面もあるのさ」

「マジっスか。そうなのかなぁ」

「俺が先日、一緒に呑んだ労働者も同じことを言ってたぞ。あの街では誰もが鬱憤を溜めているから、ってな。だからお前が連中に乗せられるのも、いいガス抜きになって街のために一役買っているのかも知れんぞ」

「そうなのかなぁ。そんなので役に立つってのも、何か複雑。でもまぁいいや」

少しは気分も晴れて来たようだった。こうした切り替えの早さも、若さ故の特権なのだろうか。いや、でもこいつホント美味いっスねぇ。つまみに舌鼓を打つ余裕も取り戻していた。確かにここの〝千住揚げ〟は絶品だ。魚の擂《す》り身を揚げたものだが、中に入った玉《たま》葱《ねぎ》が絶妙で甘みが口一杯に広がる。シャキシャキした歯応えも堪《たま》らない。

「でもホント、俺オヤジさん尊敬するっスよ」落ち着くと今度は、酔いの回りが少し早くなったようだった。「いつも街に出て、労働者と親身に接して。あんなことできる職員、他にいませんモンね。またオヤジさんが労働者から信頼を得てるから、俺達も仕事の上で何かと助かる。尊敬っスよ、マジで」

「街に出るのは俺だけでいい」私は言った。日本酒を口に放り込んだ。「彼らとの接し方は難しい。互いの距離の保ち方が、な。俺は長年、こうしているから何となく感覚で分かるが。下手な接し方をすればトラブルの元になってしまう。だからお前達は、俺みたいな真似をすることはない」

「何かあったんスか」人の内面にずけずけと踏み込もうとする。この辺りも若さ故の特権か。やっていることの意味も、よく自覚せずに。ユウさんら古株は何があったか、知っているだろうがこのトンビは何も聞かされてはいないのだ。「オヤジさんだって昔は、俺達みたいにあまり街に出ることはなかったんでしょう。それが今みたいに、彼らと親身に接するようになったのは。切っ掛けになったことが、何かあるんスか」

いつものように南千住駅で日比谷線を降り、出張所に向かって歩いていると感触があった。街がざわめいている。何かあったんだ。咄嗟に、察した。

「殺人事件らしい」職場に着くと、万成先輩が教えてくれた。「だがこっちとは関係のないことだ。お前が気にすることなど、何もない」

昨夜、見た夢が浮かんでいた。鮮明に。空気のざわめきから先輩の声まで、くっきりと浮かび上がっていた。

こめかみを汗が流れ落ちた。自分でもよく分かった。手が小刻みに震えていた。奥歯がギリッ、と鳴った。

「どうしたんスか」トンビの声が頭上から降って来た。「オヤジさん、顔が真っ青っスよ。気分でも悪いんじゃないですか。大丈夫っスか、マジで」

「何でもない」大きく頭《かぶり》を振った。深く息を吸い、長く吐き出した。数回、繰り返すといくらか楽になった。「大丈夫だ。ただちょっと、嫌なことを思い出してな」

「済みません。俺が余計なこと言ったんですね。あぁ駄目だ、俺ってやっぱり」

「お前のせいじゃない」またも首を振った。だが今回は力なく、しかできなかった。「昔のことだ。お前が気にすることはない」

お前が気にすることはない、か。口にしながら、自嘲《じちよう》が浮いた。以前、俺が万成先輩から掛けられた言葉そのままじゃないか。今日はトンビを慰めようと思って酒席に誘ったというのに。これじゃ本末転倒、以外の何物でもない。

そうして、悟っていた。何故《なぜ》、久しぶりにあの夢を見たのか。今もこうまで動揺してしまうのか、をはっきりと自覚していた。

11

いよいよ今年も大詰め、大晦日《おおみそか》を迎えていた。ここのところ毎日、寒い風が吹き抜けていたが今日の玉姫公園だけは別だった。大勢の人間が詰め掛けており、人いきれが周りの空気まで温めているのだ。あちこちで寸胴鍋《ずんどうなべ》が火に掛けられ、豚汁やカレーなどが湯気を立てているがそれだけではここまでの熱気にはならない。

毎年、大晦日に恒例のボランティアによる炊き出しだった。山共会が中心になって主催しており、私も早い時間から参加して手伝った。炊き出しはとにかく準備段階から人手が要る。大量の食材から道具、食器などを運び込むだけで大変だ。漸く料理が湯気を立て始めると労働者がどっと詰め掛ける。長い長い列が出来、分け隔てなく料理を配らなければならない。もっとも最近では、あいつの方が量が多いなどという喧嘩もあまり起こらなくなってはいるが。皆、大人しく列に並び黙々と配膳《はいぜん》を受けているが。

それでもなるべく平等に、しかもできるだけ大勢に配る手腕となると自分でもいささか心許《こころもと》ない。だから配膳の段になれば、後は山共会の人達に任せた。そろそろ帰らなければならなかった。今夜は久しぶりに、家族四人が顔を揃える日なのだ。

「お疲れ様でした」「本当に有難うございました」ボランティアの人達に挨拶し、玉姫公園を出た。

公園の入り口には『恩寵のひかり』の野上牧師もいた。『めぐみ食堂』を経営している、例の教団だ。山共会にはキリスト教系の関係者も多く、そんなところから教会の人々もボランティアとして参加していたのだった。炊き出しの経費、関係の書類でも入っているのだろうか。例のセカンドバッグも右手にあった。

「やぁ牧師さん」声を掛けた。「そろそろ帰ります。まだまだ人手が要るのに、先に切り上げて申し訳ないのですが」

「何の。ご家庭があるのです。大切にされるのは当たり前ですよ。むしろこんな時間までお手伝い頂いて、恐縮なくらいです」

ふと視線が、私の背後を向いているのに気がついた。振り向くと遠くを歩いている人影があった。千住大学の夏霧准教授だった。労働者福祉を研究する一環としてフィールドワークも重視しており、時間を見つけてはこうして街を歩き回っているのだ。だから彼の姿を見掛けるのは、珍しいことでも何でもなかった。この街、以外にもあちこち歩いて現況を調べていると聞く。

「こんな大晦日まで」思わず、感想を漏らした。「熱心なことですね、全く。さすがにこの日まで、学生を引き連れることは無理だったのでしょうが。それでも、一人で」

「え、えぇ」牧師は視線を私に戻した。「本当ですね」

そう言えば准教授、家庭は持っているのだろうか。聞いたことがなかったのに思い至った。いずれにせよ大晦日まで街をうろつかずにはおれない。私のような酔狂が他にもいるのだ、と考えるとおかしかった。そのまま、言葉を口にした。

「何を大切に思うか。価値観は人それぞれです」牧師は応えて言った。「酔狂、と一概に括《くく》るようなことではないのではないでしょうか」

牧師に別れを告げ、その場を離れた。

ところが改めて駅に向かおうとしたところで、田野畑らに見つかってしまった。「よぉ、オヤジさんじゃなかね。さぁさぁ、こっち」「寄ってってぇな。な、な。年の最後に一杯、つき合って行きぃな」

「いやぁ、申し訳ない」歩み寄って、頭を下げた。共に腰を下ろすことは避けた。するわけにはいかなかった。「つき合いたいところだけど、ちょっと、次が」

親方も一緒にいてくれたので、助かった。いいから行け、と右手をシガレットホルダーごと振った。「ノブさんも年末で、何かと忙しいんだろ」

いったん彼らと同席してしまっては、座を外し難くなる。何と言ってもこちらだけ、温かい家庭に戻る身だ。どうしても後ろめたさを覚え、なかなか立ち辛《づら》くなってしまう。一杯つき合った後に私が帰ると言い出せば彼らだって改めて実感する。そうだこの人には戻るべき家庭があるのだった。対して、俺達は。寂しい現実に直面することになる。だから最初から同席しない方がいいのだった。親方が行け、と言ってくれたのを幸い足早に立ち去った。

「ほんならね～オヤジさん」「よいお年を。来年もよろしゅうに、お頼申しますぅ」最後まで明るい彼らの声が救いだった。

帰宅してみると、もう直ぐ午後六時という時刻だった。喜久子と娘、宣枝《のぶえ》とでお節料理の仕上げに奮闘していた。正月、我が家には別に来客があるわけでもない。それでも喜久子はお節の中身に手を抜くことはなかった。買って来た出来合いで済ませる、ということも決してなかった。家族が集う場はきっちりしておきたい、という思いがあるのだろう。宣枝もその辺りは子供の頃から仕込まれており、小学校高学年になると手伝わされるようになった。今では仕事が忙しいため材料の買い物までつき合う時間はないが、仕上げにおいては変わらず貴重な戦力になっていた。

　こうなると男の出る幕はない。お節だけでなく雑煮や屠蘇《とそ》など明日の準備が万端、整ってから女達は初めて夕食の席に着く。私は冷蔵庫から缶ビールを取り出し、ベランダを眺めながら先に始めさせてもらった。息子、喜久宏《きくひろ》が帰って来ていれば乾杯につき合ってもらいたかったのだが。どうやらまだのようだ。先日、買って来たシクラメンに目を休めながら一人ちびちびとやっている他なさそうだった。

　喜久子と宣枝の準備が漸く整い、三人で改めて乾杯した。喜久宏はまだ帰って来ない。宣枝はビールはあまり好きではない、ということで最初からワインだった。

　食べるのも、正月料理を整えた際に出た余り物だった。それでも充分なのだ。食材にいいものを買って来ているので、ちょっと手を加えただけでご馳走《ちそう》になる。とても余り物とは映らない。その辺りも喜久子は、しっかりしていた。手抜きは一切、なかった。

紅白歌合戦が始まる時刻になっても、喜久宏は帰っては来なかった。紅白が、見ても分からない歌手ばかりになって久しい。歌だって聞いても分からない。ただ恒例なのでつけているだけだ。見たこともない歌手が聞いたこともない歌を歌うのを眺めながら、のんびりと盃を傾けるだけだった。

「全くもう、あいつったら」とうとう堪忍袋の緒が切れたように、宣枝が吐き捨てた。酔いが回り始めたか、頰がほんのり赤く染まっていた。「実はこないだ、あたしのところにも来たのよ。それも、お金を貸してくれ、ですって」

「まぁ」喜久子が眉を小さく顰めた。彼女も一杯目のビールから、既にワインに移っていた。「それで、幾ら」

「十万よ。必ず返すから、って。そりゃいくら、こっちは勤めの身だからって結構な金額には違いないわ。当たり前よ絶対に返してもらいますからね、って釘を刺して貸してあげたけど」

宣枝は大学卒業後、大手電機メーカーに就職した。本社は東京都心部にあるのだが、彼女の勤める工場の所在地は山梨県の大月《おおつき》市であり、ここから通うことはちょっと無理だ。工場近くの社員寮に住んでいた。喜久宏は金の無心にそこまでやって来たらしく、彼からすればかなりの距離を往復したことになる。

「何だ」私は言った。「あいつ、バイトしてるんじゃなかったのか」

「それじゃ足りなかったらしいのよ。今度のお芝居、大掛かりなものらしくって」

喜久宏は埼玉大学の二年生。うちから通えないことはなく事実、一人暮らし用の部屋は外に借りていないのだが入学後、芝居の魅力に取り憑《つ》かれてしまった。最初は学内のサークル活動だったのだがその程度では物足りず、知り合いの伝手《つて》でアングラ劇団に飛び込んだ。芝居は金も時間も掛かる。とても長距離通学などしていられず、劇団仲間のアパートに居候させてもらっていると聞く。殆ど家に帰って来ない生活が続いていた。

「ちょっと心配なのよねぇ」喜久子が言った。ワイングラスをテーブルに置き、頬杖《ほおづえ》を突いた。「あそこまでお芝居に、入れ込んでしまって。勉強も疎《おろそ》かになっているんじゃないかしら」

「やってるわけないわよ、勉強なんか」

芝居の稽古《けいこ》と、費用を捻出《ねんしゅつ》するためのアルバイト。両方に打ち込めば成程、勉学に割いていられる時間など限りなくゼロに近かろう。余裕もなくまたその気にもなかなかなれまい。

「まだ大学の二年だ」私は言った。芋焼酎《いもじょうちゅう》の水割りをごくりと呑み干した。「自分のやりたいことに打ち込むのは、いいんじゃないのかな。若い時分の今だからこそできることもあるし」若さ故の特権、の言葉がふと浮かんだ。トンビの顔を思い出してしまい、苦笑を抑えるのに困らせられた。

「甘いわよ、お父さん」宣枝が口を尖《とが》らせた。「今では世論や政府の意向に押されて就職活動の解禁を、企業側が遅らせる傾向にはあるけれど。やっぱり三年生の内から動き始めておかないと、不利なのは確かなのよ。おまけに四年生になって本格的に就活を開始すると、他のことにはなかなか手が回らなくなる。せっかく就職が決まっても卒業できなくて取り止め、ってケースだってあるんだから。だから今の内から、早め早めに単位を取っておいた方がいいのよ」

「ははぁ、そんなものかね」

せっかく受験勉強に身を削り、大学入学を果たしたというのに。少しはゆっくり自分の趣味に浸る時間も欲しかろうというのに、現実はなかなか許してはくれないというのか。今の若者に同情を覚えた。私らの頃はもうちょっと、緩やかだったのではなかったか。精神的余裕もあったのではなかろうか。現代はとかくあらゆる局面で、ギスギスした雰囲気ばかりが感じられる。

「あなた。ちょっと一言、あの子に言って下さらない」喜久子が私を向いた。眼がかなり、真剣の光を帯びていた。「お芝居を趣味にするのもいいけれど、勉強を疎かにするようじゃ駄目だって」

「そうよ」宣枝も大きく頷いた。「第一ここから大学に通うって取り決めだったのに結局、友達のアパートなんかに転がり込んで。だからガツンと言ってやればいいのよ。勉強もしないようじゃ外泊は許さない、って。毎晩ここに帰って来るよう義務づけるぞ、って」

「まぁなぁ。しかし今夜はせっかくの家族、揃っての年越しじゃないか。楽しく過ごしたいじゃないか。そんな刺々《とげとげ》しい話は、こういう場では」

「だからお父さんは甘い、ってのよ。なかなかここにも帰って来ないんでしょう。言うとしたら、この機会しかないじゃない。今を逃したらいつ言うのよ。ガツンと雷、落とせる時があるってのよ」

いやはや、女性はやはり恐ろしい。妻と娘の二人で迫られれば、抗し切ることなど不可能だ。何とか宥《なだ》めようと努めたが結局、一言だけでも釘を刺しておくと誓わされてしまった。

温かい家庭、か。ついついまた苦笑が浮かびそうになった。実質、中を覗《のぞ》いてみればこんなものだ。家庭ごとに何かしらの問題があり、どう対処するかで鍔《つばぜ》迫り合いも生じる。もっともこの程度の問題で済んでいること自体、幸せの証拠なのかも知れないが。他所《よそ》にはずっと深刻な事態に悩まされている家庭だってあるのだろうが。

それに家族がいなければ、こうした揉め事だってあり得ない。さざ波すらないのも寂しいことに違いない。またもいつの間にか、山谷《ヤマ》の住民を思っている自分がいた。

「あらもうこんな時刻」喜久子が立ち上がったので、我に返った。「そろそろ、年越し蕎《そ》麦《ば》の準備に掛からなくっちゃ」

「そうよ。あんなの待ってたって、いつになるか分かりゃしないんだから。何か手伝おうか、お母さん」

「いいのよ。準備はもう済ませてたから。後はツユをあっためたり、お蕎麦を茹《ゆ》でたりするだけだから。宣枝はゆっくりしてて」

「はぁい。ほぅらね、お父さん。あいつ、信頼できないでしょ。やっぱり一言、ガツンと言ってやらないと」

除夜の鐘が遠くから響き始め、年越し蕎麦を三人で啜る場はどこかぎこちない空気に包まれざるを得なかった。

結局、喜久宏が帰って来たのは『ゆく年くる年』が始まり、年が明ける間際になってのことだった。

12

習慣というものは恐ろしい。元旦《がんたん》くらいはゆっくり寝ようと頭では思っていても、身体が聞いてくれない。いつもの時刻に目が覚めてしまった。

コーヒーを飲んでいるとやがて喜久子も宣枝も起きて来た。いずれも勤め人の身だ。娘も今の生活パターンがすっかり身体に染みついているのだろう。いつまで経っても起きてこないのが喜久宏だった。こちらも大学生としては、普遍的な生活パターンなのには違いない。まして芝居をしているのだ。就寝も起床時間も不規則になるのは仕方がない。痺《しび》れを切らした宣枝が起こしに行こうとするのを再三、宥《なだ》めなければならなかった。

それでもさすがに一人だけを待ち続けて、手持ち無沙汰《ぶさた》の感は否めない。仏壇に鏡餅《かがみもち》を飾ったり、玄関ドアのところに国旗を掲げて来るなど元旦にやるべきことは全て済ませてしまった。正月に付き物の何の中身もないテレビ番組を眺めるのもいい加減、飽きて来た。それに何より、腹が減った。

「さすがにもう限界」九時になって、喜久子が言った。「宣枝、起こして来て。私はお雑煮の用意に掛かるから」

もうちょっと寝かせて。いい加減にしなさい、の応酬が廊下の先から暫く聞こえていたかと思うと、やがて宣枝が戻って来た。「何とか起こしたわ」大きく溜息《ためいき》をついた。「最後には起きなきゃ借金、取り立てるわよと脅さなきゃならなかった」

洗面所で顔を洗い終えた喜久宏も居間に入って来た。「酷《ひで》ぇよなぁ」まだ半分がた、眠りの中にいる顔でボヤいた。「金を借りた件は誰にも言わないで、って頼んどいたのに。早速バラしてるんだモンなぁ」

「あんたのことなんか端《はな》っから、信頼してませんからね。放っといたら返すわけもないから、イザとなったらお父さん達にも協力してもらわないと。そのための布石は今から打っとかないと」

「返すよ。ちゃんと返すって」顔を両手で擦《こす》りながらテーブルに着いた。「公演が終わったら突貫でバイトだ。それで、ちゃんと」

それより勉強でしょ、の眼が私を向いた。ガツンと言うのは今だ、と宣枝の表情が強く主張していた。昨夜は喜久宏の帰りが遅く、私達もじきに寝てしまったため話らしい話もできなかったのだ。

ところがそこで、雑煮の用意が整った。湯気を立てる雑煮を前にして、説教する気にもなれない。腹がとにかく減ってもいる。その話は後でな、と宣枝に眼で言った。仕方がないかな、と彼女も納得したようだった。

まずは家族で屠蘇を回して飲み、改めて朝飯に向き合った。うちの雑煮は美味い。外で自慢したことはないが、密《ひそ》かに思っている。鰹《かつお》と昆布でダシをとり、薄口醬油《しょうゆ》で味つけする。具は餅に鶏肉、里芋と椎茸《しいたけ》に人参と小松菜。どれもがツユにしっくり合い、口の中でとろける。

「この雑煮は、福島風なのかぃ」最初に頂いた時、喜久子に尋ねたのを覚えている。「お母さん仕込みの味つけなのかな」

「うぅん」と喜久子は首を振った。「うちの両親はとにかく、忙しかったから。お正月も何も関係なかった。ちゃんとしたお雑煮を作る余裕もなかったの。だからお雑煮って全国でそれぞれ違うって聞くけど、福島風がどうなのか私も知らないのよ」

悪いことを訊いてしまった、と後悔した。だから彼女は必死で料理本などを研究し、自分なりの雑煮を作るべく試行錯誤したのだという。行き着いたのが、この味なのだという。

そこで今でも、味の由来について言及するのは避けるようにしている。ただただストレートに「美味い」と感嘆の吐息を漏らすだけにしている。

今日もそうだった。まずは喜久宏が「やっぱりお袋の雑煮は最高」と口火を切ると、私も宣枝も全くだと賛同した。毎回、年始の恒例のようなものだった。

「姉ちゃん、この味そろそろマスターしたか」ところが今年は喜久宏が一言、追加した。

「受け継ぐのは姉ちゃんしかいないんだぜ」

「一通りの作り方は習ったけど、まだまだね」宣枝は小さく首を振った。「ここまでの味は出せない。やっぱり一人で、何度もやってみないと無理よ。でも今はお仕事が忙しくて、お料理にまでは、なかなか」

「そんなこと言ってると直ぐ、歳《とし》をとっちまうぞ。雑煮も作れないんじゃ嫁の貰《もら》い手もなくなるぞ」

「何よ、それ」宣枝がキッ、と目を剝いた。同時に腰を浮かせた。これは冗談では済まなくなりそうだ。

「あんた達、いい加減にしなさい」喜久子が窘《たしな》めた。「お正月、早々。何やってるの」

「そうだ」私も妻に便乗することにした。ただ、刺々しい雰囲気のままではいけない。軽口で丸める手に出た。「今のはどう見ても喜久宏の言い過ぎだぞ。もしかしたらさっき、眠いところを起こされたのを根に持ってたんじゃないのか」

「あはっ」喜久宏が素早く応じた。「それもあったかな。でも考えてみりゃ、姉ちゃんに感謝しなきゃな。起こしてくれなきゃこんな美味い雑煮、食えなかったんだからな」

座で笑いが弾けた。お陰で場の空気は柔らかくなったが、息子に説教する機会は逸してしまった。


一息、入れて皆で初詣《はつもうで》に出ることにした。昔は京成電車に乗って成田《なりた》山まで行くこともあったのだ。大晦日は電車は初詣客のため、終夜運転をしている。時間帯を気にせず行くことができる。

とは言え毎年、元旦には明治神宮に次ぐ参拝客数を誇る成田山新勝寺《しんしようじ》だ。悪い時間に行ってしまうと、大本堂に辿《たど》り着くまで何時間も掛かるという羽目に陥る。狙《ねら》い目は午前三時から六時辺りの時間帯だった。その前と後に比べればまだ、人通りも減る。それでもまぁ、一時間以上は要してしまうのだが。

この時間帯に成田山へ行くためには、相当な早起きをしなければならない。無理して強行した時期もあったが、ここのところは地元の大神宮、意富比《おおひ》神社に参るのが慣例になっていた。成田に行ったって必死で早起きした挙句、人ごみに揉みくちゃにされて疲れるだけ。ならば近場で済ませて何が悪い。歳をとるとどうしても合理的な選択、つまりは楽をする方の誘惑に負けてしまう。まぁ慣れない勤め人の身で頑張っている、宣枝の身体のことだって考えなきゃな、などと人のせいにしながら。

意富比神社までなら歩いて歩けない距離ではない。どうせ混んでいる公共交通機関で行くよりいいさ、と天気がよければのんびり歩を運ぶのを常としていた。歩きながら今年の正月は暖かいだの寒いのと、他愛もない会話を交わすのがまた楽しい。

「昔は成田山まで行ってたのにね」さっきのリベンジがまだ残っていたのか。宣枝がチクリと言った。「寝坊助さんが一人いると、そんなのまぁ無理よねぇ」

「何だよ、さっきの仕返しかよぉ」喜久宏が口を尖らせた。「しつけぇなぁ。ちゃんと謝ったじゃん」

「謝ってない。父さんが軽口を言ってくれて、誤魔化してもらっただけよ」

「感謝してるって言ったじゃん。それにどっちにしろ、俺は成田まで行く暇はないよ。今夜中には東京に帰らなきゃ」

虚を衝かれた。えっ、と思わず声が漏れた。喜久子も思わず立ち止まっていた。

「何、言ってんの」宣枝が声を荒らげた。と言っても周りにも通行人がいるため、控え目に、ではあったが。「あんた昨日だって、あんなに遅く帰って来たじゃないの。それをもう、今夜だなんて」

「だって仕方ないだろ。舞台の準備が大詰めなんだから。やらなきゃならないことはいくらでも、それこそ無限なくらいあるんだ。本当なら昨日だって、帰れなくてもおかしくはなかったんだよ」

「まぁまぁ」なおも詰め寄ろうとする宣枝を、抑えた。「この話は、後だ。お参りの後で、にしよう。神様の前に出ようというんだ。心がささくれ立っていたんでは、思《おぼ》し召《め》しも悪くなってしまいそうじゃないか」それに、とつけ加えた。「それに喜久宏だって昨日、無理してでも帰って来てよかったじゃないか。何と言ってもお陰で、美味い雑煮にありつけたんだから」

　何とか角突き合わせる局面は避けられたようだった。やれやれ、と吐息をついた。職場でも家庭でも、俺はこんな役回りばかりじゃないか。

　成田山とは比べ物にならぬとは言え、意富比神社の混雑もかなりのものだった。鳥居が見えて来た頃から道が混み始め、参道は人でごった返していた。参拝を済ませるまで、結構な時間が掛かった。

帰りは女二人とは別行動を採ることにした。せっかくの機会だ。喜久宏とゆっくり話してみる積もりだった。こういうことは男二人だけの方がいい。特に宣枝がいると、険悪な遣り取りにもなり兼ねない。冷静な話し合いがなかなか期せない。

喜久宏だって悪いことをしているわけでは決してないのだ。悪事に手を染めているのなら叱りつければいいが、そうではない。ちょっと芝居に入れ込み過ぎて、他のことが疎かになっているというだけである。だから説教と言っても、険悪になる必然性はない筈だった。落ち着いて話し合えば、互いに納得できる結論に辿り着ける筈だった。

家へ戻る途中にある、ファミリーレストランに立ち寄った。普段はあまり使うことはないが、こういう時には有難い。一昔前は元日と言えば、開いている店など一軒もありはしなかった。

席に着くとウェイトレスにビールを頼んだ。あまり酔っては真剣な話など覚束《おぼつか》ないが、逆に素面《しらふ》でも口が上手く動きそうにない。適度な舌の湿りが必要だろう。喜久宏はワインをハーフボトルで注文した。父さんも二杯目からは、こっちでいいだろ。最近の若い者は「取り敢えずビール」をあまりやらないというが、我が息子も然《しか》りだったようだ。

「ちょっとお堅い話をするぞ」乾杯した後、切り出した。「昨夜ははっきり言って、いい雰囲気の大晦日とは言い難かった。帰って来るまでお前の話題ばかりだった。やっぱり気になるからな。若い頃、何かに打ち込むのはいいことだと思うが程度というものもある。

度が過ぎる、となれば心配もしてしまう」

「まだ大学二年だよ」喜久宏が言った。「一番、好きなことに打ち込める時期だ。今くらいいいじゃないか」

「俺もそう思った。だけど宣枝がそろそろ就活のことも考えなきゃ、と言い出してな。正式な就職活動は四年になってからの解禁であっても、実質的には三年の内から動いていないと何かと不利だそうだ。そう言われると俺としても、そんなものかなと思ってな。また就活が始まれば勉強の方の時間がなかなかとれない。だから今の内から、単位はできるだけ取っておいた方がいい、と。あいつに言われると説得力があるんだよ」

「まぁなぁ」喜久宏は両手を頭の後ろで組み、椅子《いす》の中で少し背を反らした。「そりゃ姉ちゃんは社会人の先輩だから、ご意見も有難いけども。でもなぁ。今はそんな先のことも考えられない。目の前のことで一杯だ。大好きな、芝居のことしか」

無趣味を自認している私だ。仕事が生き甲斐《がい》、と称しても過言ではない。だから芝居のようなものに没頭できる、喜久宏が少し羨《うらや》ましいような本音もあった。私ごとき無粋人が文化的活動にのめり込む、息子に意見ができるのかという自省もあった。

「俺はこれといった趣味を持たない人間だから」そのまま、口にした。「正直に言って、お前の気持ちが分からない。理解できないところがある。だからまともな反論もできない。今は目の前の、大好きなことしか考えられないと言われればそれじゃ駄目だと頭から否定もできない」

ビールを呑み終えたので私もワインに切り替えることにした。ウェイトレスを呼び、ワイングラスをもう一つお願いした。

「俺も最初は、芝居なんかどうでもよかったよ」息子が言った。「人前で訳の分からない演技をして、何が楽しいんだと小馬鹿にしてるようなところがあった。でも友達に誘われて、ちょっとやってみたら違ったんだ。これまで全然、知らなかった世界がそこにはあった」

色んなキャラクターになることができる。それが何より楽しくて仕方がないのだと息子は語った。例えば悪人を演じることもある。本来なら唾棄《だき》すべき人間だ。ところが演じるからにはそいつになり切らなきゃならない。そうでなければ見ている客に嘘《うそ》が伝わってしまう。世間的には悪事であろうがそいつにとっては、どこかに正当性があるのだ。だからこそ彼は、葛藤《かっとう》なく犯罪に手を染めることができるのだ。とことん、キャラクターの気持ちになり切る。俺は悪いことはやっていないと感じながら、悪事を働く役を演じる。そうして初めて、観客に説得力を以《も》って受け入れられる。

「人にはそれぞれの考え方がある」喜久宏は言った。語る時の眼は真っ直ぐな光を放ち、表情全体が輝いていて父親から見てもとても魅力的に映った。「色んな観点がある。良きにつけ、悪《あ》しきにつけ、ね。演じているとそれが分かる。視野が広がるんだ。世界を全く違った角度から見れるようになる。楽しくて堪らないよ。芝居に出会って、今は毎日が新鮮なんだ」

「そうか」言えることは限られていた。ただし、おざなりに言葉を返しているわけでは決してなかった。「父さんにはやっぱりよく分からん。ただお前にとって、芝居がとても大切なものなんだということは伝わったよ」小さく笑って、つけ加えた。「説得力があった。そいつもまた、芝居を通して身につけたものなのかもな。だとしたらそれだけでも、素晴らしい効能と言うべきだろうな」

「うちの劇団には社会人も大勢いる」息子は応じてちょっと笑った。再び語り出したが、眼の輝きは変わらなかった。「昼間は普通の仕事をして、夜は芝居だ。稽古をしたり、舞台の道具をこしらえたり。中には家族持ちの人もいる。大変だと思うよ、普段の生活と芝居とを両立させるのは。それでも止《や》めようとはしない。皆、舞台に取り憑かれているんだ。またそれだけの魅力があるんだ。俺にはあの人らの気持ちがよく分かる」

聞くと公演は、今月末らしかった。なのに皆の芝居がまだ落ち着かない。それぞれの役が身についていない。セリフも改善の余地が大いにあるようで、話し合いながら変えていかなければ。そのためには、とにかく稽古である。何度も何度も演じることで役と自分とが自然に一体化し、言うべきセリフも定まって来る。道具の配置、立ち位置。全てが落着するまでにはまだまだ時間が掛かる。だから正月とは言え、ゆっくりはしていられないのだ、と。

上演は金土日の三日間で、土日は昼夜の二回公演。劇場は下北沢《しもきたざわ》の駅前という。「そうか」私は言った。「一度、俺も観《み》に行ってみるかな」

「父さんが」思ってもみなかった言葉だったのだろう。喜久宏は一瞬、ぽかんと口を開けた。「そ、そりゃ、嬉しいけど。照れ臭いけど確かに、観てもらいたい気持ちはあるよ。でもなぁ。うちはアングラ劇団だから。中身もシュールだから、父さんには観ても訳が分からないかも」

「そうかも知れん」シュール、の意味がよく摑めなかったが質《ただ》すのは止《や》めにした。「ただやっぱり、一度は観てみたいじゃないか。お前をそれ程、虜《とりこ》にしているものを。そりゃ観たって父さんには難し過ぎて、分からないかも知れないさ。それでも何かしら、感じるものはあるかも知れない。お前を熱中させる何かに、俺も共感を覚えるかも。観ることもせず、何かも分からずに話をしても、通じ合えることはないだろうからな。まずは一度、観てみる。次の話をするのは、それからでも遅くはないだろうさ」

「そうか」喜久宏の表情が晴れ晴れとしたものになっていた。「嬉しいよ、父さんに言ってもらえて。まぁちょっと照れ臭いけどね。恥ずかしくないようなものにしなきゃならない、プレッシャーもあるけどね。でも本当に来れるの。時間、作れるの」

「それはちょっと分からん。何か、急な用が入ってしまうこともあり得るからな。だからこの場で確約はできない。ただできるだけ行けるよう、努力する。今日はそれくらいで、勘弁してもらおう」

丁度、ワインのボトルがそろそろ空くくらいになっていた。二つのグラスに分けて注ぎ、最後の乾杯を交わした。

「ただし、だ」一口、呑み干してから言った。人差し指を息子に向けた。「今夜は、うちにもう一泊していけ。芝居のことで気が気じゃないのだろうが、母さんの気持ちも考えてやれ。心配しているんだ。だから今夜、一晩は母さんの料理を味わって行け。安心させてやれ。それくらいは息子としての務めじゃないかと俺は思うぞ」

「分かった。分かったよ」喜久宏は大きく頷いた。「それにそうすりゃ、姉ちゃんもうるさく言わねぇだろうしね」

「そうそう。そういうことだ」口元に思わず、笑みが浮かんだ。「借金を返せとせっつかれなくて、済むかも知れないからな」

笑い合って互いにグラスを空けた。

息子と腹を割り、話し合ってよかった。心から、思った。何があろうと彼の芝居を観に行ってやらなきゃな、と固く胸に誓った。

13

「それは警察の仕事だ」万成先輩の顔が浮かんでいた。これだけ言っても分からないのか。私が街に出歩くのを止《や》めさせようと、胸倉を掴《つか》んで来た時と全く同じ眼《め》をしていた。「その男が何者で、何をやってあの街に流れ着いたか。ホームレス狩りにしろ何にしろ、どういう最期を迎えたのか。調べるのは、警察だ」

「殺人事件らしい」の声も響いた。同じく万成先輩だった。ずっと以前に耳にしたものだが、声の強さは変わらなかった。「さっきそこで、人が刺されたらしい。だが何があったにしても、こっちとは関係のないことだ。お前が気にすることなど、何もない」

「あれはお前のせいじゃない」これまで誰もが何度も言ってくれる、言葉が反響した。先輩の声の裏で重なり合い、耳の奥で鳴り続けた。「対処したのが誰だったとしても、同じことをしていたさ。だからあの事件が起こったことに対して、責任を感じる必要はどこにもない」

だが、違うのだ。やはりあれは、俺が悪かった。俺がもうちょっと、彼らの気持ちを汲《く》んでいればよかったのだ。そうすればあれは起こってはいなかった——

はっ、と目を覚ました。

瞼《まぶた》を開いた、視界に映るのは暗い天井だった。家の中だ。まだ夜、朝までは時間がある。

ここのところ立て続けに、夢を見る。理由は既に、自明だった。ふぅ、と長く息をついた。仰向《あおむ》けになったまま掛け布団から右手を出し、額の汗を拭《ぬぐ》った。

隣の喜久子も起こしてしまったのが分かった。だがもう彼女も、何も言わない。黙って寝た振りをしている。

私も最早《もはや》、声を掛けることはなかった。言って、何になる。彼女の心配を打ち消すことに繋《つな》がりはしない。むしろ、より不安にさせてしまうだけかも知れない。そのまま静かに目を閉じた。動悸《どうき》が収まるのをただ、待った。

もう眠れない。分かっていた。しかし布団から出るような時刻でもない。さすがにそんなことをしてしまえば、喜久子も起き出して来るだろう。余計なことはできない。

閉じた瞼の裏に、遥《はる》かな記憶が浮かんで来た。映像は彼方《かなた》から徐々に近づいて来、鮮明になっていった。

ずっと昔、私が最初に出張所に赴任した時の出来事だった。当時は今とは全く違い、我が国の経済はまだ活況を呈していた。労働者も私も、街もまだ若かった。建設現場の求人は、引っ切りなしだった。

その日もそうだった。求人が次々と舞い込んだ。中に、首都高の橋梁《きょうりょう》工事で足場の作業主任者を求めるものがあった。

「技能講習の修了者」私は声を張り上げた。本日の工事内容と、建設会社の求めている資格を読み上げた。「吊《つ》り足場の組立工事。作業主任者、一名」

足場とは構造物の建設や改装といった際、作業員が動き回れるよう壁などに沿って設けられる、仮設の通路である。初めから部品化されている足場を現場で組み立てて設置することも多いが、そのスペースもないような場所では昔ながらに丸太や鋼管を組み上げることも珍しくはない。いずれにせよ人間が空を飛べない以上、高所で仕事をする上で足場は欠かすことはできない。

設置する際、大地に対して水平に設けるのが足場の基本である。そうでないと作業員の平衡感覚が狂い、危険であるだけでなく建材の建て付けにも狂いが生じる。自分の足下が歪《ゆが》んでいて、部材の位置関係を正確に把握できるわけがない。人間の感覚とはそういうものだ。

だが実際の現場では、地面が水平とは限らない。むしろ傾いていたり凹凸があったり、一定でない方が普通である。なのにそんな不安定な地面を基底に、足場を組んで水平に保たなければならないのだから、いかに熟練の腕が要求されるか、想像もつくだろう。素人に務まる作業ではない。プロの足場工がいなければ工事は始まらないと言って過言ではない。
実際、好景気の建設ラッシュの当時は彼らは引っ張りだこで、足場工のスケジュールによ
って工期全体も左右された程だった。
熟練が求められる職種であり、下手な作業をされると事故の元になったりもするため作
業主任を務める者には、国家資格が必要となる。それが労働安全衛生法に規定される、技
能講習の修了者である。高さが５ｍ以上の足場のみならず、虚空に突き出た「張り出し足
場」、橋梁などの側面や底面の工事のため構造物に吊られた格好で設置される「吊り足
場」でも組立や解体などの際には、作業主任者を選任しなければならない。今回は首都高
の橋梁工事における吊り足場であるため、技能講習を修了した者を一名、会社は求めて来
たわけだ。
「俺がやる」寄り場に群がる労働者の中から、一人が手を挙げた。川瀬《かわせ》昇《のぼる》という男で、間
もなく五十に手が届こうかという年齢だった。「俺は足場の熟練工だ。作業主任なら、任
せてくれ」
「いやいや、あんたじゃ無理ムリ」横から割り込んで来た男が、文字通り横槍《よこやり》を入れた。
まだ三十代の若さながら、現場の経験は豊富な香西龍太郎《こうさいりゅうたろう》という労働者だった。「あんた
みたいな障害者に、主任を務められて堪《たま》るか。周りだって危険でしょうがねぇ。あ、その
仕事、俺がやるぜ。俺に任しときゃ安心だ。誰も文句は言いやしねぇ」

「何っ、この若造が」川瀬は目を剝《む》いた。「障害者とぁ、誰のことだ」

「だから、あんただよ。足を引き摺《ひず》ってるような老いぼれに、高所作業ができるか。危なくって見てられねぇ。それに作業主任の仕事がいい加減だと、周りの作業員だって迷惑するんだぜ。さぁさぁ、ロートルは引っ込んだ引っ込んだ。ここは俺に譲っとけ、ってんだ」

「俺の足は何ともねぇ。古傷で、歩くとちょっと引き摺って見えるだけだ。作業にも何の支障もねぇ。お前みてぇな若造の半チクなんかとぁ、比べ物にならねぇ仕事をして見せらぁ」

「ロートルの空威張りはそのくらいにしとけ、ってんだよ。さてはあんた、老害って言葉を知らねぇな」

「手前ぇ、もういっぺん抜かしてみろ」

「まぁまぁまぁ」慌てて制しなければならなかった。このままでは大喧嘩《おおげんか》になってしまい兼ねない。「ここで暴れたって、実入りにはなりませんよ」

川瀬も香西も、技能講習の修了者であることに間違いはなかった。どちらの腕も確かだった。講習を受けるには足場の組立に既に三年以上、従事した経験を持つなどの受講資格が要る。一定のハードルをクリアした上で講習を受け、修了試験も通らなければならない。国家資格だけあって有する者には、それなりの技能と実績の裏付けがあるのだ。だからいずれに任せても、大きな問題はない筈《はず》だった。

ただ香西も指摘した通り、川瀬は昔の怪我《けが》が元でちょっと右足を摺るような歩き方をした。普段の生活に支障はないらしく事実、現場で問題を起こしたことはなかったが確かに、気になる者には気になる筈だった。企業からすれば、何より避けたいのは怪我である。作業中の事故で負傷したとなれば労働基準監督署が飛んで来る。どのような状況で事故に至ったのか。根掘り葉掘り調べられる。こちらに落ち度があったとなれば責任が追及される。できるだけ早く仕事を進めたい企業としては、忌むべき事態には違いなかった。

実は最近、実際に苦情も寄せられていたのだ。「先日そちらから回してもらった作業員、ちょっと身体《からだ》が不自由そうでしたね。高所作業なのに足を踏み外して、怪我でもされたら困るんですよ。お宅だって紹介した労働者が事故を起こして、監督署が出て来たってなればあまりいい話にはならんでしょ。だから、ね。お願いしますよ。足場作業なんかの時には特に、できるだけ若くてピンピンした人を寄越して下さいな」言われた対象はまさに、川瀬その人だった。

川瀬の腕はいい。事故を起こしたことだってない。だが現場で、そこまで見てくれる監督は少ない。こっちは払うものを払ってるんだから、ちゃんと出来て当たり前。逆にもし何かあったら、とマイナス面にばかり目が向きがちなのだ。彼の足は確かに、見る者によっては気になる。歳《とし》もまぁそこそこ行っている。今回も彼を行かせた場合、苦情が来てしまう恐れは充分あった。吊り足場は工事の中でも事故が起こり易《やす》く、企業としても神経質になっているだろうから尚更《なおさら》だ。

「今日のところは、香西さんにお願いしましょう」だから、言った。妥当な判断だとの自負があった。「今回は特に、高所の現場だ。若い香西さんの方が安心でしょう。川瀬さんは次の機会に、ということで」

「何だよ、あんた」川瀬の攻撃は当然、私に向いた。「そっちまで俺をロートルの障害者、呼ばわりする気なのか」

「いやいやそうじゃありません」攻撃が来ることは分かっていた。だから反論も、スムーズに出た。「川瀬さんが仕事をちゃんとこなせることはよく分かってる。でも会社側も、気にするところはするんです。だから今回は、香西さんに。川瀬さんには次の機会に、優先的にいい仕事を回しますから」

「今回の仕事が高所だから危ない、ってんなら次だって駄目になるじゃねぇか。実入りの少ない現場しか回って来ねぇ、ってことじゃねぇか。俺は仕事はきっちりやる。事故ったことなんか一度もねぇ。こんなの、納得いかねぇ」

「まぁまぁまぁ。川瀬さんの仕事がきっちりしてることは、分かってるんですって。でもね、神経質な発注元もありますんで。だから次は、ちゃんと分かってくれる会社に紹介しますよ。それで、今回は収めて下さい」

「納得いかねぇってんだろう、この野郎」

まぁまぁお前は引っ込んでろ。万成先輩が出て来て、私を奥に引き入れてくれた。代わりに自分が川瀬の相手を務めてくれた。確かに私がずっと相対していても、堂々巡りが続くだけだ。人が代わった方が収まり易くなる。

暫《しばら》くすると、川瀬も帰って行った。足場作業主任者の仕事は、香西が手にしてとうに現場に向かってしまったのだ。いつまでもここでゴネていても、自分に回って来るわけではない。一銭にもならない。諦《あきら》めてくれたのだろう、と安心した。

お手数お掛けしました。戻って来た万成先輩に頭を下げると、別に気にするな、と手を振った。あの場は、あれでいい。他にやり様はなかったさ。

終わった、と思っていた。よくある揉《も》め事に過ぎなかった、と。確かに当時、トラブルはいくらでもあったのだ。逆に大したことにはならなかった。あの程度で収まってよかった、くらいに認識していた、翌朝までは。

翌、早朝だった。

いつものように南千住駅で日比谷線を降り、出張所に向かって歩いていると感触があった。街がざわめいている。何かあったんだ、と察した。何か事件でも、起こったのではないか。

勘は当たっていた。人が刺された。殺人事件だった。

お前が気にすることはない。万成先輩から宥《なだ》められたが、殺されたのは誰かくらい直《す》ぐに分かる。情報は直ぐに伝わって来る。被害者は香西だった。刺したのも予想のついた通り、川瀬だった。

朝、二人ともここへ向かっていたらしい。今日も仕事を求めて。途中で鉢合わせした。玉姫稲荷神社の鳥居の前、辺りだった。

「いよぉ、ロートルのおっさん」香西の方から声を掛けた。まだ前夜の酔いが残っていたこともあったようだ。殊更に、挑発した。「昨日、呑《の》み過ぎちまったよ。足場の作業主任やって、いい実入りがあったからな。ちょっとした二日酔いだ。だがまぁそれでも、障害者のロートルよりはましさ。今日も昨日の工事の続きがあるから、作業主任者の求人がある。そいつは俺が頂くぜ。だからあんたは諦めて、とっとと帰って寝た方がいい。寄り場に行くだけ無駄、って奴だ」

カッ、と頭に血が上った。思わず川瀬は飛び掛かっていた。持っていたナイフで香西を刺した。

気がついたら血塗《ちまみ》れで横たわる香西に、馬乗りになっている自分がいたという。我に返った川瀬が、ナイフを取り落とした時には既に手遅れだった。香西の口からはゴボゴボと湧《わ》き出すように、血が溢《あふ》れ出していた。

俺のせいだ。前後の状況を摑むにつれ、思い知った。いや、殺されたのが誰で刺したのが誰か分かった瞬間、察していたことではあった。もしかしたら殺人事件があったと知った段階で、悟っていたのかも知れない。

お前のせいじゃない。誰もが言ってくれる。対処したのが誰だったとしても、同じことをしていたさ。

だが、違う。やはりあんな風に、機械的に割り振るべきではなかった。もうちょっと、彼らの気持ちを汲んでやればよかったのだ。一人の人間が命を落とし、もう一人は殺人犯として逮捕され塀の中に落ちた。二人の人生を大きく狂わせてしまった。俺が人情を踏まえて対処さえしていれば、あれは起こってはいなかった。二人はそれまでと変わらぬ日常を過ごしていた筈なのだ。

聞いてみると、更なる情報が入って来た。実は川瀬と香西は、前にも現場で衝突したことがあったらしいのだ。

その時も足場作業だった。当初は5ｍに満たない高さの積もりだったのが、改めて測ってみると僅《わず》かに超えていることが分かった。急遽《きゆうきよ》、その場で作業主任者を選任しなければならなくなった。幸い技能講習の修了者が二人も来ていたので、彼らのどちらかに任せればよいだけだった。

監督としても資格所有者がいなければ、知らん振りをして作業を進めていたかも知れない。現場なんてそんなものだ。しかし幸い、二人もいた。どちらか選べばよいだけなので、何の迷いも要らなかった。

この時、現場監督が選任したのは川瀬の方だった。歳上なので周りとしても、指示に従い易いだろうと判断したのだ。

だが香西としては不満だった。あんな年寄りに負けちまった、という悔しさが残った。そこで何かと言うと、川瀬の指示に反発した。特に最新式の枠組足場だったのに絡め、年齢をあげつらってからかった。

「あ〜ぁ。なっちゃいねぇなぁ、今日の主任さんは。枠組を扱う段取りが分かっちゃいねぇ。まぁロートルさんだから仕方ねぇか。こんな枠組、見るのも初めてなんだろう」

足を引き摺ったように歩くのに気づくと、そこも挑発の対象になった。

「おぃおぃこの主任さん、足も悪いんじゃねぇのか。こんなんで大丈夫なのかい」

「うるせぇぞ、若造」堪忍袋の緒が切れて、川瀬は怒鳴りつけた。「無駄口、叩《たた》いてねぇでさっさと働け。作業が進まねぇじゃねぇか」

「俺のせいじゃねぇよ。作業が遅れてるのは誰かさんの指示が悪いからだ。まぁロートルの障害者じゃしゃぁねぇか。しかし作業が遅れるだけならまだしも、組んだ足場が不安定で怪我人でも出しちまったらコトだぜ。やっぱりこんな作業主任、替えた方がいいんじゃねぇの」

「いい加減にしろ、この野郎」

周りが止めたから何とかなったものの、まさに一触即発の状況だったらしい。今回の事件に至ってしまった背景には、そうした事前の出来事があったのだ。

川瀬は熟練の足場工としての自分に誇りを持っていた。ただ古傷のせいでちょっと足を引き摺るのと、歳を重ねて動きの鈍くなっていることに対し自覚はあった。もう若い頃のようには働けない。密《ひそ》かにプライドを傷つけられていたのだ。香西はまさにそこに突っ込んだ。自認している傷に、塩を塗り込むような行為だった。繰り返されれば誰だって堪るまい。つい、弾《はじ》けてしまったとしても不思議ではない。川瀬を偉そうに糾弾《きゅうだん》することができる者など、いったいどこにいよう。

やはり、そうだった。自分が間違っていた。二人の置かれていた状況を知れば知る程、噛《か》み締めた。

情報不足の重みを思い知った。もし川瀬と香西が以前にも揉めていたと知っていれば、さすがに私だってあのような割り振りはしなかったろう。だから、知っておくべきなのだ。この街で仕事をする以上、彼らに何が起こり、何を考えているのか。でき得《う》る限り、把握しておくべきなのだ。そうでなければまた、同じような事件を引き起こしてしまい兼ねない。

かくして私は街に出るようになった。止《や》めろ。周りからは制止された。あれはお前のせいではない、の常套《じょうとう》文句も繰り返された。それでも止《や》められなかった。街に出続けた。

事件の責任の一端は、間違いなく自分にある。ならば何らかの形で埋め合わせなければならない。〝山谷《ヤマ》の住民〟と広く接し、彼らの気持ちに触れる。私にできることが何かあれば、尽くしてやる。単なる自己満足に過ぎないのかも知れない。だがあれこれ考えてみても、自分にやれることと言って思いつけるのはこれくらいだ。ならば続けるしかない。亡くなった香西。殺人犯の烙印《らくいん》を押された川瀬。彼らへの、この街への償いのために。

そして今般、立て続けに夢を見る。毎晩のようにうなされる。理由は明白だった。分かり切っていた。新たにやるべきことが、私に出来たからだ。

「それは警察の仕事だ」万成先輩が言う。「調べるのは、警察だ」

しかしそうではない。警察はこんな事件、深く調べる気は更々ない。ホームレスが一人、殺されただけだ。彼らにとってもっと重要な事件は、いくらでも発生している。このような捜査にいつまでも時間を掛けている余裕なんてない。捜査員としては追い掛ける材料が少なくて、ホッとしとるのが本音ではないですか、ね。戸田巡査部長の言葉がまたも生々しく耳に蘇《よみがえ》った。

ならばやるのは私しかない。未明の布団の中、じっと目を閉じたまま心を決めた。殺された飯樋がどこの何者で、何をやって山谷に流れ着いたのか。調べて、最後は遺族まで突き止める。飯樋が人生の最期に、どのような生き方をしたのか。どんな死を迎えたのか。

伝えて遺骨を引き渡す。できるのはこの、私だけなのだ。街への償いの一環なのだ。

14

閉庁時間になって、出張所を出た。普段はナオさんらと連れ立って南千住駅に向かうのだが、今日は早々に別れた。最初からその積もりだった。だから喜久子にも朝の段階で、今夜は遅くなると告げてあった。

玉姫公園に行った。ここでは三十人くらいが、ブルーシートを張ったダンボールハウスで暮らしている。彼らの生活の場である。内一つに歩み寄った。「今、いますか」腰を屈《かが》め、中に声を掛けた。

「よぉ、こっちだこっち」裏の方から声が聞こえた。立ち上がると、人影が見えた。北見《きたみ》清六《せいろく》、通称〝ロクさん〟。この公園に寝泊まりするホームレスの、リーダー格である。「何だ、オヤジさんじゃねぇですか」

北見はうちに白手帳で登録している労働者でもある。つまりちゃんと住民票はある。生活保護も受けている。しかしそれはドヤの住所。各種の手続きをするまではそこに住んでいたが、登録が完了するとさっさと引き払い、この公園に居を構えた。だってこっちの方が、寝心地がよくってさ。かつて、私に話したことがある。余計な宿代になんぞ、金を掛けることなく自由に暮らせる。俺ぁやっぱり、こちらの方が向いてるんですよねぇ。生活保護と、うちから紹介される仕事。実入りがあるから周りへの面倒見もいい。お陰で、皆から慕われているのだった。

夕食の準備に掛かっていたようだった。キャンプ用のコンロを持っており、鍋《なべ》を火に掛けていた。食材がグツグツと煮込まれ、いい匂《にお》いを漂わせ始めていた。言葉通り手にはワンカップがあった。「どうです。オヤジさんもつき合いませんか」傍らの、まだ蓋《ふた》の付いたままのワンカップを指し示した。

「飯の準備しながら、一杯やってたんですよ」北見は言った。

「いや、そこまで甘えるわけにはいきません」手を振って、ちょっと回り道して買って来たワンカップを袋から取り出した。この季節、外でビールを呑むのはさすがに辛《つら》い。「それに今日は、ちょっとお願いがあって来たんですよ。だからその上、奢《おご》ってもらうわけには」

「へへぇオヤジさんが、俺に。何です、改まってお願いなんて」

「実は」今度は懐から写真を取り出した。「この人のことを調べてましてね」

飯樋の写真だった。ダンボール手帳に貼《は》ってあったものを、引き伸ばしたのだ。山共会の久里が遺骨を合葬墓《がっそうぼ》に入れるに当たって、遺影も欲しいと言ったのだが彼の写真などどこにも残されていない。辛うじてあったのが手帳に貼られていたこれだけだった。仕方なく引き伸ばして、遺影として飾った。こいつはそのコピーだった。

「おおぅ、こりゃ」直ぐに分かったようだった。「去年、殺された」

「そうなんです」頷《うなず》いた。懐からメビウスを取り出し、口に銜《くわ》えた。一本どうです、と振ると北見は嬉《うれ》しそうに手を差し出した。二人分の煙草《タバコ》に火をつけた。「あんな殺され方したってのに、どこの何者かも分からない。可哀想《かわいそう》になりましてね。せめて遺族くらい突き止めて、彼の死を知らせてやりたいと思ったんですよ。それくらいはやってあげないと彼も浮かばれまい、ってね」

これは仕事ではない。純粋に私がやりたいからやることだ。この街への償い、つまりはあくまで個人的な行動に過ぎない。だから就業時間中、昼の空いた時間などにやるわけにはいくまいと感じた。仕事が終わり、私生活の時間になって初めてこちらに掛かれる。だからどうしても夕刻以降になる。聞き込みに遠くまで回るのはちょっと無理だから、まずは手近なこの公園から始めようと思ったのだった。隅田公園といった離れたところは、休みの日などを利用して回る他あるまい。

「まぁなぁ。確かこいつ、最初はここに来たんだよなぁ。だけどちょっと揉めて、あっちの、山谷堀公園の方に移って行った」

「そうなんです。ここで揉めたことがあった、って聞いた覚えがあったので。まずはここから調べを始めてみよう、と」

「どうもこいつ、こうした暮らしにゃあまり慣れてる風じゃなかったんだよなぁ」北見は言った。「ふらりと流れて来て、そこの通りに勝手にダンボールを敷き始めたんだ。それで見兼ねた奴が、叱《しか》りましてね」

　玉姫公園の外の通りでは、早朝に〝朝市〟が開かれる。通りの両側に様々な〝商品〟が並べられ、売られる。スリッパ、タオル、服に下着類といった日用品。時計やラジオなどの電化製品。ケースもない剝き出しのＤＶＤなんかもよく売っている。殆《ほとん》どがポルノだ。同じくポルノ雑誌も多い。どれもこの街での暮らしには、不可欠なものばかりだった。早朝にここへ来れば、必要なものは何でも手に入る。信じられないような安価で。例えば剝き出しのＤＶＤは百円くらいだ。どこで入手して来たものなのか、はっきり言っていかがわしい。別名〝泥棒市〟とも言われる所以《ゆえん》である。また時には、掛け軸や骨董品《こっとうひん》などを売っていたりもする。これは考えるに民家の解体工事あたりの仕事で、勝手に持ち出して来たものなのではなかろうか。

　ともあれ毎朝、市が開かれる通りである。だからそんなところに寝られると明日、皆が迷惑するぞと飯樋は注意されたわけだ。

「それにそもそも、誰にも断らず勝手に塒《ねぐら》を構えようとしやがって。ちゃんと挨拶《あいさつ》に来い、と叱りつけたわけですよ。こんなところにだってそれなりのルールはある。守れねぇんなら〝隣人〟として受け入れることはできねぇ。そんなことを、一から教えてやんなきゃならなかったわけで。慣れてなかったんですなぁ、きっと。こんな暮らしをするのぁ、初めてだったんじゃねぇのかな」

飯樋の遺品にあった、写真誌を思い出した。牛の写真がいったん破られ、飯粒で修復されていた。見て、仮説を立てたものだ。飯樋はかつて、牛を飼っていたがその仕事が破綻《はたん》した。それで自棄《やけ》になって地元を離れ、この街に流れて来た。聞かせると久里も、そんなに真相から外れてはいないんじゃないか、と賛同してくれた。こんな暮らしをするのは初めてだったのではないか、という北見の証言も、仮説を補強しているもののように感じられた。少なくとも反しているわけでは決してなかろう。

「それで」私は質問を続けた。「こちらに挨拶にはちゃんと来たわけですか」

「あぁ」と頷いた。吸い終わった煙草を地面で踏みつけて消し、鍋の中を箸《はし》で掻《か》き回した。「まずは俺んところに来ましたよ。知らなかったから無礼な真似《まね》をしただけで、悪気ぁなかったんですからね。ちゃんと挨拶さえすりゃぁこっちだって、咎《とが》め立てする気はねぇ。誰だってここに流れて来た当初は、似たようなものだったんですし」

「じゃぁ最初は、ここに塒を構えるスペースも割り振られた」

「あぁ」もう一本どうです、と差し出した煙草を北見は済いませんねと素直に受け取った。煙を美味《うま》そうに吐き出して、続けた。「見た通り、ここはもうかなり手狭になってますからね。空いてるのぉ、トイレの脇しかなかった。そこならハウスを構えていい、と許しましたよ。臭《くせ》ぇが、仕方がねぇ。苛《いじ》めたわけでもねぇ。狭いからそこしかなかっただけなんだ。まぁ新入りなんだから我慢しとけ、ってことですよ。あいつも納得して、住んでたみてぇでしたけどね」

「じゃぁ暫くは、ここで暮らしていたわけですね」これだけ密接して生活しているのだ。朝晩の挨拶くらいは交わすだろう。顔馴染《かおなじ》みになれば他にも、遣り取りする言葉もあったのではないかと期待した。「どうです、話をする機会なんかありませんでしたか。特に彼と、言葉を交わす仲になった人とかいませんでしたか」

「いやぁ」と首を振った。鼻から流れた煙が、それに連れて大きく拡散した。「どうもあいつぁ、どこか人と親しくなるのを避けてるようなところがありましたからね。本当に交わすのは最低限、挨拶くらいでしたよ。こっちから近づいて行こうとしたって、向こうの方で逃げちまう。親切で言葉を掛けてやろうとしても、ぱっと躱《かわ》されちまう」

人を避けているようなところがあった。北見だけではない。私自身、飯樋と接して受けていた印象だった。二人に限らない。ニイやんこと茎原も、山共会の久里も。飯樋と会った者は誰も、同じ感想を口にする。はっきり言って落胆は禁じ得なかった。これからも延々、聞かされる言葉になるのだろうなと覚悟のようなものを抱いた。本当に俺は、飯樋の身許《みもと》を突き止めることができるのだろうか。早くも絶望に近い感覚が湧いていた。

「そんなことを続けてりゃぁ、こっちだって『何だよ』となる。誰がお前みてぇな奴に、親切になんかしてやるモンか、とね。反感を抱いちまう。皆、距離を措くようになる。だからあいつと、親しく言葉を交わす奴なんていなかったように思いますね。少なくとも、ここにゃぁ。そうしてる内、あれが起こっちまった」

ここを離れ、山谷堀公園に住むようになった揉め事のことだ。「何があったんです」つい、身を乗り出した。「彼は誰と、何をして揉めたんです」

「えぇとなぁ。あれは誰だっけなぁ。あぁ、そうだ」立ち上がった。周囲に声を飛ばした。「おぉぃ、ウメ。ウメはいるかぁ」

公園の外に出ていたようだったが直ぐに呼ばれてやって来た。通称〝ウメさん〟こと梅《うめ》川達吉《かわたつきち》だった。北見によればそう言えば、通りにダンボールを敷こうとした飯樋を最初に注意したのも彼だったという。

「オヤジさんが例の、山谷堀公園で殺された奴のことを調べてるんだ」北見が梅川に説明して言った。「あいつがあっちの方へ移ったのは、確かお前ぇと揉めたのが原因だったな。いってぇ、何があったんだっけ」

「あぁあれですか」梅川は頷いた。私の差し出したワンカップを素直に受け取り、煙草も喜んで手にした。この程度で情報料、代わりなら安いものだ。「いえね。皆さんもご存知の通りあいつ、何か陰気な野郎だったでしょ。日頃から見てると、ついムカついてたんですよ。それでとうとう、俺も限界に来ちまった。キレちまったんです」

飯樋が空き缶拾いに使うリヤカーを、どこかから手に入れて帰って来た時だったという。公園の外に直ぐ引き出せるように、と思ったのだろう。入り口の近くに置いておいた。気がついて、梅川が激怒した。

「『入り口んとこにこんなもの置いちゃ、周りに迷惑だろうが』と怒鳴りつけたんですよ。今、思えばあそこまで怒らなくてもよかったんですけどね。ちゃんと言って聞かせりゃ、分かる奴だったんで。でもねぇ、常日頃からどうもムカついちまってて。だからついつい、大声を上げちまった」

そもそもお前こいつをここに置くことについて誰かに断ったのか、と質《ただ》したらしい。すると誰にも話していないという返事。梅川はキレた。お前ぇまだ分からねぇのか、と怒鳴りつけた。

「ここは共同生活なんだぞ。協力し合わなきゃ暮らしていけねぇんだぞ。お前ぇ、最初からそうだったじゃねぇか。挨拶もなしにそこに塒を作ろうとしたじゃねぇか。そん時、俺が注意したろ。ここにはここのルールがあるんだから、周りにちゃんと挨拶しなきゃ駄目だ、って。なのにまた、同じようなことしようとしてやがる。何遍、同じことすりゃ気が済むんだよ」

梅川が激昂《げきこう》しても、飯樋はただただ陰気に頭を下げるだけだったという。はぁ、済みません。ぼそぼそと口の中で詫《わ》びの言葉を述べるばかりだった。暖簾《のれん》に腕押し。張り合いがないこと夥《おびただ》しい。

もっとちゃんと反応してくれりゃ俺だってあれ程、怒らなかったと思うんですけどね。梅川は振り返って言った。済みません。以後、気をつけますとか、何とか。こっちの怒りに対して真っ当に詫びを入れりゃ、俺だって許してたと思うんですよ。でもどれだけ怒鳴ったって、ぼそぼそと口ん中で謝るばかり。手応《てごた》えがねぇ。お陰でこっちぁ更に頭に血が上る。悪循環、って奴ですよ。

「お前ぇ、これからもずっとここで共同生活していく積もりなのか」梅川は飯樋にストレートに質した。「俺達が話し掛けても、いつも適当な相槌《あいづち》を打つばかりで。ちょっと間が空きゃぁサッサと身を引っ込めちまう。一緒に上手《うま》くやって行こうなんて気が更々感じられねぇじゃねぇか。共同生活する気がねぇんだったら、とっととどっかに行っちまえ。消えちまえ。お前ぇみてぇな暗いのに、近くでモソモソされちゃぁこっちが迷惑だ。陰気が感染《うつ》っちまう」

この時も「済みませんでした。以後、気をつけますのでどうか許して下さい」とか何とか、ちゃんと謝罪すりゃぁこっちだって勘弁してたと思うんですよ。梅川は言った。なのに飯樋はぺこりと頭を下げると、黙々と塒の撤収に取り掛かったという。持ち物の全てをリヤカーに乗せると、公園から出て行った。こうして彼は、山谷堀の方へ移り住んだのだ。

「死んじまった奴の悪口ぁ言いたかねぇが」思い出すとまた腹が立つ、という口調だった。「あんなのが出て行ってくれて、清々したのが正直なところですよ。何度も言うけど、共同生活なんだから。ここじゃ皆で助け合わなきゃ生きていけねぇんだから。なのにその気もねぇのが一人いると、何かと迷惑だ。その前に目障りだ。周りで盛り上がってても陰気な野郎がいるせいで、今イチ楽しめねぇ。いなくなってくれて助かったぜ、って皆と話し合ったモンですよ。まぁ死んだ奴の悪口、言うのぁ趣味じゃねぇけども」

だがそのことが最終的に、飯樋の命を奪うことになったわけだ。周りの目があるここであれば、ホームレス狩りに遭うこともなかったろう。この公園に留《とど》まっていれば死なずに済んだ。人と接するのを極力、避けようとしたばっかりに彼は殺される羽目に陥った。代償としてはあまりに大きい、と言わざるを得ない。

「まぁ、今となっちゃぁ」自分が追い出したせいで飯樋は死ぬことになった。思い至ったせいだろう。それまでの勢いとは裏腹に、神妙な口調に転じて梅川はつけ加えた。「あんな殺され方をしちまって。気の毒だとぁ思いますけどね」

「それじゃぁ」私は言った。最早、最終確認のようなものだった。「貴方《あなた》を始め、飯樋さんと親しく話をしたような人は少なくともここにはいなかった。彼の身許を突き止めるような材料を、聞き出した人はまずいないと考えた方がいいでしょうね」

「そうだと思いますよ」梅川は私から二本目の煙草を受け取った。期待に応えられなくて申し訳ない、の表情が露《あら》わだった。「そういうことをしねぇからこそ、俺もムカついちまったわけで、ね。最低限の挨拶、以上の言葉をあいつと交わした奴はここにはいねぇと思いますよ」

ついつい、溜息《ためいき》が出た。これから先、なかなか成果の上がらない聞き込みを繰り返すことになりそうだ。絶望的な予感にもう一度、囚《とら》われた。

「まぁ一応、他の奴にも訊いちゃみますけどね」北見が言った。申し訳なさそうな表情は、梅川と同様だった。「あいつと何か、話した奴が本当にいねぇかどうか。確認はしてみますがあまり、期待はしねぇ方がいいとは思います」

「分かりました」

ふと思いついて、尋ねた。警察もここには来なかったか、を。飯樋がかつて、ここで揉めて追い出され山谷堀に移ったことは私が刑事に伝えた。もし、本気で調べる気があったなら少なくともここには来た筈だ。捜査の取っ掛かりにはこの公園こそ相応《ふさわ》しかった筈だ、私もイの一番に思いついたように。

「いいえ」予想していた通りだった。北見は静かに首を振った。「警察なんて来ませんよ。あいつのことを聞きにここへ来たのは、俺が知る限りオヤジさんが初めてです」

やっぱり、だった。警察は最低限の捜査すらする気もない。戸田巡査部長が言った通りだ。ダンボール手帳に記された住所は恐らく、正式に住民登録されているものではない。

私が伝えると刑事は重い息を吐き出した。しかしあれは、これからの捜査の難しさを慮《おもんぱか》っての溜息ではなかったわけだ。どうせ身許は突き止め切れない。やれることは何もないと知って、ホッとついた一息だった。

警察はやる気がない。ならばやるのは私しかいない。困難は百も承知で、続けるしかないのだ。今度は私の方が、重く息を吐く番だった。

15

人との関《かか》わりを避けているようなところがあった。彼と親しく言葉を交わした奴なんていなかったのではないか。玉姫公園で北見や梅川から話を聞き、嫌な予感に襲われた通りだった。あちこちで聞き込みを続けてみたが、返って来るのは同じ言葉ばかりだった。絶望に近い思いが募った。前途はかなり暗く実際、目の前が漆黒に感じられる時が多々あった。

今日は京北《けいほく》労働福祉センターにやって来た。ここは元々東京都が運営していたもので、今は公益財団法人が受け継いで日雇い労働者に対する福祉事業を行っている。我が労働出張所と同じ職業紹介の他、住宅や医療など各種の相談にも応じている。うちは職業安定所だから国、こっちは都と管轄は違えどやっている業務に重なる部分は多いため、意識的には同僚のようなものだった。何かと労働者の不満の捌《は》け口にされる、という点でも同様で昭和四十六年の年末には、七十人からの暴徒に囲まれ焼き討ちの憂き目にも遭っている。中に残っていた職員は三階まで避難し、脱出して命からがら難を逃れたのだ、とか。

それもあるから、というわけではないが私は仲間と心情的に受け取っていた。うちの職業紹介の輪番が、どこまで回ったかの情報もここには貼り出して周知してもらっていた。

連絡はいつも絶やさない。だから職員も全員、顔見知りだった。生活相談係を訪ねると特に親しい蓮田《はすだ》美津子《みつこ》女史がいたため、ちょっといいですかと話し掛けた。

「あぁ、所長さん」女史はにっこりと微笑《ほほえ》んだ。天使の笑み、と労働者から密かに慕われている表情である。こんな笑顔に出迎えられれば誰だって悪い気はしない。相談を持ち掛ければ助けてくれるのではないか、と期待も抱こうというものだ。来るのは困窮者で、しかもオジサンばかりなのだから、尚更。「そろそろ来られるんじゃないかとお待ちしてましたわ」

山共会の久里から話を聞いたという。久里には先日、改めてお願いしておいたのだ。飯樋について身許に関する情報を集めているので、何か知っていそうな人はいないか周りに声を掛けてみてくれないか、と。一環としてこの蓮田女史にも、話を振ってくれたということのようだった。

「それなら話が早い」私は言った。「こちらに誰かおられないでしょうか、ね。何か情報を持っていそうな人は」

既にさして期待はしていなかった。楽観に走れる状況にないことは痛い程よく分かっている。実際、同じ反応にばかり出くわしている。今回もそうだった。女史は済まなそうに小さく首を振った。「私もここの職員に、聞いて回ってみたんです。でも所長もご存知の通り、あの人はあまり周りに心を開くような方ではなかったでしょう。身許に繋がるような、突っ込んだ話をした人は、誰も」

「彼は、こちらの利用者カードは作ってたんですか」

ここのセンターで相談や職業紹介などの各種サービスを受けるには、まずは利用者カードが必要だ。作っていたのなら頻繁に足を運んでいた筈で、相談を持ち掛ける中で何がしかの身の上話でも出なかったか、と期待したのだった。

女史はこれにも小さく首を振った。「うちでカードの発行を受けるには健康診断を受けてもらう必要がありますからね。面接時に『聞き取り調査』もある。そういうのが嫌だったらしいですね。最初、発行を希望してここに来たみたいですが説明を受けて、帰ってしまったようですよ」

公園や霊園の掃除といった都の高齢者特別就労対策事業は、ここでなくともうちから紹介を受けることができる。それ以外の民間からの求人は減少傾向にあるのは同じで、ならばわざわざ気の進まぬことまでしてここのカードを作らなくてもよかろう、と飯樋は判断したようだった。医療その他の相談サービスは、最初から受ける積もりもなかったらしい。

「私も見掛けるたび、身体に気をつけなければ駄目ですよ、とか健康の相談を受けられてはなどと勧めてみたんですけども。受け入れてはくれませんでした。あまりしつこくやると逆効果だと思って、控えるようにはしましたけど。本人にやる気がなくてはこちらとしてもどうしようもありません。強制する権限も、権利も私共にはないんですから」

山共会の久里の顔がもう一度、浮かんでいた。彼も生前の飯樋に、何度も促していたという。身体の具合が悪そうだったので一度クリニックへいらっしゃい、とか。福祉事務所というものもあるので相談に行ってみれば、などと。しかし反応は同じだった。飯樋はただ悲しそうに、肩を竦《すく》めたり首を振るばかりだったという。裏技だってあれこれ、使えないわけではない。だが本人にその気がないのではどうしようもない。言葉まで今の女史とほぼ同じだった。

飯樋は人を避けていただけではない。実は、生きることからすら逃げようとしていたのではないか。あの時、ふと湧いた思いも蘇った。悲観的になり過ぎているぞ、と自らを戒めたが。こうも絶望的な状況にばかり出くわしていては、仕方がないではないかと自暴自棄にもなり掛けた。

振り払い、気を取り直した。見掛けるたびあれこれ勧めてみた、という女史の言葉の意味するところに思い至ったからだ。

「蓮田さんが彼を見掛けていたというのは」聞き込む先の候補をまた一つ、思いついていた。「ここの娯楽室ですかね」

「ええ、そうなんです」蓮田女史は頷いた。もしかしたら今日、彼女が首を横に振らなかったのはこれが初めてだったかも知れない。皮肉な考えが頭に浮かんだ。「あの人、ここの地下はよく利用していたみたいで」

娯楽室はセンターの地下一階にある。テレビを見て寛《くつろ》げる一角や図書コーナー、将棋・囲碁コーナーに炊事設備まであり、山谷《ヤマ》の住民からすれば文字通り憩いの場となっているのだ。空調設備も整っているので夏は暑気から、冬は寒気から逃れることもできる。利用者カードがなくても誰でも使えるため、飯樋が来ていたとしてもおかしくないと考えたのだった。炊事コーナーは通称〝ラーメンコーナー〟で鍋やコンロ、丼に箸まで貸し出してくれるので呼称の通り、即席ラーメンを作って食べている利用者も多い。

「実は久里さんから所長の用事について聞いていたので、予《あらかじ》め利用者に尋ねてみたんです」蓮田女史は言った。さすが優秀な職員、手回しがいいと感心した。痒《かゆ》い所に手が届く対応、というのはまさにこれだろう。「そしたらやはり彼、最初はよくここに来てたんですって。だけどちょっとした揉め事があって、それからはあまり利用しなくなったんだとか。言われてみれば私も、後半は見掛ける機会がなくなってたな、って気がつきました」

また揉め事か。溜息が出た。本当にトラブルにばかり見舞われる男だったようだ。もっとも昔ほどではないとは言え、この街にはイザコザの芽は常に落ちているが。つくづく生き方が下手だったんだな、と噛み締めるしかなかった。

「ちょっと、降りてみません」女史から誘われた。「飯樋さんがここに通っていた頃、どんな様子だったか。どういう揉め事があって来ないようになったのか。覚えている人が来てるかも知れない。直接、話が聞けるかも知れませんよ」

同意して、共に地下へ降りた。階段を下るにつれ汗や加齢臭など、高齢化した労働者特有の体臭がむっと濃くなった。

見てみるとテレビコーナーも図書コーナーも、ほぼ満杯状態だった。ぼんやりとテレビに顔を向けている者。熱心に本に視線を走らせている者から俯《うつぶ》して寝ている者まで、利用者の態様はそれぞれだった。将棋・囲碁コーナーも全ての盤で対局が行われており、側《そば》から見ながらあれこれ口を出しているお節介の姿も見受けられた。これらのコーナーでは落ち着いて話をすることは難しい。テレビを見たり本を読んだりしているのだ。横で長話をしては迷惑だろう。うるせぇよ他所《よそ》でやれ、の声が飛ぶのがオチだろう。

そこでラーメンコーナーを覗いてみた。「あっ、いた」蓮田女史が弾んだ声を出した。彼女の口調が明るく転じるのも今日、これが初めてだったかも知れない。「あの人がいてくれたら、丁度いいわ」

指差した先にいたのは福谷杜夫《ふくたにもりお》、通称〝福ちゃん〟だった。先日、彼女が事前に話を聞いて回った中で一番あれこれ情報をくれたのが、彼だったらしい。揉め事があって飯樋はここに顔を見せなくなった、と話してくれたのも。今、彼は作り終えたラーメンを啜《すす》っているところだった。話し掛けるにも成程、タイミングとして丁度いい。

「あぁ、あの件ですか」蓮田女史がこの前、私に教えてくれたことを所長さんにも話してあげて欲しいの、と頼むと福谷は頷いた。「例のトラブル、ね。ほれ、もう一方の当事者は、あいつですよ」

挙げられた名前は津森肇《つのもりはじめ》だった。何かと周りに突っ掛かり、面倒を起こすことで知られたトラブルメーカーだ。取り巻きからは〝棟梁《とうりょう》〟などと持ち上げられているが一般的には、「あん畜生」と眉《まゆ》を顰《ひそ》めて陰で吐き捨てられているのが常である。思い返してみれば酒をもらいたいばっかりに殴られたり、煙草の火を押しつけられたりしてもへらへら媚《こ》びへつらっているマサ、こと坂巻を嬲《なぶ》っていたというのもこの津森を中心とした一派だった。

「飯樋、さんですか。あの人が別に何かしたってわけじゃないんですよ」福谷が言った。麺《めん》をごくりと飲み込んだ。「あん畜生の方からのイチャモンですよ。タチの悪ぃ、一方的な」

図書コーナーでの出来事だったらしい。飯樋がスポーツ新聞を読んでいると、津森が入って来た。直ぐに邪魔だなぁ、とぶつぶつ零《こぼ》し始めた。そんなところで新聞、広げられると本棚の方に行き難《にき》ぃじゃねぇか。

飯樋は別に邪魔になるようなところにいたわけでも、殊更に大きく新聞を広げていたわけでもなかったという。それでも小さくぺこりと頭を下げて、脇に退《ど》いた。ところがそこにも、津森は絡んで来た。

「詫びの言葉の一つもなしかぃ。礼儀も知らねぇのかよ、手前ぇ。悪ぃことをしたと思ったら、『ご免なさい』だろ」

「あ、あぁ。済みません」

「聞こえねぇな」

「済みません」

「声が小せぇ、ってんだろう。詫びに心が籠《こも》ってねぇからだ。本当に悪ぃと思ってんのならこっちに聞こえるように謝る筈だ。お前ぇ、本心じゃ自分は悪くねぇと思ってんだろう。下らねぇイチャモンつけやがって、くれぇに腹ん中じゃべロ出してんだろう」

「い、いえ。そんなことは」

誰が見ても単なる因縁だった。飯樋に非はどこにもなかった。

だが止める者はいなかった。下手に介入すれば自分が面倒に巻き込まれるだけだ。この街で津森一派とコトを構えて、いいことなど何もない。義侠心《ぎきょうしん》を発揮して、自分の益になるものなどない。ある意味どこより損得勘定がシビアになって来るのだ、ここで長く暮らせば暮らす程。

「だいたい暗ぇんだよ、お前ぇは」止める者は誰もなく、図に乗って津森は喚《わめ》き続けたという。「いつも黙って、ゴキブリみてぇにこそこそ動き回りやがって。お前ぇがいるだけで周りまで暗くなる。テレビ見てても楽しめなくなるんだよ。いなくなっちめぇ、手前ぇなんか。俺の目の前から消えちまえ」

お前ぇみてぇな暗いのに、近くでモソモソされちゃぁこっちが迷惑だ。玉姫公園で梅川がつい、飯樋に言ってしまったという言葉が蘇った。周りで盛り上がってても陰気な野郎がいるせいで、今イチ楽しめねぇ。言っている中身は実は、津森と変わらない。

今、思えばあそこまで怒らなくてもよかったんですけどね。梅川は反省の弁を吐いていた。でも常日頃からどうもムカついちまってて、ついつい大声を上げちまった。対して津森には、梅川のような自省《じせい》もない。言いたい放題に怒鳴り上げたことだろう、と容易に想像がついた。

「今も言ったようにあの人が別に、何かしたってわけじゃないんですよ」福谷が繰り返した。「いつも静かにテレビを見たり、本を読んだりしていただけで。でもねぇ。ここはご覧の通り、常に満員じゃないですか。大勢が押し掛けてて、狭っ苦しい。そこにあぁいう陰気な人が、のそのそしていると目障りだって奴も確かにいるんですよ。狭いんだからお前みたいなのは入って来るな、ってね。そんな風に思ってる奴もいるんです。だからあん畜生が絡んでも、誰も止めなかったってところはあったと思いますよ。皆、どこかで腹ん中に抱いてたことをあん畜生が代わりに言ってる、みたいな。そういうところは正直、あったと思いますねぇ」

苛められ易いタイプ、というのはどうしてもいるものだ。飯樋はまさにそうだった、と評さざるを得まい。住民の鬱憤《うつぷん》を晴らすのにうってつけの存在。ここでは誰もが鬱屈を溜《た》めこんでおり、吐き出す対象があれば即、叩きつける。彼としてはこの街に、居場所を探すだけで大変だったことだろう。

「あぁ、そうそう」福谷が手を打った。既にラーメンは食べ終え、スープまで綺麗《きれい》に飲み干されてしまっていた。「そう言えばあん畜生が、飯樋さんに絡んだのはここだけじゃないって聞いたことがありますよ。そこの、『いろは会商店街』のアーケードでもあったとか。お陰で塒を失って、山谷堀の方に移っていったんだとか」

初耳だった。玉姫公園を追い出された飯樋は即、山谷堀に移ったと思っていたのだ。そうではなくいったん、『いろは会商店街』を経由していたのか。

礼を言って娯楽室を出た。一階に上がり、蓮田女史にも礼を述べて別れた。『いろは会商店街』のアーケードにその足で向かった。

シャッターの降りた店舗の前で酒盛りをしている一団があったので、歩み寄った。飯樋のことを尋ねてみると一人が「あぁそうですよ」と頷いた。「あれはもう、一年以上前になるかなぁ。あんにゃろうがリヤカー引っ張って、やって来たんですよ」

「そこんところにリヤカー止めて、こっちぃ挨拶に来たんですよ」もう一人が脇から口を挟んだ。「『今夜からここで寝たいんですが、構わないでしょうか』ってね。『あぁ勝手にしな』ってこっちぁ言ったんだ。ここはご覧の通り、広いからね。前の者が寝てるとこにさえ布団、敷かなきゃこっちは別に構わねぇ。むしろ揉めるのは、商店街の店の人とであることが多いんだから」

最初に、前からいる住民に挨拶に来たという。玉姫公園で梅川から叱られた、教訓はちゃんと活かされていたということか。聞きながら妙なことに感心していた。

「ただねぇ、問題はリヤカーだったんですよ」更に一人が嘴《くちばし》を突っ込んで来た。「あんなの置いとくとこがねぇでしょう、ここにゃぁ。街灯なんかにチェーンで留めたりしたら、それこそ商店街の人に怒られちまう。だからリヤカーだけは始めっから、わざわざ山谷堀まで引いてって留めてたみてぇですね」

空き缶を集めている時だけならいいが、例えば我が所からの仕事が入った場合などはリヤカーを置いて、出掛けなければならない。放置して行くわけにはいかない。あっという間に誰かに盗《と》られてしまうからだ。どこかにチェーンキーなどで留めておく必要があるが成程、ここには適当な場所は考えられなかった。遠かろうと山谷堀まで引いて行かなければならない道理だった。それでも面倒でも、寝る場所だけはここに確保しようとしたのは何故か。言うまでもなく襲われる懸念を払拭《ふっしょく》するためである。

ここに塒を構える全員、つまりは目の前にいる連中も朝になれば、布団を撤去しなければならない。昼間もそのままではさすがに商店街が黙ってはいない。だが夏用ならともかく、冬の寒さを凌《しの》ぐだけの布団や服を抱えてあちこち動き回るのは不可能だ。そこで彼らは昼間は大型のコインロッカーを利用していた。他にも金目のものは、盗られないよう期するにはやはり鍵《かぎ》の掛かった場所が要る。この街の随所にコインロッカーがあるのは、そのためだった。

「でも結局、飯樋さんはここを出て行くことになった」私は言った。「津森さんと揉めたからだって、ちょっと聞いたんですが」

「あぁ、そうなんですよ」最初に答えた一人が頷いて言った。「あいつがここで寝るようになって、そんなに経《た》ってなかった頃だったと思うんですがね。あん畜生がやって来て、絡み出したんだ。『お前ぇ、俺の目の前から消えろっつったろう⁉』って。『何、勝手にこんなとこで寝てやがんだ』って」

聞いている感じでは、センター地下の娯楽室で揉めたのと時期的にそう離れてはいないようだった。飯樋がここで寝るようになってからそんなに経っていない頃。つまりはここの住民《じゅうにん》とさして接する期間もなく、山谷堀に移って行ったということか。最初から期待はしていなかったが、ここでも身許に繋がるようなコミュニケーションはやはりなかったということか。

「あぁ、そうですね」一応ダメ元で確認してみたが、戻って来たのは覚悟していた通りの反応だった。「あいつとまともに話した奴なんて、ここにはまずいないんじゃないですか、ね。元々が無口でしたから。こっちから話し掛けようとしても、避けるような野郎でしたから」

「たまには こっち来て一緒に呑《や》らねぇか、って誘ってやっても小さく手ぇ振って、さっさと布団に潜り込みやがって。だから正直、ムカつくところもあったんですよ。何でぇあの野郎。せっかく親切に誘ってやってんのによ、ってね」

「だからあん畜生から絡まれてんの見て、助けてやる気にもならなかった、ってのも正直ありますね。あんなのいなくなってくれて、清々した、ってね」

どこでも似たような感想に晒《さら》される。黙々と動き回るばかりの飯樋は陰鬱と受け取られ、ここでは何かと嫌厭《けんえん》された。「あん畜生」と嫌われる津森があからさまに苛めていても皆、見て見ぬ振りを決め込んだ。

彼としては本当に、この街で居場所を探すだけで大変だったのだ。かくして山谷堀公園に行き着かざるを得なかった。危ない。襲われる危険があると分かっていても、彼に残された塒はあそこしかなかった。そして──

彼はここに来るべきではなかった。つくづく、思う。この街に住み着くような人間ではなかったのだ。なのに現実には、来てしまった。悲劇は起こるべくして起こった。運命だった、と言いたくはないがどうしても、その言葉が浮かんでしまう。

では、何故なのか。いったい何が彼を、この街まで押し流したというのだろう。

16

商店街のアーケードを離れ、『めぐみ食堂』を覗《のぞ》いてみた。暖簾を潜《くぐ》ると親方がいた。「神父ではなく牧師です」野上牧師も同じテーブルに着いて、相手をしていた。

「よぉ、ノブさん」私の姿を認めると右手を大きく挙げた。「今、例の件で神父さんにも話を振ってみてたとこだ。まぁまぁどうだぃ。あんたも一緒にやらねぇかぃ」飯樋の情報について親方にも、周りに聞いてみてくれないかとお願いしてあったのだ。ですから神父ではありません、って。訂正する牧師にもまぁまぁと応じた。

お誘いに甘えて、同席した。ビールを注文すると牧師、自らが立って持って来てくれた。恐縮したが野上牧師はにっこりと微笑んだ。今ちょっと、厨房《ちゅうぼう》が立て込んでおりまして。私もお店の側の人間ですのでこれくらい、やらなくては。働いている者に示しがつきませんよ。

「ただ今、八重山さんにも答えていたところだったのですが」乾杯を交わした後、牧師は切り出した。済まなそうに小さく肩を竦めた。「私自身、その方は存じ上げないのですよ。この店にも、教会の方にも来てはおられなかったようですし」

「懺悔《ざんげ》にでも来ててくれれば、よかったのにな」親方は言った。新たなゴールデンバットをシガレットホルダーに捻《ね》じ込み、口に銜えて火をつけた。私もメビウスを懐から取り出した。「そうすりゃ身許に繋がるような話も、聞き出せてたかも知れねぇ」

「残念ながら」もう一度、肩を竦めた。「神の教えに救いを求めようとはされなかったのでしょう。それに懺悔を聞くのは牧師ではなく、カトリックの神父です」

「何かを求めてこの街へ来た人ではなかったように思います」私は言った。これまでの聞き込みで朧《おぼろ》げに、飯樋という人間の内面が少しは窺《うかが》えるようになった気がした。「きっと何かから逃れて、流れて来た。あくまで消極的なのです。必死で生き抜こうとしていた、というような印象もあまり受けなくて。ただ、その日その日を生きていた。神に縋《すが》ってまで救いを得たい、という積極性もどうにも感じられません」

「逃げ道を探している内に、ここに辿《たど》り着かれたのですね。最初からゴールは求めてはいなかった。目的地という意味でも、精神的にも」

「そうだと思います」私は頷いた。煙草の煙が妙に苦かった。「背を向けて逃げ出すスタート地点はあっても、ゴールはなかった。そのように思えてなりません」

「俺達は皆そうさ」親方が言った。既にビールからホッピーに切り替えていた。「別に来たくてここに来たわけじゃねぇ。気がついたら来てたってだけだ。それで住んでみると、妙に居心地がいい。俺達のような人種にとっては、な。こんなに生き易い場所はねぇんだよ。だからいったん出てっても、直ぐに戻って来ちまう。離れられなくなっちまう。俺達山谷《ヤマ》の住民は、皆そうさ」

　この街から離れられない。私を含めて、誰もがそうだ。確かに首肯《しゅこう》できた。ただ一人、飯樋という例外を除いて。彼は自分の居場所を見つけるのに苦労していたようだ、というこれまでに知り得た情報を打ち明けた。ここが居心地がよかったともなかなか思えない、と話した。

「成程なぁ」親方はグラスをテーブルに置いた。両手を頭の後ろで組み、椅子《いす》の中でうんと背を反らした。シガレットホルダーは口に銜えられたままだった。「ここじゃ確かに、周りとの間に保つべき独特の距離がある。そこんところを探るのが下手な奴というのぁいるだろうな。そういう連中にとっちゃぁここぁ、生き易い場所じゃぁねぇのかも知れねぇな」

「何の意味もなく絡んで来るのもいるでしょう」頭には津森の姿が浮かんでいた。「そういうのとの距離を探るのも、容易ではない。精神的に疲れるし、努力したところで上手くいくとも限らない。だから最初から接さないような路《みち》を選んだ、という判断もありだなと思いました。ここはそちらを選択しても最低限、生きて行ける街でもありますし」

「放《ほ》っといてくれるからな、こっちに迷惑が及ばねぇ限り。接することさえなけりゃ基本的に、互いに我関せずだ」

　正確に言えばどれだけ距離を措こうと努めても、完全に会わずに済ませるのは不可能だ。うちの紹介を受けて仕事に行けば、前に揉めた相手と現場で出くわす場面もないではない。それどころか職を求めて寄り場に来た段階で、会ってしまう恐れは常にある。それでも最大限、避けるべく努力はできる道理だった。瞬をなるべく引き離す。ただしそれは一方で、危険を伴う選択肢でもあったが。

「あのな」親方が言った。煙をふーっと長く吐き出した。「近接して住んでりゃどこにでも、トラブルの芽はある。特に問題になるのが、音なんだ」

　ブルーテントで隣り合って寝ている場合。二段ベッドが並ぶ最低料金のドヤ、ベッドハウスで暮らす場合。隣の音は常に耳に飛び込んで来る。見たくないものがあれば目を瞑《つぶ》ればいいし、カーテンにダンボールを重ねてなるべく光を遮るなど、視覚の防御策はいくらでもある。臭いも基本的には、人間は慣れるものだ。余程の悪臭が連続しない限り、何とか耐えることができる。だが我慢がならないのが音だ、と親方は言うのだった。

「別に騒音とは限らねぇ。むしろ些細《ささい》な音の方がトラブり易いと言ってもいい。大した音じゃねぇ。が、横になって寝る時、歯をカチカチ鳴らす癖のある奴がいたとする。例えば横こっちとすりゃぁ気になって仕方がねぇ。今夜もあいつ、カチカチ言わせんじゃねぇかってついつい耳を澄ませちまう。止《や》めりゃいいのによ、そんなこと。冷静になりゃぁ、そうさ。でもついついやっちまうモンなんだ、人間て奴ぁ。お陰で、聞こえちまう。やっぱりカチカチ鳴らしてやがる、ってイライラが募る。そんなモンなんだ」

かくして何かの弾みで、募っていた鬱憤が爆発する。何だこの野郎。喧嘩になる。それも切っ掛けとなるのは大抵、元々の原因である歯の音とは別のものである場合が多いという。違うことで衝突し、こちらはイライラが溜まっていたお陰で暴走する。相手だってこれくらいのことで、そこまで怒って何だ、と反発する。まさか自分の歯の音がそもそもの誘因《ゆういん》になっているなんて、夢にも思わない。分かり合っていないから互いの溝は、永遠に埋まることはない。成程ありそうな話だ、と私も納得がいった。

「だから近接して暮らしていりゃぁ、トラブルはいつだって起こり得る。避けるにゃぁ俺達みたいにしょっちゅう酒を呑んで、腹を割ってつき合うか徹底的に遠ざかるかだ。その飯樋てぇ野郎の選択肢、あり得るとは俺も思うよ。ただ」

終わりの方は声が小さくなり、消えた。何が言いたかったかは明らかだった。親方も私と全く同じ思いだったのだ。

「ままならぬものですね」野上牧師が悲し気な息を吐いた。周りを見渡して、立ち上がった。「さて、客足も引いて来たことですし。厨房も少しは手が空き始めたと思いますよ。

料理を任せている者が何か知らないか、訊いてみましょう」

そのため厨房が暇になるまで、共に待ってくれていたのだ。こうして時間潰しにつき合ってくれていたのだ。心遣いに感謝した。いえいえこれくらい、何ということもありませんよ。小さく手を振りながら牧師は厨房に消えていった。

入れ替わりに出て来たのは通称〝シェフ〟小暮忠直《こぐれただなお》だった。元はうちに登録する労働者だったが調理の腕を買われ、食堂の料理人として抜擢《ばってき》された。ここは早朝からかなり遅い時間まで開いているため彼のような人間が、交代で厨房に詰めている。中でも小暮の作る料理が一番、美味いと評判でお陰でこの呼び名を勝ち得ているのだ。実際、昔は銀座の名店を任されていたという専《もっぱ》らの噂《うわさ》だった。なのに経営者の娘と恋に落ちて反対され、酷《ひど》い失恋の果てにここに流れ着いたと実《まこと》しやかに囁《ささや》かれていた。真偽の程は私にも分からない。

「あぁこの人ですか。えぇ知ってますよ」飯樋の写真を見せると、小暮は大きく頷いた。

「去年、殺された人でしょう」

店に来たことはあるかと問うと客としてはない、という返事だった。客としては、の断りだけで次の言葉は容易に予想がつく。つまりは残飯をもらいに来ていた、というわけだ。

「もうかなり前のことになります。ある時、店仕舞いして最後のゴミを出そうと裏に回るとその人がいましてね。ゴミ箱を漁《あさ》ってたんです。それで『あんた、そんなことをしなくても店が終われば何がしかの残飯は出るんだから。ちゃんと整理してあげるからこれからは、この時刻にいらっしゃい』と声を掛けたんです」

飯樋は心から感謝していたという。事実、翌日から閉店時間になるとほぼ欠かさず通って来るようになった。こちらも心得たもので翌日に消費期限が切れるといった食材でもあれば、気をつけて取っておいてあげるようにした。原形をちゃんと留める食べ残しがあればそれでもいいのだが、この街でそのような残し方をする者などまずいない。

「それでも残り物を掻き集めれば、ある程度にはなりますからね。喜んで、もらって帰ってましたよ。夜に私がいない日には、当番の者にも言い含めて。お陰でここの厨房で働く者は皆、彼のことは知ってましたよ」

真面目《まじめ》な人のように見えた、と小暮は語った。本来ならこのような街に来る人ではなかったのではないか、と感じたという。きっと昔は実直に、仕事をコツコツこなしていたのではなかろうか。それが何かの弾みで転落し、ここまで流れて来た。気の毒でなりませんでね。どうせ捨てるものなら彼のような人にあげて、少しでも役に立ってくれればいいと思ったんです。

恐らく小暮は自分の姿と重ね合わせて、見ていた部分もあったのではないか。他人事《ひとごと》とは思えない。ここの住民なら多かれ少なかれ、誰もが当て嵌《は》まる心情だろう。ただそこで彼のように同情心を覚えるか、まだ自分の方がマシだと優位性を見せつけるため暴力的に対するかの違いだけだ。困っている者の身になって接する、というのは宗教的なものもあるのかも知れない。何と言っても彼は既に長年、この食堂で働いているのだ。もしかしたら教会の方の仕事を手伝うことがあるとしても不思議ではない。

「残飯を渡す際、何か会話は」

「さぁねぇ。元々が無口な人のようでしたから。受け取る時『いつも有難うございます』と丁寧にお礼は言うけれど。それ以上に会話が発展することは、特になかったように思いますねぇ」毎回、接している通りの返答だった。最早、失望も覚えない自分がいた。

「何か、食べ物の好みでもありませんでしたか」ふと思いついて、尋ねた。「ほぼ毎晩、もらいに来ていたのでしょう。その中で彼の好みが少しは察せるような、局面でもなかったでしょうか」

料理の好みに地方色が出ることは往々にしてある。例えば蕎麦《そば》より饂飩《うどん》の方を好んでいるのなら恐らく西日本、とか。出身地を窺わせるようなことでもなかったか、と期待したのだった。

「さぁねぇ。残飯なんて何が出るか、その日によりますからねぇ。あるものばかりが売れる日もあれば、翌日はさっぱりだったり。それでその日、残ったものをあの人にあげる。まだから特にこれが好みみたいだなんて、こっちはあまり意識はしてませんでしたねぇ。また何を渡しても、あの人は丁寧にお礼を言って帰ってましたから。好きな食べ物は何だったかなんて、ちょっと」

お役に立てなくて済みませんねぇ、の表情が浮かんだので手を振って打ち消した。元々、淡い期待に過ぎなかったのだ。ただ可能性があればできるだけ追求してみる。刑事の真似事めいた姿勢に徹してみたに過ぎないのだ。小暮さんが済まながることはありませんよ、と宥めた。

「今となってみればもうちょっと、話をしておけばよかったなと思いますね。あの人に同情を覚えていたのは事実ですし。もうちょっと会話をしておけば、このような時に役立ったのかも知れない」

小暮さんが自分を責めることはない、と繰り返した。所長さん頑張って下さい、と逆に励まされた。何とか身許を突き止めて、あの人の魂を救済してあげて下さい。私も周りの者に声を掛けて、何か聞いたことはないか尋ねてみますから。そうしなきゃ痛まし過ぎる。あまりに、可哀想だ。

暗い奴だった。いなくなってくれて正直、清々した。死人を突き放すような言辞《げんじ》にばかり触れて来ていたので、純粋に同情を露わにする言葉に救われたような思いがした。これも宗教の恵みというものなのか。神を身近に感じていれば自然と慈悲の心も湧いて来るのだろうか、と思った。

何とかやってみますよ、と答えているところに新しい客が入って来た。小暮は厨房に戻らなければならなくなった。

「俺達もそろそろ、出るか」親方が言って、立ち上がった。まだ厨房にいた牧師に会釈して、共に店を出た。外の風はとても冷たく、思わずぶるりと身が縮まった。引き戸を後ろ手に閉めると親方は、新たなゴールデンバットに火をつけた。ふーっと煙を吐き出して、「残飯をもらいながら身の上話なんて、出るわきゃねえよ」と言った。並んで歩きながら、話し続けた。

「ノブさんにゃ分からねぇだろうが残飯漁りてなぁ、一つのラインなんだ。やるか、やらねぇか。やっちまうとどこか、堕《お》ちた、っていう感覚なんだ。俺はまだ残飯、喰《く》らうまでには堕ちちゃいねぇ、ってな。やる前の段階じゃ自制が働く。絶対にそこまではしねぇ、と律する。そんでやってる奴を見て、腹ん中でせせら笑ってる。見下してる。そんなモンなんだ」

だから飯樋も、残飯漁りをするまでには葛藤《かっとう》があった筈だ、というのだった。しかし収入がなく、背に腹は換えられず遂《つい》に一線を越えた。ゴミ箱を漁るようになった。俺もここまで堕ちたか、という自虐の念に苛《さいな》まれていた筈なのだ、と。

幸い小暮に見つかって、ゴミ箱を漁らずとも残飯がもらえるようになった。それでも惨《みじ》めなことに変わりはない。むしろ同情された分だけ、屈辱感は募ったかも知れない。人から憐《あわ》れみを受けなければ生きては行けない。自らの堕ちた場所を否応《いやおう》無しに意識したに違いない、と親方は言った。

「勿論《もちろん》、飢えずには済むわけなんだから有難ぇことには違いねぇ。それでも、よ。自分の姿が惨めで仕方がねぇんだよ。そんな時、相手と長々と話すか。礼だけ述べてさっさと立ち去るのが当たり前じゃねぇか。ましてや身の上話なんて。やるわきゃねぇよ。シェフと大して話もしなかった、てぇがそれが当然なんだよ。飯樋、てそいつは元々が無口だったてぇがそのせいばかりじゃねぇ。誰だってそんな局面になりゃぁ、話なんてするわけねぇんだよ」

「そうでしたか」私は頷いた。胸の中まで寒い風が吹き抜けて行くようだった。「まだまだここの人達の心情が、私には分かってなかったようですね」

「そもそもがここにいる連中は、自分の過去なんて正直に喋《しゃべ》らねぇ。隠すか、大法螺《おおぼら》を吹くかだ。だから聞いたって本当のところは分からねぇ。そこのところはあんただって見当がつくだろう」

指摘の通りだった。この街の住民は真の身の上話なんて、なかなかしない。自分の恥を晒すだけだからだ。だから黙るか、大袈裟《おおげさ》に誇張するか。俺も昔は兜町《かぶとちょう》で株をやって、大《おお》儲《もう》けしたモンさ。銀座で女、毎晩ブイブイ言わせてな。とても本当とは思えない自慢話を、私も何度も耳にした覚えがある。そんなわけないだろう。ならばあんた、どうしてこんな街なんかに来てしまったんだ。内心、思うが突っ込んだところで仕方がない。単に聞き流すだけである。

親方達としょっちゅう、一緒に呑んでいる茎原もそうだった。こっちゃホンマなら、関西の不動産王になっとった身なんぞ。二言目には、言い放つ。あのバブル経済さえ弾けんやったら、な。船場《せんば》の一等地、買い占めて株屋からバンバン賃貸料せしめとった筈なんや。あぁ。あのバブルさえ、弾けんかったら……

そう言えば、と思い出す。うちのトンビと茎原が先日、寄り場で揉めた時も豪語していたと聞いたではないか。お前なんぞ俺の眉の動き一つで、馘《くび》にできとったんぞ。最早、口癖のようなものである。何かと言うと、口から飛び出す。本当かどうかなど分からない。突き止めようなんて気すらない。言わせておくだけである。

「ただ」私は言った。「法螺話にしても全てが嘘とは限らない。誇張している中にもどこか、真実が混じっているかも知れない。ほんの、欠片《かけら》くらいであっても」

「ふむ、まぁな」親方が頷いて認めた。「そこを追求して行きゃぁ、身許に繋がることもあるかも知れねぇ、ってか。そいつはあり得るとは俺も思うよ。だがなぁ」

言いたいことはよく分かった。大法螺を吹く人間であればそれも、できるかも知れない。追求の糸口を摑めることだってあるかも知れない。しかし飯樋は対極の人間だった。周りと距離を措き、身の上話どころか会話もできる限り避けようとしていた。それでは糸口どころではあるまい、というわけだ。仰せの通りだった。

気がつくと親方の住むドヤまで来てしまっていた。

「やる気を削《そ》ぐようなことばかり言って、済まなかったな」言葉通り、申し訳なさそうな表情だった。「あんたがせっかく、故人のために頑張ってるってのに。まぁ俺も精々、周りに話を振ってみるよ。何もしねぇよりはやった方がいい。いよいよのどん詰まりに行き当たるまで。そう思ってるより、仕方ねぇじゃねぇか」

別れを告げて、駅に向かった。ぼんやりと頭上に灯《とも》った街灯が、妙に寒々しい光を放っているように思えた。振り向くと華々しいイルミネーションに彩られたスカイツリーが見えたが、光の儚《はかな》さは同じように感じられた。

何もしないよりはやった方がいい。親方の言葉が胸にこびりついていた。が、気を緩めれば北風に吹き流されてしまいそうでもあった。

17

「今日も出掛けるの」咎めるような口調だった。いや、「ような」ではない。実際に咎めているのだ。声だけでなく全身が私を謗《そし》っていた。「今夜は、喜久宏のお芝居を観に行くんじゃなかったの」

「あぁ、だが」責められても仕方がない。ここのところ平日はいつも帰りが遅く、週末もしょっちゅうこうして山谷に通っているのだ。喜久子の声が非難に満ちているのも、当然なのだった。「芝居が始まるのは夜だからな。まだまだ時間がある。それなら空いた間に、できる限りのことはやっときたいんだ。やるだけやって駄目だったら諦めがつく。だから、それまでは」

喜久宏の舞台を観に行くことにした。最初に告げた時、妻は呆《あき》れたような表情を隠そうともしなかった。そもそも貴方、あの子のお芝居熱に水を差して少しは勉強の方にも力を入れろ、って諭す筈じゃなかったの。なのにそれを観に行く、ってどういうことよ。

「相手を説き伏せるには、まずは懐に飛び込むことも必要だと思うんだ」私は説いた。「あいつがこれだけ入れ込んでいる、芝居とはどんなものか。まずは触れてみないと、何も語れない。納得させられることを言えないどころか、会話が擦れ違うばかりだ。だから一度、この目で観てみるのもいいかなと思ったんだよ。俺が歩み寄ればあいつだって、突っ撥《ば》ねてばかりはいられまい。向こうも歩み寄りの余地を見せるかも知れない。そういうものじゃないかな」

教師として日々、生徒に接したり教員仲間と議論したりしている妻だ。長い社会経験を有す。私の言うことにも一理あると感じたようだった。それじゃここはあなたに任せるわ、と折れた。男どうし、自分には入り込めないところがある。ある種の諦念《ていねん》のようなものも、どこかに抱いていたのかも知れない。

なのに納得して引いていたら、これだ。今日も山谷に行くと私が言い出す。咎め立ての視線を向けるのも、当たり前だった。

「今日は一つの、大切な局面だと思うの」喜久子は言った。「あなたも言う通り、こっちから歩み寄ってみるのも大事なやり方かも知れない。あの子に心を開いてもらう。一つのことにばかり入れ込むんじゃなく、広く周りを見渡せる視野を持ってもらう。そのためには今日、あなたがあの子の芝居を観に行ってあげるというのは大きな転換点になり得るとあたしも思うの」

「あぁ、俺もそう思う」私は頷いた。「だからちゃんと、観に行くよ。今夜が最終公演だ。きっと盛り上がるだろう。鑑賞するのは有意義なことに違いない。喜久宏との会話もその後になれば、広がりを見せるんじゃないかと期待している」

「だから、よ。今日くらいは他のことに気を取られず、お芝居に集中して。そもそもあの子に広い視野を持ってもらうのが目的じゃないの。なのにあなたは山谷の事件に入れ込むばかり。それじゃあの子に何を言ったって、説得力が出るわけがないわ」

「まぁ、そう言うな」笑って明るく躱そうと試みた。あまり上手くいっているとは自分でも思えなかったが。「逆に俺は今日、一つのことをしようとしてるわけじゃないか。山谷の事件と、息子の芝居見物。一つのことにばかり汲々《きゅうきゅう》としてるわけじゃない。大丈夫、ちゃんと行くよ。開演に間に合うように切り上げるから。そしてどんなだったかお前に報告するから。安心して、待っていてくれ」

納得していないのは明らかだった。口をへの字に曲げたままの妻を残して、家を出た。

地下鉄南千住駅を出るといつものように、線路を跨《また》ぐ陸橋を渡った。ここはJR貨物の線路が何本にも枝分かれし、大きく広がる大ヤードになっているため渡るだけで、結構な長さになるのだ。もっとも鉄道好きからすれば一日中、眺めていても飽きない光景なのかも知れないが。元々、隅田川の水運を利用して石炭や木材などを東京の市街地へ運び込むために敷かれた路線であり、常磐線がここを走るようになったのもその名残なのだという。

陸橋を降りるといつもとは異なり、東に向かった。今日は隅田川の堤防の外側、所謂《いわゆる》〝隅田川テラス〟を回ってみる積もりだった。堤防に沿ってずらりとブルーテントが並ぶ、ホームレスの塒の集積地となっているのだ。我が出張所から見ると山谷の中心部とは反対側に位置するので、仕事帰りに寄るには無理がある。こうした休日にゆっくり回るのがよかろうと判断したのだった。

ところが向かっている途中でふと、気がついた。そうだ。この先には、「敬老室」があるじゃないか。

例の京北労働福祉センターの別館である。一階にNPO法人『故郷の会』が運営する「敬老室」が入っている。ここも本館の「娯楽室」と同様テレビを観賞したり、将棋や囲碁を楽しめたりする部屋があり街の労働者にとって有難い憩いの場なのだ。小さな庭もあるため小春日和の天気には、のんびり日向ぼっこしている姿もよく見掛ける。シャワーが浴びられるのもホームレスからすれば何より便利に違いない。うちの輪番がどこまで回ったか、の情報を貼り出して周知してくれているのも本館同様だった。

我が出張所やセンター本館があるのは台東区だが、ここは明治通りを隔てて北の荒川区に当たる。台東区に比べれば労働者の数も少なく、のんびりした雰囲気でどちらかと言えば、あちらに馴染めない者が集まって来る印象がある。飯樋は津森らに目をつけられ、向こうではなかなか居場所を見つけられなかった。しかしこちらなら、来ていたかも知れないと思いついたのだ。彼が塒にしていた山谷堀はここから見ればかなり南の方に位置し、離れているせいもあって「敬老室」の存在に思い至らなかった。だがのんびり過ごせる場所があるのならこのくらい、大した距離ではあるまい。

センターの蓮田女史の携帯に電話してみた。今日は日曜なので本館の方は休みなのだ。

「あぁ、所長さん」幸い、彼女は直ぐに出てくれた。「どうされましたか」

「休日に申し訳ない。ただ今日も、山谷に出て来てまして。ちょっと思いついたんだが飯樋さんは、『敬老室』を利用していたことはあり得たんじゃなかろうか。こっちの方は、確認してみられましたか」

あっ、という声が返って来た。うっかりしていた、の内心が電波越しにでもよく伝わった。「済みません。そちらのことはすっかり忘れてました」運営はＮＰＯ法人に委託しているのだ。失念していたとしてもおかしくはない、と私も感じた。「でも確かに、そうですよね。本館に出入りし難くなっても飯樋さん、そっちに行っていたとしても不思議はありませんものね」

「私もそう思ったのですよ。それじゃこれから、行ってみます。蓮田さんが既に訊いていたとしたら向こうに二度手間を掛けることになり兼ねないんで、ちょっと確認してみただけです」

「誰か、ご存知のスタッフはいらっしゃいますか。私の方から事前に一報、入れておきましょうか」

「大丈夫。向こうにも私、知り合いがいますので。ではこれから行って来ます。進展があったら、報告しますよ」

携帯を切った。再び歩き始めた。これまで何度も、期待に裏切られ続けている。飯樋の身許に繋がる情報に、なかなか辿り着けないでいる。

今回も同じ、という可能性は大いにあった。またも失望に打ちのめされ、すごすご引き下がる展開は充分にあり得た。

なのに何故か、予感があった。何かある。今度こそ進展がある、筈。根拠のない希望に浮き立ち、足取りも軽くセンター別館に到着した。

奥を覗くと知っているスタッフがいた。飯樋の写真を見せると「あぁ」と頷いた。「去年、殺された方ですよね。酷いことをする奴がいるモンだ。うちにはしょっちゅう来ていたんですよ。だからよく覚えてます」

やはり、だった。台東区の方にはなかなか〝安住の地〟を見つけられなかった飯樋も、こちらでは和みの場を見出《みいだ》すことができていたのだ。彼にものんびり過ごせる時と場所があった。何故かとても、救われたような気持ちになった。心なしか胸が温まったように感じられた。

「彼の身許を突き止めてみようとしているのです」私は言った。「せめて遺族だけでも探し出してやって、彼の最期を伝えてあげようと。この人と親しくつき合っていた利用者、なんていませんか。身許に繋がる情報を、会話なんかから得ていそうな人が、誰か」

「さぁてねぇ。見た感じ、無口な人であまり他人と話している姿なんて見た覚えがないんですが」首を振っていたがとにかく、一緒に表に出た。庭まで来ると彼の顔がパッと輝いた。「あぁ、いたいた。そうだそうだ。あの人がいた」

以前、うちに登録していた通称〝モンちゃん〟こと童門正兼《どうもんまさかね》だった。すっかり足腰が悪くなったため近年は、簡単な仕事でも働くのが億劫《おっくう》になったようなのだ。手帳を失効してもう、随分になる。今日は庭で、ゆったりと日向ぼっこと洒落込《しゃれこ》んでいた。

「あぁ、この人ですか」写真を見せると童門は直ぐに反応した。「殺されちまったモンねえ。酷《むご》いよねぇ、ホントに。あんなところに一人で寝てるのぁ危ないよって俺、何度か言ってあげたんだけど。やっぱりねぇ彼、リヤカーがあったから。あんなの繋いどけるとこ、確かにこの辺にゃねぇから。でもねぇ。今んなってみりゃぁもうちょっと、何とかしてあげれなかったかな、って思いますよ。可哀想にねぇ、ホントに」

童門はいつもこの建物の外、道路に面した植え込みのところで寝ているらしかった。確かにここには、リヤカーを置いておけるところはない。目の前はバスも通る車道で、交通量が多いのだ。仕事道具とは言え結果論からすれば、あれが彼の命を奪ったようなものだったのか。考えると、遣る瀬なさが込み上げた。さっき温《ぬく》もりを帯びた胸が急速に冷めて行くようだった。

気を取り直して質問を続けた。彼の身許を突き止めようとしている、と打ち明けた。何か、会話の中でそのような話題は出て来なかったか、尋ねた。

「さぁねぇ。無口な人であまり、自分のことを話そうとはしませんでしたからねぇ。例えばこの人、あん畜生と揉めたんでしょう。それであっちの、センターの方へは行き辛くなったんでしょう」津森とのトラブルについても知っていた。どうやら山谷《ヤマ》の住民にとってはそれなりに知られた話だったようだ。「なのにそのことも話そうともしねぇ。こっちが他所で聞いたんで、『あんた、こんなことがあったんだって』と振ったらやっと『えぇ、まぁ』とこの程度ですよ。あん畜生に対する恨み節の一つもねぇ」

ここにおいては交わされる話題の最たるものと言えば、誰かの悪口だ。他人を扱《こ》き下ろすことによって溜飲《りゅういん》を下げる。あの野郎、仕事が遅くってしょうがねぇよ。お陰でこっちまでとばっちり食っちまう。いつも尻拭《しりぬぐ》いは、俺だ。あることないこと、吹き散らす。悪《あ》し様《ざま》に罵《ののし》ることによって自らの優位性を主張する。誰だっていいのだ。仲間ではなく我々、公共機関が対象となることも多い。だからお役所なんてダメなんだ。事なかれ主義に徹してるから何も変わらねぇ。あんな奴らに任してたんじゃいつまで経っても、世の中がよくなることなんてねぇよ……

なのに飯樋は、自分を不当に苛めた相手についてすら悪口を言おうとはしなかったという。童門はちょっと突っついてみた。津森を共に罵倒《ばとう》して憂さを晴らしたい、本音も少なからずあった。

「あん畜生は本当にしょうがねぇからな、って煽《あお》ったんですよ。誰彼、構わず絡んで来やがる。だから嫌われ者なんだ。鬱陶しいから知らん顔しているが、本当はみんな腹立たしく思ってんのさ。つまりあんたは悪くねぇ、って。でも、乗って来ねぇんでさぁ。きっと私が目障りなんでしょう、なんて自分の方が悪かったように言うばかりで。これじゃ話が続かねぇ。困っちまったよ、こっちぁ」最後は苦笑で締め括《くく》った。

きっと私が目障りなんでしょう。童門の再現した、飯樋の言葉が胸に響いた。彼は自分を責めていた。自らを罰しようとしているらしき物腰が感じられた。だからこそ津森から受けた理不尽に対しても、自分に責任の一端があったような物言いになったのではなかろうか。

いずれにせよこれでは、身許に繋がるような事象に彼が言及したとはなかなか思えない。またも絶望が襲い来た。せっかく飯樋が打ち解けて、リラックスできていた場所を見つけられたというのに。つい先程、根拠のない楽観に囚われ久しぶりにいい気分だったのに。

結局、寛いでいても彼は心に固くシャッターを下ろしたままだったということか。内に籠《こ》められた闇《やみ》の深さを、改めて感じずにはおれなかった。

「それじゃぁ以降は、彼とはどんな話を」

「ですからもう、当たり障りのない会話ばかりですよ。今日はいい天気だね、とか。雨が続いたんで空き缶集めも上手くいかず、懐が空っけつですよ、とか。『敬老室』でテレビを見たり、ここで日向ぼっこをしたりしている時に言葉は交わすんですが。そんな、身の回りの話ばっかり。とても自分の過去について、なんて方にゃぁ向かいはしませんでしたねぇ」

やはり、か。肩にどん、と重みのようなものが伸《の》し掛かった。どこまで行っても堂々巡りだ。ちょっとした希望の光が見えたかなと思ったが結局、同じところに戻って来てしまう。それが飯樋という男の生き様の故、だったのだろうか。

そもそもがここにいる連中は、自分の過去なんて正直に喋らねぇ。親方の言葉が蘇った。

隠すか、大法螺を吹くかだ。だから聞いたって本当のところは分からねぇ。確かに、と私も感じる。しかしそれにしても、飯樋の場合はちょっと極端のようにも思われた。彼にはいったい何があったのだろうか。どれだけ忌み嫌う過去があり、そこから逃げて来たのだろうか。

「他の人も似たようなものでしょうね」駄目押しの積もりで、訊いた。「飯樋さんと会話は交わしても、そういう当たり障りのない話ばかりだったんでしょうか、ね」

「そうだと思いますよ」童門は頷いた。「ここにはちょくちょく、顔を見せてたんで。知り合いもそれなりに出来てたみたいだった。俺と同じようにテレビを見たりしながら、あの人と話してる奴の姿も見掛けることはあった。でも、中身は似たようなモンでしたよ。昨日はいい天気で仕事が助かった、とか何とか。結局はその程度の話ばかりで」

「彼の口から、誰かの名は」更に駄目押しのようなものだった。ちょっと思いついたので、振ってみただけだった。「悪口ではなくていい。むしろ、あの人によくしてもらった、とかそういういい方の話題で。親しみを覚えているような、具体的な名前を聞いたことは」

「いやぁ、そんな」首を振ろうとした。と、ぴたりと止まった。「あ」手をぽんと叩いた。

「そうだそうだ、リヤカーだ」

あんたあのリヤカー、どうしたんだい。最初に会った頃のことだった。童門は尋ねたのだという。私としてもあっ、と膝を打ちたい心持ちだった。

盲点だった。目覚まし時計やカセットコンロなどとは違うのだ。その類《たぐ》いなら拾って来たり、泥棒市で安く手に入れたりは可能だろう。だがリヤカーとなると、そうはいかない。おいそれと手に入るものではない。入手経路はどうだったのか。確かに当初から、追求してみるべきルートだった。思い至らなかったのは我ながら、迂闊《うかつ》と言うしかない。

「いやぁ、親切にしてくれる人がいましてね」童門に、飯樋は答えて言ったという。「壊れたリヤカーを仲間内で、直したりしてくれる人で。その人が親切に、安く分けてくれたんですよ。あんたここで生きて行くには、こいつがあった方が何かと便利だから、って。いやぁ本当に助かりました。お陰で今じゃ空き缶集めに、とっても重宝してますよ」

かつての腕を活かして、仲間から頼まれ自転車やリヤカーの修理をしてあげている。オリンピック前後の東京で、俺がくっ付けずに建ったビルや橋なんて一つもねぇよ。今も時おり豪語する。若い頃は各種溶接の名人として、あちこちの建設現場で引っ張りだこだった〝アークのトメさん〟。浦賀留雄だった。

18

センター別館を出、浦賀の住んでいるドヤに行ってみた。ところが宿の主人によると、

「いやぁあの人、とっくにここにゃ住んじゃいませんよ。出てってもう、随分になるんじゃないかな」とのことだった。

うちの白手帳にはここの住所で登録してあった。住民票は作ったものの宿代が重荷になり、出たということか。よくある話ではある。だが彼がアオカンしているとしても、場所が分からない。

「あぁ。トメさんだろ、アークの」幸い、通り掛かった労働者が私らの会話を耳にして割り込んでくれた。「あの人ならほれ、いつもあそこで寝てますよ」

吉原公園だった。土手通りを渡った西側、目の前は吉原のソープ街という場所にある小さな公園である。さすがにあちらの方まで足を延ばすことはあまりないので、知らなかったのだ。

礼を言ってドヤを出た。早速、行ってみた。公園の周りには真新しい建売の住宅が幾つか出来ており、ちょっと見ない間に風景が変わっていた。ただし公園の薄暗い空間の向こうに、ソープランドの煌《きら》びやかな看板が明滅《めいめつ》しているのは以前のままだ。隅の植え込みにブルーシートで覆われたダンボールハウスがあった。一つだけだった。真夜中まで人の出入りが激しい街の賑《にぎ》やかさもあり、一般のホームレスからは敬遠されているのかも知れない。

「浦賀さん」ブルーテントの傍《そば》に歩み寄り、中に声を掛けた。「私です、深恒《みつね》です。いませんか」

どうやら留守のようだった。屈めていた腰を伸ばし、ついでにうん、と一つ背を反らした。そう言えば生前、飯樋のブルーテントにもこうして声を掛けたことがあったな、と妙なことまで思い出した。

弱ったな。周囲を見渡した。せっかく、いい情報に辿り着いたというのに。暗闇の中に漸く、有望な光が差し始めてくれたというのに。このままでは気が収まらない。何としても一分でも早く、浦賀の話を聞いてみたい。だが、どこを捜せばいいだろう。

取り敢《あ》えず山谷の中心部に向かって戻り始めた。片っ端から労働者に、尋ねて回ってみるか。浦賀を見なかったか。彼は普段この時刻、どの辺にいることが多いかと訊いて回れば何らかの情報は、得られるだろう。

『いろは会商店街』のアーケードに差し掛かろうとしたところで、携帯が鳴った。蓮田女史からだった。忘れていた。進展があったら報告する、と言ってあったのだ。

「何か、分かりました」通話ボタンを押すや否や、女史の質問が耳に飛び込んで来た。彼女もそれなりに期待していた、ということだろう。

「いやぁ面目ない。報告する、と約束していたのについ興奮して、失念してました」一息、ついて続けた。「進展がありましたよ。やはり飯樋さん、『敬老室』の方にはちょくちょく顔を見せていたようなんです」

「あぁ、成程」一通り説明すると、女史も納得したような声を漏らした。「リヤカーとは盲点でしたね。確かに最初からそこに着目していれば、話ももうちょっと早く進んでいたかも知れないですね」

「ね。本当にそうなんですよ。それで、飯樋さんに修理したリヤカーを安く譲ってくれたのが、浦賀さんだったんですって。ほら、溶接の名人だったことが、自慢の。リヤカーを分けてくれたくらいだ。きっと親しくつき合っていたに違いない。何か話でも聞いてないかと彼の塒まで来てみたんですが、生憎《あいにく》と留守で」

「あぁ、浦賀さん」アークのトメさんを蓮田女史も、よく知っていたようだった。それどころか、有益な情報まで齎《もたら》してくれた。「確か彼、大きな怪我をしたそうですよ。だから今、どこかの病院に入院してるんじゃありませんでしたっけ」

山共会に行ってみると、久里がいた。浦賀が怪我をしたのなら一時、ここのクリニックに世話になったのではないかと当たりをつけたのだ。訊いてみると、案の定だった。それどころか実は、怪我をしたのがここの階段で、だったという。

「急性アルコール中毒の症状を起こして、運ばれて来たんですよ」久里は言った。「それで何日かここに泊めて、治療したんです」

稼いだ金の殆どを酒に注《つ》ぎ込んで、呑んだくれていた浦賀だ。身体は既にかなり弱っている。とうとう呑み過ぎて中毒症状を起こしたというのも、いかにもありそうな話だった。昨年の晩秋、「身体に気をつけてね」と声を掛けた自らの言葉を思い出した。あの時は来年の春、いなくなっている顔は彼なのかもと余計なことまで考えてしまった。実際には命を落としたのは、飯樋だったが。浦賀も入院という形で「いなくなる」ことにはなったか、と更に余計なところにまで考えが及んだ。

「いったん、アルコールも抜けて回復したんですけどね。ただ所長さんもご存知の通り、彼の身体はもうボロボロだ。内臓がかなりやられてる。だからうちの医者が、『酒はなるべく控えるように』と諭したんですよ。このまま呑み続けたんでは命が危ないよ、と。ところが浦賀さん、反発しましてね。『酒が呑めねぇくれぇなら死んだ方がマシでさぁ』なんて。タンカ切って、飛び出すように診察室を出て行った。ところが」

何日か寝ていた直後だったので足がふらついていた。なのに慌てたものだから階段を踏み外し、転げ落ちてしまったのだという。

「腰の骨を折ってしまいましてね。これじゃ治療にも時間が掛かる。うちじゃちょっと無理だというので救急車を呼んで、病院に運ばせたんです」

入院先は隅田川の向こう、墨堤《ぼくてい》病院だということだった。

白鬚《しらひげ》橋を渡って隅田川を越えた。思えば今日は元々、この川の堤防沿いを歩いて情報を集める積もりだったのだ。それが現実には、どうした違いだろう。いつも通り当てもない聞き込みを続けるどころか、期待に胸膨らませて前に進んでいる。浦賀は何か知っている。飯樋から何かを聞いている。勝手に確信のようなものを抱いていた。

墨堤通り沿いに歩いて、大きな病院に辿り着いた。既にかなり遅目の時刻になっている。一般的な見舞い時間からすれば、常識外れと言われても仕方がなかろう。構わず院内に歩み入った。骨折だから外科だろう、と見当をつけて病棟を探した。受付で尋ねてみると、整形外科に入院していることが突き止められた。

エレベーターで求める階まで上がり、ナースステーションに行った。白い目を向けられるかな、と危惧《きぐ》したが特段、咎められることもなかった。スムーズに病室を教えてくれた。

部屋を覗いてみると、夕食が配られている真っ最中だった。配膳の邪魔にならないよう、ちょっと廊下で待った。カートが次の病室へと移って行ったので部屋に入った。

「いやぁ、オヤジさん」私の姿を認めると、浦賀の顔がパッと輝いた。急性アルコール中毒で、山共会。続いて骨折でここ、だ。入院が続いているから酒を呑むこともできないだろう。心なしか顔色もよくなったように見えた。肌に張りがあった。「来てくれたんですかい。いやぁ、嬉しいなぁ。見舞いに来てくれる奴なんて誰もいませんで、ね。侘《わび》しくてならなかったんスよ。さぁ、入って下さい入って下さい。狭ぇとこですが、どうぞ」

「食事中に申し訳ない」お言葉に甘えて、ベッドの脇まで歩み寄った。指し示されたパイプ椅子を開いて、座った。「実は浦賀さんに、尋ねたいことがあったんだ。それで矢も盾も堪らず、飛んで来た。食べながらで構わない。ちょっと、つき合ってもらえないだろうか」

ええどうぞどうぞ、と大きく頷いた。酒も呑めなくて退屈でしょうがなくてね。今じゃ一日の楽しみは三度の飯ばかりだ。だから遠慮せず、頂きますよ。オヤジさんは気にせず、何でも訊いて下さい。でも何でしょうなぁ。俺がオヤジさんに伝えられるようなことなんて、ありましたっけ。

「飯樋さんのことを調べてるんですよ」

切り出すと、浦賀は「あぁ」ともう一度、大きく頷いた。口一杯に頬張った飯粒が、弾みで零れ落ちそうだった。飲み下してから、続けた。「可哀想にねぇ。酷《むげ》ぇことする奴がいるモンだ、ッたく。俺達だって生きてんだぜ。地べたに這《は》いつくばってたって、一人の人間にゃ変わりねぇんだ。それを……。酷ぇことするモンだ、ンとうに。世間の冷たさてぇ奴を、そのまま表してらぁ」

放っておいたら世の中への恨み節が、延々と続きそうだった。「だからね」と遮った。「あんな死に方をして、放っておいたまんまじゃ浮かばれない。何とか身許を突き止めてやって、遺族にも伝えてあげたいと思ってるんですよ」

「えぇえぇ、そりゃそうだ」賛同しながらおかずの焼き魚を、口に放り込んだ。咀嚼《そしゃく》しながら続けた。「このままじゃ確かに、あの人が不憫《ふびん》すぎる。分かりました。俺にできることがありゃぁ、何でもやりますよ」

「飯樋さんの引いていたリヤカー。あれは浦賀さんが直したものだって聞いたんだ。それなら彼と親しく話したことも、あるんじゃないかと思って」

「パイプが折れて、使い物にならなくなってたリヤカーがあったんですよ」沢庵《たくあん》を齧《かじ》るボリボリいう音が、言葉の合間に響いた。「ただまぁ溶接すりゃ、何とかなる。俺にちょっとした借りのある奴がいましてね。そいつが金で返せねぇから、これで何とかならねぇか、って持って来まして。こんなので埋め合わせになるモンか、って突っぱねようとしてふと、飯樋のことを思い出したんスよ。こいつを直してやりゃぁ、あいつの空き缶集めには重宝するだろう、ってね。それで、引き取ることにしたんです」

「じゃぁ」思わず膝を乗り出した。「その頃には既に、飯樋さんとは親しくしていた」

「えぇ、まぁ。最初に会ったのは、そうだな。あの人が山谷《ヤマ》に現われて、まだ間もない頃じゃなかったかな」

　ロクさんこと北見から許されて、飯樋が玉姫公園で寝起きするようになった時分だった、という。何か、無口な奴でね。最初は陰気な野郎だな、ってあまり近づかないようにしてたんですよ。ただそんな時こういうことがありまして、と知り合う切っ掛けとなったエピソードを明かしてくれた。

ある日のことだった。浦賀にちょっとした実入りがあった。懐が暖かいと妙に気分もい い。足取りも軽く歩いていると、肉屋の前を通り掛かった。「黒毛和牛、超特価」と大書きされた紙が店頭に貼られていた。

「たまにゃぁ美味《うめ》ぇモンでも喰って精をつけなきゃな、って気になりまして。奮発してステーキ肉を買い込んだんスよ。普段、世話になってる奴らにも分けてやろうと思って。これだけ贅沢《ぜいたく》な喰いモン出しゃぁ逆に、酒は誰かが買ってくれる。だから持ち金の殆どを肉に注《つ》ぎ込みました。親しい連中、集めて酒盛りの準備に取り掛かったんです」

公園で火を起こし、いよいよステーキを焼きに掛かろうかという時だった。ふらりと飯樋が通り掛かったのだという。

「『あの、失礼ですが』なんて話し掛けて来ましてね。無口な野郎で、向こうから口を利くなんてまずあり得なかったから。こっちもびっくりしましたよ。『何だ手前ぇ、自分から喋れたのかよ』なんて俺の横の野郎がからかっちまったくらいでして」

ちょっと済みません。からかわれたのにもさして反応せず、飯樋は続けたという。ちらりと聞こえたところではそれ、高級黒毛和牛と仰《おつしや》ってたと思うんですけど。ちょっと、見せてもらっていいですか。

肉を見ると、小さく首を振った。「肉屋が『黒毛和牛』と言って売ったんですか、これを。いや、酷《ひど》いことしますね。申し訳ありませんがこれ、和牛なんかじゃないですよ。それどころかまともな肉ですらない」

「成型肉」という代物だ、と飯樋は説明したらしい。骨から削り落とした細かい端肉や、内臓肉を軟化剤で柔らかくし結着剤で固めて形を整えたものだ、と。味や食感、色をよくするために様々な食品添加物が使われる。人工的に「霜降り」にするために百本もの細い注射針を肉に刺し、牛脂を注入するようなことまでやるという。だから一見、高級肉らしく映り素人では騙《だま》されてしまうのだ。合法的なものではあるがちゃんと表示する必要があり、「和牛」などと偽って販売したのでは法にも抵触する。肉の内部に細菌が付着し易く、食中毒の危険性も増す。

「何だよ手前ぇ。イチャモンつける気かよ」浦賀は難癖をつけられた、と思って声を荒らげた。「俺達がこれから楽しもうてぇのに余計なこと言って、水を差す積もりか」

「いえ。ご気分を害されたのなら謝りますが、これに高いお金を払われたのなら貴方は被害者で。そんな悪どい肉屋は懲らしめてやらなきゃ私としても、気分が収まりませんで」

偽物を見分けるのは実は簡単なんですよ。飯樋は箸を肉に当てた。ぽろり、と簡単に切れた。切れたというより結着されていた部分が剝《は》がれたのだ。本物の肉ならこうなることはない。

「ここの切り口を見てみて下さい」飯樋は指し示した。「肉の繊維が複雑に交錯しているでしょう。本来の塊なら繊維は同じ方向に並びます。こんな風になっているのはいくつもの肉を貼り合わせた、証拠です」

飯樋が正しいと分かると怒りは当然、肉屋の方に向いた。手前ぇ、こんなクズ肉を騙して売りつけやがって。怒鳴り込むと先方は平謝りに謝った。低頭し、代金は返すと同時に本物の和牛肉も差し出した。店頭にはまだこの肉と同じ、明らかに成型肉と分かる実物があるのだから「何の言い掛かりだ」と開き直ることもできない。どうかこのことは他所では口外されず、ご内聞《ないぶん》に。最後まで低姿勢だったという。

「いやぁお前さんのお陰で助かったぜ、ってあいつには感謝しましてね」浦賀は振り返って言った。「クズ肉を有難がって喰っちまうところだった。お陰で金が返って来たばかりか、本物の肉まで手に入った。これから宴会のやり直しだ。お前さんもつき合ってくれ、って。いやぁ私は当然のことをしたまでです、なんて遠慮してましたけどね。半ば強引に、宴会に引き摺り込みましたよ。こんなことがあってからあいつとは、ちょくちょく話もするようになったんです」

聞きながら飯樋の遺品の中にあった、牛のグラビアが鮮明に頭に浮かんでいた。やはり彼、かつては牛を飼うかそれに類する仕事に就いていた。ある意味、プロだった。だからこそ浦賀の騙された肉を、一目で見抜くことができたのだ。以前、立てた仮説が裏づけられたような心地だった。その仕事が破綻し、こちらに流れて来たのではないかという想定も真実味を増したように感じられた。

「それじゃ」もう一度、大きく膝を乗り出した。「そうして話をする中で、彼の身の上に繋がるような話題は出ませんでしたか。例えば、そう。その肉の話だ。あんた何でこんなに肉に詳しいんだい、みたいな。以前、どんな仕事をしていたのかが分かるような会話とかには、なりませんでしたか」

「いやぁ」浦賀は首を振った。「確かにあんた肉のプロだったのかい、なんて尋ねたりもしましたよ。そういうことがあったんですもの、まぁ自然にそんな質問にもなりますよ。でもねぇ、話題がそっちの方を向こうとすると口を噤《つぐ》むんです。こっちだって察しまさぁね。あぁこいつ、過去の話はしたくないんだ、ってね。また山谷にゃ、そういうのが珍しくありませんから。だから避けるようになりましたよ。話をしていても過去に繋がるような話題に、なるべく向かわないようこっちも気をつけるようになりました」

暫《しば》し、沈黙が満ちた。浦賀は食事は既に終えており、視線を窓の外に向けていた。飯樋との思い出に浸っているのかも知れない。自分が好意で安く譲ったリヤカー。結果論からすれば巡り巡って、彼の命を奪うことになった。皮肉に、心を痛めているのかも知れない。

「俺んちの方に住め、って誘ったこともあったんですよ」不意に口を開いた。胸の内が実際、私の推察とほぼ近かったことが証されたようなものだった。「あんな人気《ひとけ》のない山谷堀公園じゃなく、俺と一緒に吉原の方で寝てりゃいいじゃねぇか、って。なのにどうも、煌びやかな看板が苦手だったみてぇでね。深夜を過ぎりゃぁ静かになるんだが、やっぱりそれまでは寝つけねぇ、って。今、思えばもっと強く誘ってりゃよかったのかも知れねぇなぁ。そうすりゃあいつも、あんな殺され方はしなかったのかも」

「自分を責めることはありませんよ」私は言った。皆、浦賀さんのことを心配している。かつて、彼に掛けた白々しい気休めと五十歩百歩なのは内心、承知していた。それでも言わずにはおれなかった。「あっちで寝ることを選んだのは、本人だ。それに責められるべきは犯人で、他には誰もいない」

再び暫し、沈黙が満ちた。ぽん、と手を打つ音が響くまで。

「そうそう。さっきオヤジさん、飯樋の身の上に繋がるような話、ってぇましたね。確かにあいつ、自分からそういう話題を持ち出すのは避けていた。だがね。俺にゃぁ分かるんですよ」浦賀は少年時代、父親の仕事の都合で東北地方を転々として暮らしたらしい。だからあちこちの方言を聞き分けることができるのだという。「どれだけ訛《なま》りを隠して、こっちの言葉を使っていても俺にゃぁ分かる。ちょっとした言葉の端々や、アクセントなんかで、ね。飯樋の出身は福島だ。それだけは間違いねぇ」

19

気不味《きまず》い、なんてものではなかった。ひりひりした棘《とげ》のようなものが、家中に満ち満ちていた。空気がピン、と音を立てて張り詰めているようだった。

悪いのは私だ、言うまでもなく。あれ程、息子の芝居を観に行くと誓ったのに約束を違《たが》えた。聞き込みに没頭していて気がつくと、開幕の時間をとうに過ぎていた。今から駆けつけたところで到底、間に合わない。

「済まない」妻の携帯に掛けると、絶句された。調べている内にめぼしい情報に行き当たったんだ。夢中になっていたらつい、芝居のことを忘れてしまっていた。弁明しようとすると、一方的に通話を切られた。

帰宅するのも躊躇《ためら》われた。が、いつまでも帰らないというわけにもいかない。ならば深夜に戻るより、早目を期した方がまだ傷は浅いのではなかろうか。自らを鼓舞し、家路に就いた。それでも何度か引き返しそうになるのを、無理に抑えて爪先《つまさき》を自宅に向け直さねばならなかった。

だが帰ってみると、喜久子はさっさと寝室に引っ込んでしまった。言い訳するどころか、一言の会話も交わせなかった。口を利く以前に、あんたの顔すら見たくもない。態度の全《すべ》てが、主張していた。溜息《ためいき》をついて居間のソファに座り込むしかなかった。今夜からこいつが自分のベッド代わりとなるのだろう。この刺々《とげとげ》しい時間がいつまで続くのか。ずっと、という言葉が頭に浮かびそうになって慌てて振り払った。

「別に、気にしてないよ」むしろ、息子の反応の方が肩透かしだった。芝居が終わり、一段落しただろう時刻を見計らって電話してみると、淡々と返された。「運動会を見に来てって心待ちにしてる子供《ガキ》じゃないんだし。それにやっぱり、父さんに観てもらうことには躊躇いがあったからね。気恥ずかしさもあった。だから開演時間が来ても、父さんの顔が見当たらないのにホッとしたのも正直なところだったんだ」

最初から、どこか期待してない部分もあったからね。つけ加えられた言葉が胸に突き刺さった。淡々と返されたのは裏返して言えば、初めからさして望まれてもいなかったということか。ある意味、責められるよりきつい反応だったのかも知れない。

だが深く考えるのはもう止《や》めにした。妻との衝突だけで既に充分なダメージである。これ以上、余計なことにまで考えを巡らせ心を傷つけることはない。立ち直る気力すら失ってしまいそうだ。息子から詰《なじ》られなかったことを単に救いと受け取り、今夜は早々に休むことにした。

次の朝も地獄《いい》だった。昨夜は別々に寝たからいいが、朝食の時間はどうしても顔を合わせてしまう。同じ空間を共有することになってしまう。昨日は申し訳なかった、と話し掛けようとしても妻からは完全に無視された。ただ黙々と朝食が供され、私も黙って口にするだけだった。

何の味もしなかった。喜久子のことだからこういう時でも、料理の手を抜くことは一切していない筈《はず》だ。が、何を食べているかもよく分からない始末だった。こんなことは結婚以来、初めてだった。

食事を終えると素早く出掛ける身支度を整えた。「昨日は本当に済まなかった」家を出る際にもう一度、妻に声を掛けた。「この埋め合わせは必ず。必ずするから」虚《むな》しく聞こえることは百も承知でも、口にしないわけにはいかなかった。だが結局、最後まで喜久子から返事の来ることは一切なかった。

職場に着くとホッとした。家を離れたことで、こうまで心が落ち着くなんて。我ながら情けなくなるくらいだった。しかし正直、今夜のことを思うだけで今から恐ろしくなる。あの空気の中にまた戻らなければならないのか。想像しただけで背筋に寒気が走る。悪いのは１００％、自分。できるのはただ耐えることだけと分かり切っているのだから、尚更《なおさら》だ。

午前中の慌ただしい時間を終え、あれこれと考える余裕も生まれる午後になった。今夜のことは敢《あ》えて頭から遠ざけ、調査の方へ思考を集中させた。飯樋の出身は、福島。昨日、妻や息子との約束を破ってまで辿《たど》り着いた情報である。こいつを、最大限に活かさなければ。頭を前向きへと切り替えなければ、マイナス面ばかりが目前に迫って潰《つぶ》れてしまう。

言うまでもなくただ福島というだけでは、広い。広過ぎる。ここから一人の人間を捜し出すことなど、今の段階では不可能である。どれだけ幸運に恵まれようとまず無理、と言っていい。

ただ一つ、目算があった。

福島と言えばここ数年の話題で何より注目を集めるのは、東京電力の原発事故である。東日本大震災による津波の影響で原子炉の制御を失い、建屋の屋根が吹き飛んだ。大量の放射性物質を広い範囲に撒《ま》き散らした。お陰で地元に住むことができず、今も避難生活を余儀なくされている人が大勢いる。飯樋もまた、その中の一人だったのではなかろうか。

事故の発生したのは五年前。飯樋がこの街に流れて来てから、二年とちょっと。長い避難生活に絶望を覚え、家族を置いて逃げて来たとすれば符合するタイミングのようにも思える。加えて、胸に浮かぶイメージがあった。

飯樋は牛を飼う仕事をしていた。なのに、手放すことを余儀なくされた。私の立てた仮説である。昨日、浦賀から仕入れた情報からも裏づけられたように感じる。実はそれは、この原発事故のせいだったとしたら、どうか。最初の仮説では仕事が上手《うま》くいかず破綻《はたん》したのかと想定していたが、原因は原発事故にあったとすればいかにもありそうな話であろう。

全住民が避難したため面倒を見る者もおらず、無人となった街を放浪している動物の姿がテレビ映像で何度も流された。私も見た記憶が鮮明にあった。動物の中にはペットだけでなく、飼育されていた牛などもいた。食糧もないことから餓死してしまい、死体が放置されたままでいるという陰惨な報道にも接した覚えがあった。

あの映像と、飯樋のイメージとがぴたり一致した。

飯樋は畜産業を営んでいた。経営は軌道に乗っていたが大震災が起こり、更に原発事故も重なって地元を離れるしかなくなった。飼っていた牛は放置して来るしかなかった。

避難生活が続けば心労も溜《た》まるだろう。おまけに報道が被災地の現状を伝える。残酷なまでに映し出す。飼い主を失ってゴーストタウンを放浪する家畜や、餓死して骨だけになった死体なども画面に映る。俺が置いて来た牛達も今頃は、きっと。想像すれば堪《たま》らないに違いない。心痛は更に募る。ノイローゼのようになって遂《つい》に、現実から逃れるべく逐電した。充分に成り立ち得る仮説、と自分でも思えた。

飯樋の遺品の中にあった牛の写真が如実に物語っている。いったん、ズタズタに破かれていた。その後、後悔したように修復が施された。飯粒を糊《のり》の代わりに使う、という応急処置ぶりだった。

飯樋はきっと写真を見た瞬間、激情に駆られたのだろう。愛らしい牛の表情。しかし自分は、彼らを捨てて来た。愛情を持って育てて来たのを、見殺しにしてしまった。悔悟の念が襲う。じっと見詰めて来る牛の視線が自分を責めているように感じて、思わず写真を引き裂いた。

だが直《す》ぐに我を取り戻した。写真に罪はない。それにそもそも、本当にいい作品なのだ。慌てて修復した。改めて取り戻した牛の愛らしい表情に、昔を懐かしんだ。幸せだった過去を思い出す縁《よすが》として、大切に保管していたのではないか。夜な夜な、写真を眺めて涙を浮かべている彼の姿が見えるかのようだった。イメージはどこまでも膨らみ、きっとそうだったに違いない、と確信が湧《わ》いた。

「やぁ」職安の同期入省の仲間に、電話を入れた。「久しぶり。元気でやってるか。今、ちょっといいか」

昔からボランティア活動に熱心で、大震災が起こってからは頻繁に東北通いを繰り返している男だった。特に原発事故の被害に注目しており、今も福島にしょっちゅう通っている、と聞いた。彼なら何か、次の行動に移るヒントをくれるのではないかと思いついたのだ。

勿論《もちろん》、彼が飯樋を知っているわけではない。関連する情報だって持っているわけがない。そこまで期待する程、楽天家ではない。

ただ、原発の被害者達を取り巻く状況はどうなのか。発生直後に比べれば報道もかなり減ってはいるが、今も被災者達は元の日常とは程遠い不遇を託《かこ》っている筈だろう。その、現況をまずは把握したい。そこを押さえないことには今後の追求は難しい気がした。飯樋が追い込まれた（多分）苦境の程を取り敢えず知っておきたい。ならばそうした情報の摑《つか》み処《どころ》を教えてくれるとしたら、彼だろう。

「あぁ、成程」こちらの細かい事情を教える必要はない。ただ原発被害の現状が知りたいんだと伝えた。どの辺りから取り掛かればいいだろうかと質問すると、彼は答えて言った。「百聞は一見に如《し》かず。まずは現地に行って、見ることだ。今、地元の人達がツアーを企画している。被災地周辺を案内して、『まだまだ現状はこんななんですよ』と解説してくれるようなツアーを。取り敢えずそいつに参加してみたらどうかな。被災地が今どういう状況にあるのか。大まかにでも摑むには一番の近道なんじゃないかな」

「成程」そいつはいいな、と聞いていて感じた。「いいね。まずはそこから始めてみよう。そのツアー、どこに連絡を入れたらいいだろうか」

「いくつかの団体がやっている筈だ」彼は言った。「だからネットで検索してみるといい。『原発被災地』とか、『ツアー』とか幾つかキーワードを入れてみて。ヒットした中から絞り込んで、これだと思うところに決めるといいと思うよ」

職場のパソコンを使うわけにはいかない。これはあくまで、私が個人的にやっていることなのだ。どう贔屓目《ひいきめ》に見ても、仕事の一環には含まれ得ない。

かと言って勤務が終わった後、自宅に真っ直ぐ帰る気にもなれない。「今夜も遅くなる」と喜久子にメールして、ネットカフェに行ってみることにした。こうしておけば妻もいつものことと不審に思わないし、顔を合わせずに夜を遣り過ごすこともできるだろう。暫《しばら》く、接する時間を最小限にすることがお互いのためのような気がした。嫌がる者を無理矢理こちらに向かせようとしても、逆に心の溝は広がるばかりだ。それよりは暫く距離を措いて、時間が心を癒《いや》してくれるのを待つ方がいいのではないか。

実は、ネットカフェになど入った経験はない。職場から帰宅する途上、店を物色する候補地としてまず浮かんだのは秋葉原《あきはばら》だった。〝オタクの聖地〟などと言われているところである。ネットカフェくらいいくらでもあることだろう。

ただどうも、あぁした盛り場に降り立つのには抵抗を感じた。私のようなオジサンくらい、あの街にとって場違いな存在はないのではなかろうか。そこら中のビルで電飾が明滅し、若い娘の声が飛び交う雰囲気の中に足を踏み入れるのもご免だった。

船橋にだってネットカフェくらいあるに違いない、と見当をつけた。あれだけ訪れている街なのに、本当にあるかの確信は持てない。それくらい普段は、私にとって縁のない施設なのだ。

実際に行ってみると、やはりあった。それも私自身、しょっちゅう歩いている通り沿いだった。何度も前を通り過ぎていたのに気づいてもいなかったのだ。関心のない物は見えてもいない、ということの証拠のようなものだろう。中に足を踏み入れた。

「インターネットを使いたいんだが」カウンターの若い女性に話し掛けると、

「オープン席でよろしいでしょうか」と尋ねられた。

訊《き》かれても、それがどのような席なのかが分からない。初っ端《しょぱな》から、出鼻をくじかれたような感じである。知ったか振りをしてみても始まらない。質問すると、個室ではない席、ということのようだった。卑猥《ひわい》な画像を楽しみたい向きのためには、個室の設備を整えておく必要もあるのだろう。

そう言えば、と思い至った。寝る場所にも困った若者が〝ネットカフェ難民〟となって、このような場所で夜を過ごしていると聞く。そうしたニーズもあるのだろう。ここで寝泊まりすると幾らになるのかは知らないが、ドヤより安いということがあるのだろうか。山谷で長い時を過ごしている身にも拘《かか》わらず、ちょっと違う社会に来ると何も分かっていないのだな、と思い知った。日雇いの仕事を漁《あさ》る労働者と、僅《わず》かなアルバイト代で生活を繋《つな》ぐ若者。本来なら似たような境遇の両者である筈なのだが。

ともあれこちらは卑猥な画像を見るわけでも、泊まるわけでもない。オープン席を頼んだ。恥掻《はじか》きついでである。カウンターの女性に席までついて来てもらった。インターネットに繋げるところまで、操作を手伝ってもらった。料金は時間制である。ならば接続する段階で四苦八苦して、時間を無駄にすることもあるまい。

検索ページで「福島第一原発」「被災地」「ツアー」といったキーワードを打ち込んだ。たちまち教わった通り、幾つものページが現われた。それぞれを覗《のぞ》いてみ、どれにするか検討した。これは、と思えるようなものばかりだったので、決めるのに苦労した。お陰で予想していた以上に、手間が掛かった。それ見ろ。やはり最初の段階で、時間を節約しておいてよかったじゃないか。

あれこれと逡巡《しゅんじゅん》する中で、気に入ったページに行き当たった。『野馬土《のまど》』という特定非営利活動法人の主催しているツアーだった。場所は福島県の相馬《そうま》市だった。

そもそもは現地で被災した農家の人達が、互いに協力して支え合い、復興の砦《とりで》としようと立ち上げたNPO法人らしい。安全な食を守る直売所を設けたり、地域の人が集まれるカフェを運営したりしているようだった。また被災のため使えなくなった農地にソーラーパネルを並べ、太陽光発電を始めたりと農業以外の事業にも手を広げているという。

ただ、仲間内の事業内容ばかりではない。福島の農作物を買ってもらうには、現状を見てもらうしかない。放射能の測定をして確認しているから大丈夫です、とどれだけ口で言ってみても消費者の不安を取り除くのは困難だろう。だからとにかく、来てもらう。震災と原発事故で、現地はどうなったのか。現状はどうなっているのか。まずは来て直接、目で見、肌で感じてもらう。そのために「原発20㎞圏内ツアー」を開催していた。現場を回る車にガイドが同乗し、案内してくれるという内容だった。

よさそうだな。カンが告げた。よしこれだ、と決めた。連絡先その他、必要事項をメモにとった。

相馬と言えば野馬追《のまおい》で有名なところだったな。その程度の予備知識しかなかった。鎧《よろい》兜《かぶと》に身を固めた武者姿の男達が、馬に跨《またが》り街を闊《かっ》歩《ぽ》したり速さを競ったりする。勇壮《ゆうそう》な祭りだと聞いている。だが知っているのは、それくらいだった。

相馬市は太平洋に面し、福島第一原発のある大熊町《おおくままち》、双葉町《ふたばまち》から見て北に位置する。そんなことすら知らなかった。もう少し北上すれば宮城県に入る位置関係だ。原発の建屋が吹き飛んだ事故の際、風は北西方向に吹いており放射性物質もそれに伴って流されたという。だから汚染も南方向より、北側の被害が大きかったのだ。相馬は海沿いなので津波に襲われ、更に放射性物質が降り注ぐ二重の被害があったに違いない。なのにそれを撥《は》ね除《の》け、復興のために戦っている農家の人々。会ってみたい。強く感じた。

相馬市内のホテルもいくつか物色し、安く手頃なところを探した。更にどうやってアプローチするかを調べていて、大きな壁に突き当たった。大震災と原発事故の影響でJR常磐《じょうばん》線には、未《いま》だ運行休止区間が残っているのだ。相馬は丁度、その中に当たっていた。つまり鉄路で直接、行くことができない。

弱ったな。腕を組んだ。不通区間で、代行バスは運行されているようだ。特急でいわき駅まで行き、更に鈍行とバスを乗り継いで目的地を目指すか。それとも東北新幹線で仙台まで一気に北上し、そこから南へ戻って来る形で同じく乗り継ぐか。いずれにせよかなり手間取ることになりそうだった。長年ペーパードライバーだとこういう時、困る。駅でレンタカーを借りる、という選択肢が最初から閉ざされている。

そこで、いいことを思いついた。

20

大宮《おおみや》駅で待ち合わせた。喜久宏が相変わらず滅多に自宅には帰って来ず、友達の家を泊まり歩いているせいだ。今、転がり込んでいるところからは大宮の方が行き易《やす》いという。だから、そこで落ち合うことにした。私からすれば東京駅から乗った方がずっと便利なのだが、仕方がない。今は腰を低くし、お願いする側の立場である。

「今、ちょっといいか」ネットカフェで必要な情報を全て入手し、外に出ると息子の携帯に掛けた。「昨日は本当に済まなかった。心から謝る。ただその埋め合わせ、というわけではないんだが。今度の土日は空いていないか。ちょっと父さんにつき合ってもらえないかな」

「何だぃ」友人と酒を呑《の》んでいるところだったようだ。早く用件を切り出してくれ、という物腰が言葉から感じ取れた。「どこにつき合ってくれ、っていうんだぃ」

福島だ、と伝えた。「原発被災地を巡るツアーに参加してみようと思うんだ。ところが事故の影響で鉄路が寸断されている。一番いい方法は福島駅まで新幹線で出て、レンタカーを借りるという手なんだが。知っての通り父さんは長年ペーパードライバーで、運転には自信がない」

一方、喜久宏は大学入学と同時に運転免許をとった。芝居の道具を運んだりといった様々な用途で、しょっちゅう車に乗っているという。運転はお手の物の筈なのだ。

「何だぃ」電波を介して薄い笑い声が伝わった。「俺に運転手役をやれ、ってこと」

「そうだ」先方から見えないにも拘わらず思わず、首を縦に振っていた。「勿論、時間を割いてもらうんだからバイト料は払う。それなりの額は出す積もりだ」

「いいよ」笑い声は続いていた。「昨日、大きな芝居が終わったばかりで次まではまだ間がある。準備期間が要るからね。逆にこれまで芝居に時間を取られて、バイト先も切っていた。次の働き口を探そうとしていたところだったんだ。手っ取り早く稼ぎ口を見つけられたと思えば、しめたモンさ。いいよ。次の土日、運転手役を務める」

「そうか。有難う、助かる。じゃぁ段取りをつけて、また連絡する」

かくして今日、大宮で息子と待ち合わせているという次第なのだった。

喜久宏と福島に行って来る、と告げた時の妻の顔も見ものだった。いや、表現としては的確ではないか。切り出した時、どのような反応を示されるか私としてはドキドキものだったのだから。ただ耳にした喜久子が思わず、惚《ほう》けたような表情で固まったのは事実だった。しっかり者の彼女からすれば滅多に見せないリアクションではあった。

「ど、どういうこと」

「俺の不手際であいつと触れ合えるせっかくの機会を、逃してしまった。だからその代わり、というわけではないがつき合ってもらうことにしたんだよ」

「あなた、もういい加減にして」福島行きが例の調査の続き、と知って妻は顰《しか》めた顔を隠さなかった。不快も露《あら》わな表情に転じていた。「その調査とやらのお陰で、喜久宏のお芝居行きも逃したんでしょう。変なことにのめり込んで失敗したばかりなんでしょう。もうそんな調べ物は、止《や》めて。殺された人の身許《みもと》を調べるなんてあなたの仕事じゃないわ。警察に任せて、普通の生活に戻って」

それは警察の仕事だ。万成先輩の言葉と全く同じだと気がついた。まぁ当然ではあろう。普通の人間からすればそちらが、一般的な感覚ではあろう。

「ま、まぁいいじゃないか」何とか取り繕おうと努めた。「せっかくここまで調べが進んだんだ。もうこれ以上は無理だ、と諦《あきら》めがつくところまでやらせてくれよ」それに、とつけ加えた。「それに電話で話した感じだと、喜久宏も面白がっているようだったよ。滅多にできない社会勉強ではあるし。それを、久しぶりに親子で体験する。俺の不手際のせいで害してしまった絆《きずな》を、修復する意味でもいい機会なのかも知れない」

妻は呆《あき》れたように寝室に入ってしまった。もうこれ以上、抗しても無駄だと諦めたようだった。お手並み拝見、と静観を決め込まれたのではない。勝手にしろ、と突き放されたのだ。夫として見限られ掛けている、危うさを感じずにはいられなかった。が、今はどうしようもない。変わらずソファで寝る夜が続いた。

かくしてこの土曜まで、家庭内は寒々しい空気のままだった。だから今日、大宮まで出て来て解放感を覚えた。家から離れるとホッとする。職場に出る時と同様、罪悪感はあるが本心なのだから仕方がない。

ただし新幹線の乗り換え口で息子を待っていて、ふと不安を覚えた。もしかしてあいつ、寝過ごしてやいまいな。元旦《がんたん》、いつまでも起きて来ず妻や宣枝ともどもさんざん待たされた時の記憶が否応《いやおう》なしに浮かんだ。

新幹線は指定席を予約してある。後の便にするのなら今の内に手続きしないと、無効になる。レンタカーや宿だってそうだ。時間が遅くなるのなら、連絡を入れないと。それどころか下手をすると、今日中に相馬入りできないという事態もあり得ないではない。

幸い、杞憂《きゆう》だった。約束の時間、丁度に喜久宏は現われた。眠そうな表情で、目を擦《こす》りながらではあったが。

「新しい芝居をどうするか、仲間とアイディアを戦わせたんだ」息子は言った。「それが話し始めたら、侃々諤々《かんかんがくがく》。なかなか前に進まなくてね。お互いに熱くなって、持論を主張し合った。酒も入ってたから余計に、盛り上がっちゃったんだろうな。お陰で気がつくと明け方になっていた」

慌てて布団に入ったらしいが、寝不足なのは見た目にも明らかだった。

「それでもまぁ、来てくれて助かったよ」私は言った。「乗り遅れたら、あちこち予約変更しなきゃならないところだった」

「そりゃ、バイトだもの」苦笑いを浮かべた。「お金をもらうんだから、やることはちゃんとやる。仕事をする際の、最低限のルールだよ」

新幹線のホームに上がると、間もなく列車が滑り込んで来た。席に着くと背凭《せもた》れをリクライニングさせ、喜久宏は目を閉じた。程なく寝息を立て始めた。

普段ならこうして着席すると同時に、私は缶ビールを開ける。新幹線で旅立つ際の〝儀式〟のようなものだ。ところが今日は、喜久宏の存在があった。福島駅に着いたらレンタカーを借り出し、運転しなければならない。アルコールを入れるわけにはいかない。そんな彼の横で自分だけ呑むというのにも抵抗があった。今日ばかりは儀式も我慢するしかないかと思っていた。

が、こうして寝てくれた。丁度、車内販売が通り掛かったので有難く缶ビールを買い求めた。一口、呑んでホーッと息をついた。窓の外へ目を遣った。家を離れた解放感を改めて味わった。

考えてみればこうして東北新幹線に乗るのも、久しぶりだ。喜久子の両親が健在な頃には、よくこいつのお世話になった。まだ幼かった子供二人の手を引き、妻の実家に通った。そう言えばこいつあの頃、電車に乗るのが大好きだったなぁ。喜久宏の寝顔を眺めながら思い出した。座席の上ではしゃいで、なかなか寝ついてはくれなかった。今とは正反対である。親としては相手をするしかなく、窓の外を眺める余裕もあまりなかった。こんな風に酒を味わい、風景に目を休める贅沢《ぜいたく》などなかったのである。

子供がさすがに車内で騒ぐこともなくなった頃、妻の両親は相次いで天に召された。葬式が立て続けで、こちらは振り回された。その時もまた、のんびりと列車に揺られる余裕なんてなかった。そして全てが落ち着くと今度は、この列車に乗る機会そのものが失われたのだった。

宇都宮《うつのみや》駅を過ぎるといよいよ関東平野も終わりである。窓外の風景に山容が目立ち始める。トンネルを潜《くぐ》ることも増える。列車の旅は地形の変化を味わうことでもあるのだ。ビールを呑みながら心地よい揺れに身を委《ゆだ》ねた。旅程を楽しむゆとりも、久しぶりだった。

郡山《こおりやま》駅に停車した時点で、喜久宏を揺り動かした。次の福島までは十五分くらいである。

そろそろ起こしておいた方がいい。ビールも全て、呑み終えていた。

「やぁ、やっぱり寒いね」列車を降り、駅を出ると喜久宏が一つ、身震いして言った。

「東京から比べるとやっぱり気温が低い。東北に来たんだな、って実感するなぁ」

「それにここは、内陸部だからな」私は言った。「海沿いから比べても、気温は低目なんだろう。相馬まで出れば、ここよりは暖かいのかも知れんぞ」

「まぁ、そうだね。とにかく俺からすりゃ、この寒さで眠気が吹き飛んでくれて大助かりってとこだな」

レンタカー屋は、駅を出て左手の直ぐのところにあった。早速そちらへ向かおうとする喜久宏を、ちょっと待って、と制した。新幹線の車内では煙草《タバコ》が吸えなかった。そろそろ禁断症状が出掛かっていたのである。

「じゃぁ俺は先に行って、手続きを済ませとくよ」喜久宏が言った。「どうせ運転するのは、俺なんだし。免許証を見せたりしなきゃならないだろ。予約は父さんの名前でされてるんだよね」

そうだ、と頷《うなず》いた。じゃぁ済まんが頼むと断って、灰皿のあるところへ歩み寄った。煙草を銜《くわ》えて火をつけ、煙を肺一杯に吸い込むと生き返ったような心地になる。寒空の下、北風に震えながらだがこれだけは止《や》められない。むしろ苦労して吸っている分、紫煙の旨《うま》味《み》が更に増したようにも感じられた。

吸い殻を灰皿に捨て、改めてレンタカー屋に向かった。既に車が表に出され、出発の準備がほぼ整えられた段階だった。喜久宏はカーナビの基本的な使い方を店員から教わっているところだった。

車の中に上半身を突っ込んでいた喜久宏が、不意にこちらを振り向いた。「今夜のホテルの名前は何、父さん」

告げると、カーナビに打ち込んでいた。登録されていたようで、直ぐに「目的地」として指定することができたらしかった。

「ようしこれでOKだ。じゃぁ、行って来ます」運転席に滑り込み、店員に手を振った。私も助手席に乗り込むと、車は発進した。

さすがに福島市は県庁所在地である。駅前はビルが立ち並び、車の往来も激しい。人通りも多い。カーナビの指示に従い、喜久宏は車線変更と右左折を繰り返していた。やがて、「ようし。多分、後はこの道沿いにずっとだろ」の声が漏れた。国道115号線に入ったらしかった。この道が相馬まで繋がっているのだろう。

「『中村《なかむら》街道』っていうんだな」道路名の表示を見て、息子は言った。「『相馬街道』じゃあないんだ。『中村』って何、父さん」

「『相馬』というのは平将門《たいらのまさかど》の血筋に繋がる、ともされる相馬氏という武家の名前なんだよ」私は答えて言った。この週末まで時間があったので、相馬について少しは調べていたのだ。だから偉そうにこうして解説もできる。先週までは私だって、知識は喜久宏と五十歩百歩だった。「その相馬氏が居城を築いて藩の中心地としたことから、現在の市の名前もそうなっているわけだ。城のある場所の地名は昔から中村といった。だから街道名は、そちらから取っているんだろう」

「ふぅん」感心したような声を漏らした。息子からこうした反応を示されて、嬉《うれ》しくない父親はいまい。〃一夜漬けの勉強〃もそれなりに功を奏した、ということなのだろう。「そう言えば俺の知ってる相馬に関するものなんて、野馬追くらいだ。あれは武士の格好して馬に乗る祭りだったよね。成程、やっぱり侍に縁の深いお土地柄ってことなんだね」

やがて道は市街地を外れ、徐々に登り坂に転じていった。大きくカーブを繰り返して斜面を上り始めた。

福島県は特に東西に広い。間を南北に山脈が走っているため、主に三つの地域に分けられている。東の海側から「浜通り」、「中通り」、「会津」と呼び分けられる。福島市のあるのは真ん中の中通り。そこから浜通りへ行くためには、山越えをしなければならない道理なわけだ。

原発があるのも浜通り。爆発で吹き上がった放射性物質は、この山を逆に越えて福島や郡山にまで降り注いだわけか。現地を走っていると、実感が湧く。どれだけの量がこちらまで吹き飛んで来たのだろう。被害についてのそうした知識が、あまりに乏しい自分に改めて驚きを覚えた。結局、他人事《ひとごと》のような感覚に過ぎなかったのだ。大変な災害が起こっていると報道では理解していても、どこか他所《よそ》の地の出来事という感覚が拭《ぬぐ》えなかったのだ。実際に来てみるとしみじみ、実感する。人間の意識なんて所詮《しょせん》その程度のものなのだ、と反省を新たにする。

「やぁ。まさに山の中に、どんどん分け入って行く感じだなぁ」

息子の言葉に車外を見渡して、本当にそうだなと同意した。共に走っている車の姿も殆《ほとん》ど見掛けなくなった。時折、向かいから来た車が擦れ違って行くだけだ。それどころか沿線に民家の姿さえ、なかなか見られない。人里を離れ山の中に入ったのだ、の感懐を強く抱く。舗装された道路以外、人造のものが周りにあまりない。

「どうだ」私は尋ねてみた。「普段、運転するのは街中が多いんじゃないのか。こんな田舎を走るのは、あんまりないことなんじゃないか」

「そうだね」頷いた。「山道を走るのは、あまり慣れていないのは確かだね」

山の陽《ひ》は落ちるのが早い。ましてや冬である。夕刻を過ぎると見る見る、辺りは暗くなっていった。喜久宏はヘッドライトを点灯した。

「大丈夫か」街灯もあまりなく、視界はヘッドライトに照らし出された前方ばかりだ。訊いている私の方が実は、ちょっと不安に襲われていた。ダッシュボードの計器類やカーナビ以外、車内に灯《あか》りはなく薄暗く沈んでいるため尚更だ。「こんな暗い中、視界が利かないんじゃないか」

「まぁ他に走っている車も、殆どないからね」息子の方が平気そうだった。「左右がよく見えなくても、大して問題はない。人が飛び出して来ることもまぁ、想定しなくてよさそうだしね」

不意に前方に対向車が現われた。ヘッドライトはハイビームにされており、擦れ違いざま相手の放つ光が車内に飛び込んで来た。

「あっちの方が危ないね」喜久宏が言った。「光で眼をやられると一瞬、何も見えなくなる。そのことの方を注意しなきゃね」

「そこに動物なんかが飛び出して来たら、避《よ》け様がないよなぁ」

「『動物注意』なんて標識に書かれてるけど。注意してたって、無理だよねぇ」笑い声を漏らした。「飛び出して来たら、避け様がない。それは光で眼をやられてなくたって、同じことだよ」

「『落石注意』なんて標識だって同じことだよな」

「そうそう。全くその通り」

車内が笑い声で包まれた。車の中に息子と二人、運転席と助手席に隣り合って座っている。考えてみればこれまで、殆どなかったシチュエーションではないか。長時間ドライブしているとやれることと言えば、会話ぐらいのものだ。おまけに話題はこうした、他愛もないことしか思いつけない。それでいいのだろう、と思った。ただ、言葉が行き交っていればいいのだ。時間潰《つぶ》しになるし何より、運転手の眠気予防にもなる。「眠くないか」などと頻繁に問い掛けるより、こちらの方がずっといいに違いない。

やがて道は、下り坂に転じた。

「さぁ漸《ようや》く、山越えも終わりってことかな」

「文明に再会ってわけだね。随分、久しぶりのような気がするよ」

「本当、正直ホッとするな。俺達はもう、自然に戻ることはできないってことかな」

笑い声が再び、車内で弾《はじ》けた。

21

「間もなく、左方向です」下り坂が終わると、カーナビが声を発した。随分、久しぶりに聞いたように感じた。これまでずっと道なりに走ればよかったため、指示も必要なかったのだ。こいつ、長いこと楽してたモンだなぁ。息子とまたも、笑い合った。

街に近づいて来たのだろう。これまた久しぶりに信号で停《と》められた。ほうら文明の利器だ、と冗談が車内で飛び交った。

と、道が直角に折れ曲がっているところに突き当たった。曲がり終えると、更に直角に折れる。道路がクランク状になっていた。

「城が近いんだろう」相馬氏の話をしたのを思い出しながら、私は言った。「だから道が、こんな風に曲がりくねっているんだろう」

「城下町は敵の侵入を防ぐため、道を複雑に折れ曲がらせていることが多いからね」喜久宏が応じて言った。「一直線だと敵が勢いに乗って、押し掛けて来兼ねない。矢も飛んで来る。だからこんな風に、わざと道を曲げるんだよね」

よく知ってるな、と感心すると芝居で覚えたんだとの答えだった。以前、江戸時代を舞台にした芝居をやった。城下町のセットを作る際、道を真っ直ぐに設定しようとすると先輩から注意されたのだという。それで身についた知識らしい。なるほど芝居というのは色々な雑学が身につくものなんだな、と感心した。様々なストーリーに自然に、触れられるせいだろう。

「父さんこそよく知っているじゃないか、城下町の造りなんか」

「俺はずっと昔、関西に研修に行ったことがあってな。その時、学んだんだよ」

日雇い労働者の街としての、東京の代表が山谷だとすれば大阪においてのそれは、釜《かま》ヶ崎《さき》だ。巨大なドヤ街が同じく、存在する。範囲の面積だけで言えばこちらが上だろうが、規模で語るなら比べ物にならない。釜ヶ崎の方がずっと凄《すさ》まじい。道に延々と、ホームレスが転がっている。街のあちこちに焚《た》き火で焼け焦げた跡がある。こちらに吉原、釜ヶ崎に飛田《とびた》と何故《なぜ》か色街が近くにあるのも共通点ではある。

山谷には労働者だけでなく、一般の住民の生活も共存しているのに対して街全体が彼らのために特化しているのも、釜ヶ崎の特徴と言えるだろう。彼らを顧客とした呑み屋の屋台が軒を連ねる。料金は安いが食べ物の材料をどこから仕入れて来たか、訊かない方が無難な店ばかりである。ふと見るとひょろひょろに痩《や》せこけた犬が、足取りも覚束《おぼつか》なく歩いている。残飯すら人間が全て平らげてしまうため、彼らに回って来る分が極めて少ないのだ。

「釜ヶ崎」という地名が行政上、残っていないのも山谷と同じである。地名とは別に、公的には「あいりん地区」と呼ばれる。公益財団法人西成《にしなり》労働福祉センターが運営する「あいりん労働福祉センター」がJR大阪環状線の新今宮《いまみや》駅の目の前にあり、三階には職安も入っている。同じような環境で仕事をしているため、我々と互いに職員を派遣し合って研修も行われる。これに私も、参加したことがあったのだ。

「父さんが大阪にいたことがあったなんて、初耳だな」

「まだ結婚する前だったからな。母さんにも多分、話したことはなかったかも知れない」

とにかくその際のことだった。休日、兵庫県の姫路《ひめじ》まで遊びに行ったのだ。言うまでもなく城の見物が主な目的だった。世界遺産に指定されるのはずっと後になってからのことだが名城、姫路城は素人の私でもせっかくだから行ってみようと思う程、勇名は遠い関東にまで轟《とどろ》いていた。

「現地の人の案内で、城内から外郭までうろついたんだけどな。印象深かったなぁ、あれは」

城址《じょうし》脇の一画に、〝ノコギリ横丁〟と呼ばれるところがあるんだよ。

家が一直線にではなくノコギリの刃のように、ギザギザに飛び出るように立ち並んでいる。物陰に身を潜め、敵を待ち伏せするためにこのような構造にしたと言われている。また同じような意味合いを持つものに「あてまげ」と呼ばれる街並みもあった。道を真っ直ぐ行くと建物に突き当たり、少し曲がって先に道が進む、という構造である。これも敵の勢いを削《そ》ぎ、挟み撃ちにしたりするためのものとされていた。

「成程ねぇ」喜久宏は言った。「俺の場合は芝居で、疑似体験しただけのようなものだけど。現地に行ってみるとまた、印象に残るものなんだろうなぁ」

やはり先程のクランク状の道は、城跡の外郭だったようだった。城は駅にも近い立地らしく、程なく予約していたホテルに到着した。土地勘がないため宿は、駅前の分かり易い場所を選んでおいたのだ。「目的地に到着しました」と宣言してカーナビは任務を終えた。チェックインを済ませ、直ぐに外に出た。腹が減っていた。改めて一杯やるにも、頃合いだろう。

いったん、相馬駅に行ってみた。駅舎に電気が点《つ》いている。鉄路は前後で寸断されたままだが、ここの駅は運営されているのだ。

「ここから北は、まだ走ってないってことのようだね」駅の表示を見て、喜久宏が言った。常磐線で現在、途切れているのは北から浜吉田《はまよしだ》〜相馬駅間と原ノ町《はらのまち》〜竜田《たつた》駅間である。つまり相馬と原ノ町の間は、列車が運行しているわけだ。ただし数えてみれば、稼働しているのはほんの四駅に過ぎなかった。それでも動いているかいないかでは、住民の気持ちからすれば雲泥の差だろう。僅かな区間だけでも列車が走っている。それは地元にとって、復興が進みつつある確かな兆しなのに違いない。

「ここから北の浜吉田までが運行されていないのは、大震災の被害からなんだろうけど」喜久宏が言った。「南の途切れている区間はまさに、原発事故の影響なんだろ。やっぱり重みを感じるなぁ。放射能のせいで列車すら運行できない。そんな被災地に近づいたって実感する、こいつを見ると」

「まぁ、そういうことだ」私は言った。「さっき車の中で、お前の言った通りだ。現地に行ってみるとまた、印象に残る。こうして見て触れる端々に、実感できるものがある」

駅舎の外に出てみるとバスが停まっていた。不通区間を埋めるために走る、代替バスだった。帰宅なのだろう、学生服姿の少年が乗り込んで行く。列車が走っていない現実が、彼らの日常なのだ。ここでも実感できるものに触れたような気がした。

ふと思い出して、ガイガーカウンターを取り出した。ここを訪れる準備の一つとして、入手していたのだ。インターネットで検索すると、レンタルのシステムがあるのを見つけ出した。この地へ来ている間、以外には必要ない。こちらとしては願ってもないシステムだった。早速、発注して送りつけてもらっていた。東京へ帰れば逆に、返却しなければならない。

「放射線量は幾つになってる、父さん」

スイッチを入れ、現われた数字を読み上げた。「毎時、０・１μＳｖ《マイクロシーベルト》になってるな」

許容できる放射線量の基準についても調べておいた。国際放射線防護委員会（ＩＣＲＰ）の報告に基づき、我が国では一般人が平常時に受ける放射線について、自然界からや医療での被曝《ひばく》を除いて年間の線量限度を１ｍＳｖ《ミリシーベルト》としている。毎時０・１μＳｖなら、一日に受ける合計は２・４μＳｖ。それが三六五日なのだから年間総量は８７６μＳｖ、ｍに直して０・８７６ということになる。つまり完全に許容範囲内ということだ。

「問題ないってことだね」

「まぁ、そのようだな」

どれだけの放射線を浴びれば人体にどんな影響が出るのか。実は学者にすら正確なところは分かっていない、というのが現状らしい。浴びれば何らかの異変の起こるリスクが高まるのは確かだが、明確な数値として弾き出せるには程遠いというのが現代科学の実情という。個人差もある。だが浴びないに越したことはない。１ｍＳｖという一つの目安に対して、超えていないという事実には正直ホッとさせられた。危険な場所に息子を連れて来たわけではない、と自己弁護することもできた。

駅前の通りを真っ直ぐ歩き、二つ目の信号で左に折れた。駅に直近の一角は、税務署やハローワークなどのある官庁街らしい。ならばその裏手には呑み屋街がある筈だと見当をつけた。こうした地方都市では最大の産業が、公的機関である場合が多い。するとその近くには呑み屋が集まる。役人を一番の顧客として、確保できるからである。給料の安定した公務員は店からすれば、実入りの見込める客に他ならない。

「俺は結構、こういうのには鼻が利く方なんだ」息子に言った。大した自慢にもならないのかも知れないが、続けた。「知らない街でもいい店を嗅《か》ぎ当てる。これまでにも結構、そういうことがあった」

「はいはい。父さんに任せるよ」

歩いている途上に幾つか、営業している居酒屋はあった。さてどれにするかと迷っている内に、水路に出た。

「濠《ほり》の跡なんだろうね」息子が言った。「やっぱり城下町だ。これまた、実感する」

「この先にはあまり、灯りが見当たらないようだな」遠くに視線を遣って、言った。「戻って、店を選ぶか。まだこの先にもあるのかも知れないが、腹が減った。延々、歩いた挙句に結局は見つからなかったんでは、虚し過ぎる」

父さんに任せると喜久宏が繰り返したので、引き返すことにした。戻っている途中、おっ、と足を止めた。左手の路地に入ったところに、店があったのだ。入り口が見えるところまで歩み寄ってみると、暖簾《のれん》が目についた。これはよさそうだぞ。勘が告げた。三たび、任せると息子が言ったのでここに決めた。

引き戸を開けると、L字型のカウンターが目に飛び込んで来た。女将《おかみ》が一人で切り盛りしている店のようだった。既に二組の先客がいたが丁度、カウンターの角になっている部分が空いていた。いいですか、と断って店内に足を踏み入れた。

腰掛けはカウンターの外側を縁取るように連なって、設けられていた。靴を脱ぎ、座席部分を乗り越えるようにして座る仕組みだった。入り口を入って左手に小上がりもあったが、そちらには客はいなかった。女将が一人だからカウンターに着いた方が、店側からしても便利に決まっている。息子と角の部分を挟むようにして座り、まずは生ビールを注文した。この店は当たりだ。既に、確信があった。

乾杯した。カウンターの上には大皿料理が並べられている。どれも美味《うま》そうで目移りがしたが、「今日のおすすめ」が書かれた黒板も見逃せなかった。メヒカリの唐揚げ、のメニューに目を奪われた。

「一昨年の夏」息子に言った。「お前が友達と海外旅行に行ったろう。その時、俺と母さんも銚子へ温泉に入りに行ったんだ。駅前で見つけた食堂で、こいつを喰《く》った。凄《すご》く美味った。

「鱗子行きで太平洋の沿岸に出向いた時は、必ず地魚を頼んだ。するとあいつは美味いなぁと言って、嬉しそうに食べた。だからこいつも美味い筈だとの読みがあったのを覚えている」

銚子と同じくここ相馬も、太平洋の沿岸だ。だからこいつも美味い筈だとの読みがあった。

ただ喜久子を話題に出したことで、胸にチクリと来るものもあった。あの銚子行きでハマボウフウを持って帰り、今のガーデニングの趣味へと繋がった。昨年末も共にショッピングモールの花屋へ行き、シクラメンを買い求めた。あの頃は二人の間に隙間風《すきまかぜ》が吹くことなどなかったのだ。なのに、今や……。思うと溜息が出そうになった。慌てて振り払った。余計なことにまで考えを巡らせ、落ち込んでいる場合ではない。

海苔《のり》の天麩羅《てんぷら》、というメニューも気になった。単品ではあまり聞いたことがない。とにかく頼んでみようということになって、注文した。喜久宏は他にもカウンターに載せられた大皿料理の中から、適当に頼むよとのことだった。

出て来たメヒカリの唐揚げはやはり美味かった。カラリと揚がった淡白な白身が、舌の上で崩れる。小骨も簡単に嚙《か》み砕くことができる。ビールで喉《のど》に流し込むと、直ぐにまた次を口に含みたくなる。

「日本酒は何がありますか」ビールを呑み終えたので、女将に尋ねた。「地元のお酒はありませんか」

「地酒はちょっと、今はないんですよ。新潟のお酒ならあるんですけど」

地場の料理を地酒で味わう、というのが旅の理想だがないのなら仕方がない。食材が海のものならやはり、日本酒の方が合う。それでいい、と頼んだ。

酒と同時に、海苔の天麩羅が供された。板海苔のように一枚に乾燥させる前の、まだ海藻の状態のまま衣をつけて揚げたもののようだ。塩をつけて、口に含んだ。思わず、おぉと声が漏れた。衣が割れると中から潮の香りが口一杯に広がる。何とも言えない快感だった。海の詰まった味に日本酒がまた、進む進む。

「美味い！」喜久宏もついつい、感嘆の声を上げていた。「これは美味いなぁ、ねぇ父さん」

どうだ。胸を張って見せたい思いだった。やっぱりいい店だったろう。俺の目に狂いはなかったろう、と自画自賛してやりたかった。

「お気に召しましたか」女将が言った。にっこり微笑《ほほえ》んだ表情が、何よりの癒しだった。

「どちらからお見えになったんですか」

「東京です」答えて言った。「原発の近くまで連れて行ってくれるツアーがあるというので。息子と二人、来てみたんです」

「あぁ、そういうツアーもやっているみたいですね」

「こちらにもそういう参加客が来たりしますか」

「いえ。うちは基本的に、地元のお客さんが多くて」

話している内に、二組の先客は帰ってしまい私らだけになっていた。実は、左手の客が先程から気になっていた。右手は若いカップルで、「地元の客」という女将の言葉にも素直に頷けたが。左手のは会話を漏れ聞いていると、訛《なま》りが関西弁だったのだ。おまけに「中に入っとる時」などという言葉が差し挟まれる。仕事柄、知っているがこの場合「中」とは刑務所の塀の内を指す服役経験者の用語である。

そこで彼らが帰ったのを幸い、女将に尋ねてみた。「こっちの客は関西の人のようだったけど」

「あぁ」と女将は頷いた。「除染の作業員として、こちらに来られてる人ですよ」

放射性物質が降り注ぎ、汚染された土壌などを取り除く除染作業のための人員が全国から集められている、というニュースは聞いて知っていた。それでか、と納得がいった。そうして集められた中には、ちょっとした過去を持つ者もいるだろう。服役経験者がいたとしてもおかしくはない。一日の作業が終われば彼らも飯を喰いに来る。そうした客を含めて、この町の経済は動いているのだ。

「あの大震災の時、ここはどうだったんですか」息子が尋ねた。「女将さんも避難されたんですか」

「津波で沿岸部は、大きな被害を受けましたからね。それはどこも一緒ですよ。ただ続いて、原発事故が起こった。放射線がどっちに飛んだか、なんてこちらには分かりませんものね。だから私も一時期、避難してましたよ。どうやら測ってみたら、こっちの辺りは大丈夫そうだというので帰って来たんです」

「実はガイガーカウンターを用意して来てたんで、駅前で測ってみたんです」私は言った。「そしたら線量は低いみたいでしたね」

「原子炉の建屋が吹き飛んだ時、風が北西方向に向かって吹いてたらしいんです。放射性物質はそれに乗って飛んで行ったようですね。お陰で幸い、こっちにはあまり来なかった。内陸部の福島市や郡山市よりもこっちは低いくらい、みたいなんです」

だからこそここは、除染作業の拠点の一つになっているのだろうと察しがついた。料理も酒も美味く、雰囲気もいい。普通であればただいい店を見つけたと、喜んでいればよい局面だ。しかし会話の端々に、原発事故を想起させる事項が混じる。事故は現在進行形なのだと思い知る。今やはり自分は最前線の地にいるのだ、と実感した。

明日はいよいよその現場を目の当たりにすることになる。意識すると、酔いの心地よさに水を差されそうで残念だった。

22

チェックアウト時間ギリギリの、十時にホテルを出た。喜久宏が朝に弱いので、これは最初から決めていたことだった。

私は例によって、朝早く目が覚めてしまう。ホテルで朝食を摂《と》ったがそれくらいでは時間が埋められない。仕方がないので外に出て、相馬の街をぶらぶら歩いてみた。夜の相馬は堪能《たんのう》済みだが、日中はまた別の顔がある筈だろう。

城跡まで行ってみた。天守閣などの建造物は残されておらず、石垣の内側は神社になっていた。賽銭《さいせん》を入れて手を合わせた。今日のツアーが上手くいきますように、と祈った。この地を治めた殿様ゆかりの場所で、来訪の報告も兼ねて参拝する。あながち的外れなことをしているわけではない筈だ。

丁度いい時間になったためホテルに戻った。喜久宏の運転で駐車場を出、カーナビの指示を得ながら国道6号線に乗った。ツアーを主催するのはNPO法人『野馬土』である。ホームページによると名前の由来は「野馬追の土地だから」というのが一つ。また「ノマド」とはフランス語で遊牧民という意味もあるそうだ。原発事故で避難して土地を失った住民がいる。そういう人達も集まる拠《よ》り所、という意味も込めた。それから最後に「野の窓」の意もあるという。とにかくその法人の拠点が、国道6号沿いにあるのだ。ツアーの出発点もそこ、ということだった。

思ったより近かった。走り出すと直ぐ、右手に野馬土の敷地があった。広い駐車場があり、農産物の直売所などの建物が立っている。ツアーの開始は十一時からだった。敷地内にはカフェもあったため、コーヒーを飲みながら時間を潰すことにした。カフェの一角には集会など様々な用途に使えるスペースも設けられていた。

今日のツアー客は私と喜久宏の二人だけのようだ。法人の代表理事、三浦《みうら》広志《ひろし》氏が自らドライバーと案内役を務めてくれるという。ただ、ちょっと遅れているようだった。十一時を少々、回った頃になって三浦氏はカフェに現われた。ごま塩頭に眼鏡を掛けた、丸顔の柔和そうな男だった。ただ農家として長年、土と戦って来た力強さが身体《からだ》の底から漂っているように感じられた。にこにこ笑っているがそれだけの人ではない、と分かった。

「いやぁ、済みません済みません。実は丁度、今日から始まるソーラーパネル事業がありまして。そのスタートでちょっと、手間取っちゃって」

カフェを出、車に向かいながら三浦氏は言った。ライトバンの運転席に三浦氏、私は助手席に着いた。喜久宏は後部席に座った。

「さぁ、行きましょうか」バンは国道に出て、南へ走り始めた。我々が元来た道を戻るような格好だ。だが直ぐに、左折した。大きな道路に出て右折し、再び南へ向かった。「これ、国道6号のバイパスなんですよ。津波の時はこの辺まで、水が来ましてね」

「三浦さんのお宅も、津波でやられたんですか」

「我が家はもっと南、南相馬市の小高《おだか》地区ってとこにあったんですけどね。ええもう綺麗《きれい》に流されちゃいましたよ。これから、お連れしますけどね」

家が流された、などという話もサラリと語る。飄々《ひょうひょう》とした物言いが印象的だった。笑みも口元に浮かべられたままだった。

「先程、ソーラーパネルというお話がありましたが」私は尋ねた。「事業として色々なことをされてるんですね。農業だけじゃないんですね」

「福島県の農産物はなかなか買ってもらえませんからね。いくら放射能は逐一、測定しているから安全ですと言っても受け入れてもらえない。まぁ、しょうがありませんけどね。そういうこともあるし、避難してしまって農作業そのものができない農家もある。それで事業を立ち上げたわけです。家の屋根や農地、土手なんかにパネルを並べる。設置さえしてしまえば後はずっと発電して、電気が売れますから。復興予算や賠償金なんか、いつ打ち切られるか分からない。だからそうした事業で売り上げを上げて、農家が食い繋いで行けるようにしてるわけです」

元々、農地は農業以外の用途に使ってはならないという制限があった。ソーラーパネルを並べて発電に使うなど、本来はできなかったわけだ。ところが二〇一四年に「農山漁村再生可能エネルギー法」という法律が施行され、農地の一部をソーラー発電に使えるようになった。なのに行政が、待ったを掛けたのだという。

「古い考えの持ち主が多いですからね、特に田舎の役所には。せっかく新法が出来たっていうのに、市の担当者は『農地で発電なんてとんでもない』の一点張り。とにかくお役人って頭が硬いですからね。こんな風に何か新しいことをやろうとするたび、横槍《よこやり》が入る。一つ一つ、クリアして行かなきゃならない。まぁ、大変ですよ」

「それで、どうやってクリアされたんですか」

「市の人間に言っても埒《らち》が明かないので、県の方に話を持っていきました。『ねぇ、市がこんな風に頑《かたく》ななんですよ。そちらの方から一言、言ってやって下さいな』って。県から言ってもらえれば、市は動きます。私も長年、交渉をやってますからね。どこかで行き詰まった時はどこを押せばいいか。どうすれば動き出すかが感覚として分かる」

震災が起こる前から農民連として、農水省と遣り取りしていたため交渉はお手の物だという。どうやれば役所は動くか、勘で把握していると三浦氏は明るく笑った。

「とにかく役人って、全てに一律に網を掛けて対処しようとするじゃないですか。でもこんな大惨事が起こったら、一般論は通じない。みんな困ってるんだけども、じゃぁ何に困っているのか。中身は個々人それぞれ、千差万別なんですよ。普遍的な対処をしようったって、通じるわけがない」

役人批判に思わず、苦笑した。こちらが公務員であることは伝えてはいない。別に身許を明かす必要はなかろうと思ったからだ。私が役人と知っていれば彼の口は、少しは遠慮がちになったろうか。多分なかろう、と思われた。相手が誰であろうと自分の意見を堂々と述べる。三浦氏とはそういう人だろうと察しがついた。それに彼の指摘は的外れでも何でもない。公務員とはまさに、彼の指摘する通りの習性を持つのだ。

「例えば震災直後、避難所にいた時のことなんですけどね。救援物資の毛布が届いてるのに、配ろうとしない。『まだこれからも避難して来る人がいるから。揃《そろ》ってから、平等に配布します』ってんです。でもね、お年寄りなんかもう寒くて震えてるんですよ。だから私が、『じゃぁあんたは配らなくていいよ。俺がやるから邪魔せずに見といて』って。原発が爆発した時もそうでした。『おぃ、こんなところにいたら危ないよ。もっと遠くに逃げなきゃ』と言ったんだけど、『上から避難指示が出てませんので動くわけにはいきません』って。一事が万事そうなんだものなぁ。『じゃぁ知らないよ。俺達は勝手に逃げるからね』って逃げて来ましたけどね」

「どこまで避難されたんですか」喜久宏が後部席から訊いて来た。

「最初は地元の小学校に避難してたんですけどね。『何だか原発が危ないらしい』という話が聞こえて来たんです。この辺には原発関連の仕事に就いていた人間も多いですからね。

そんな人が顔を真っ青にしている。それまでは津波のことで頭が一杯で、原発のことなんて忘れてたんですけど。そうだ、あれだけの地震なんだから海沿いの原発がどうなったって不思議はないぞ、と思い当たったんです。それでもう、逃げよう、と。どんどん原発から距離を措いて、最後は東京まで。暫く、あっちに避難してました」

娘さんが大学を卒業して東京の会社に就職していた。そのアパートに転がり込んだのだという。息子さんは千葉の産直センターに受け入れてもらったので、三浦氏の両親はそちらで暮らすことになった。

話を聞きながら窓の外に目を遣った。車の交通量は想像以上に、多い。特に大型のトラックが引っ切り無しに行き交っている。指摘すると、「あぁあれは除染関係の車ですよ」とのことだった。昨夜の居酒屋で、隣に座っていた関西弁の客のことを思い出さずにはいられなかった。彼らの食のニーズを満たすためだろう。バイパスと合流した国道沿いのレストランも、営業しているものが多かった。

「避難指示は現状のところ、どうなっているんですか」喜久宏もかなり興味を持っているようだ。質問が続いた。

「南相馬市の南部、我が家のあった小高地区はまさに、原発から20㎞圏内に入るんですよ。そういう地区は今のところ、避難指示が続いてます。ただ、これもややこしいんですが帰還困難区域と居住制限区域、避難指示解除準備区域に分かれてましてね」

帰還困難区域は放射線レベルが非常に高く、住民の避難を求めている区域。周囲にはバリケードなどが設置され、基本的に立ち入りは不可だという。居住制限区域と避難指示解除準備区域では将来の住民の帰還を目指し、環境の整備を進めている。それらの線引きは放射線量、年間20ｍＳｖを超えるかどうかで分かれているらしい。

「20ｍＳｖ」思わず声が上擦っていた。「限度は年間1ｍＳｖじゃなかったんですか」

「政府が言うにはあれは安全に安全を考えて、最低レベルで引っ張った基準値、ってんですけどねぇ。ＩＣＲＰでも原発事故のような緊急時には線量限度を設けず、目安として20から100ｍＳｖの範囲を示してるって東電も説明してるんですけども。でもねぇ、20ｍＳｖって原発で働く作業員なんかに適用される制限基準なんですよ。そんな数値を、子供も帰って来るかも知れないような場所に適用していいのか、って。そういう線引きをした役人に『じゃぁあんた、自分の子供をそこに連れて来て一緒に暮らせるのか』って言いたいですよ」

面白い話がありましてね、とつけ加えた。三浦氏が農水省と交渉していた時のこと。「そんなこと言うんならあんた、実際に福島に来て現状を見てみろよ」と迫ると担当者は答えたという。「私達、国家公務員は福島のような危険な所には行けないことになっているんです」

「語るに落ちたり、って奴でしょうねぇ」三浦氏は高らかに笑い飛ばした。「ついつい本音を漏らしちゃったんでしょう。まぁこっちもカッと来そうになったけど、考え直しました。あいつらは来ないんだから実情は分からない。だからこちらが『現地はこうなってますよ』って言ったらそれを信じるしかないわけです。言ったモン勝ち。向こうがそういう状況に持ってってくれた、と思えば怒りも収まりましたね」

　さぁそろそろ制限区域に近づいて来ましたよ、と三浦氏が告げた。見渡すと成程、車の通行量はこれまでよりは減った。が、なくなったわけでは決してない。まだまだ走っている車の姿がある。

「帰還の準備のために、昼間は帰って来て家の片づけをしてる住民もいますしね。それから自主的に、もう夜も泊まってる人もいますよ」

と、ハンドルが左に切られた。国道を外れ、海の方角に走り出したようだった。前方にフェンスが現われ、横に警備員が立っていた。彼に見せるための通行許可証を、三浦氏は取り出した。

「ここから先は」私は尋ねた。「放射線量が高いからあぁして入域を制限しているということですか」

「いやぁ。あの警備員、ここに家のある人達が雇ってるんですよ。空き巣が入らないように。私はもう警備員、全員とも知り合いなんで顔パスでもいいんですけどね。まぁ、一応」

書類を示し、フェンスの中に車を乗り入れた。試しにガイガーカウンターで測ってみたが、線量は0・2から0・3μSvのレベルだった。昨夜の相馬駅前に比べれば高いとは言え、大した量ではない。一日中、三六五日ずっと外にいれば年間2mSvを上回るが、そんなことをするわけもない。おまけに国が避難解除するかしないかの線引きは、20mSvというではないか。程遠いレベルである。

「ねっ。こんなものなんですよ。結局は事故が起こった時の風向きで、放射性物質がどっちに飛んだかに関《かか》わる話。原発からの距離は関係ないんです。それから水が流れ込んだりする、汚染物質の溜まり易い場所。スポットスポットによって線量は違うんです。なのにお役人的に、一律に対処しようとするから嚙み合わない。どうしてもチグハグになってしまう」

一律、原発から20㎞の距離を基準として避難の有無を判断したのも現場の混乱を呼んだという。南相馬市は平成十八年、原町《はらまち》市と相馬郡小高町、鹿島《かしま》町が合併して誕生した。最も南に位置するのが小高地区。三浦氏の自宅のあったところである。

「だから小高地区はさっきも言ったように、20㎞圏内にもろに入るんですよ。当然、避難指示が出た。原町や鹿島とはその辺り、ちょっと事情が違うわけです。すると逆にやっかみも出るんですよね。『いいよね、小高の人は。それだけ賠償金が出るんでしょ』なんてね」

これまた一律に線を引きたがるお役人体質の、弊害の一つということか。内部に亀裂《きれつ》を生んでもしょうがないんですけどねぇ、と三浦氏は苦笑する。敵は政府と東電。こちらで内輪揉めしててもしょうがない。内部で揉めてたんでは相手を利するだけじゃないか。そうじゃなくてこちらは一致団結して、敵と交渉していかなきゃならないのに、と。

ふと周りを見渡すと、民家はまだ立っていた。以前のままなのであろう、街並みが残っていた。津波はここまでは来なかったらしい。ただ住民が避難したままなので荒れ果てている。フェンスを立てて入域制限をしなければ空き巣に狙《ねら》われる。先程の言葉を思い出した。

ただし先に進むにつれて、崩壊した家が目につき始めた。いよいよ津波にやられた地域まで入って来たのだ。壁が壊されてしまい屋根だけ辛うじて残っている家から、建屋ごと流されて土台だけが陽に晒《さら》されている一画などがあちこちに見えた。雑草が生え放題で、人の背丈より伸びているものもあった。

「これもまたおかしな話なんですよ。屋根が残っている家は東電の補償が出る。でも全部が流されてるとダメ、なんてね。屋根のあるなしが判断基準になってるんですよ」

「どういうことですか」喜久宏が驚いていた。私も同感だった。「屋根までなくなった方が被害も大きいわけじゃないですか。なのにそっちは、補償が出ないなんて」

「要するに屋根は残ったのに避難しなければならなくなったとすれば、それは放射能のせいで東電の責任かも知れない、と。でも屋根までなくなったのではそれは津波の被害で、東電のせいではない。まぁ理屈っちゃぁ理屈なんですけどね。航空写真で屋根のあるなしを判別して、補償するかどうかを決めるってんですけど。こっちとしては素直にそうですか、とはなかなか」

東電の対応も政府と同様、何かの線を引いて一律主義ということか。いや、既に両者は一蓮托生《いちれんたくしょう》。一心同体と見なしてよいのかも知れない。いずれにせよそのような対処では、住民とは衝突する。揉め事が発生し、長引くのは当然の帰結と言えよう。私には分かる。山谷《ヤマ》の住民の抱える問題もまた、人それぞれ。一律に対処しようとしても上手くはいかない。

「交渉していると、向こうは最初は個々の事情なんかお構いなしですからね。『こうすることになっております』と、頑ななまま。こっちの言い分なんか聞く耳を持たない。だから訊いてやるんですよ。『あんた、いくつ』って。最初はそれにも答えませんが、何度も尋ねてやると答えますよね。そしたらこっちのものなんですよ。『○○歳だったらもう世間の常識くらい分かってるよね。そんだけ長いこと一人の人間として生きて来たんだから。子供もいるんでしょ。何人』って。まずは相手を、人間に戻してやることが大切なんです。交渉は、それから」

当初は担当者は政府、東電の一員として交渉に出て来る。組織の一部であり個人ではない。そのためこちらの個々の事情なんて、受け入れようともしないのだ。組織の前に立ち塞《ふさ》がり、ガードすることにばかり汲々《きゅうきゅう》としている。それでは交渉にならない。

だからまず人間に戻してやるのだ、と三浦氏は言うのだった。何年、生きて来た。家庭もある。子供も、何人。そうした個人の背景を表に出させることによって、相手も人間として交渉に当たってくれるようになるのだ、と。初めて人間対人間として、話ができるようになる。

「でも」成程なぁと内心、感心しながら尋ねた。こちらとら、公務員の事情もよく分かっているのだから。「せっかくそうして腹を割って話ができるようになっても、相手は異動してしまう。大抵、二年で動きますから。するとまた、人間ではない担当者がやって来る。話は元の木阿弥《もくあみ》じゃないですか」東電の人事がどうなっているのかは知らないが、どうせ役所と似たようなものだろうと察しはついた。あぁいうところはある意味、政府の外郭団体のようなものなのだ。内情も自然、似通って来る。

「そうなんですよ」三浦氏は笑った。「漸く人間として話ができるような関係になれたのに、また最初からやり直し。でもね、考えを変えました。そうして人間に戻してやった奴が、本社に帰るでしょ。出世もする。何年も続けていれば、そういう人間が内部に溜まって行ってくれるわけじゃないですか。彼らが多数派になる。そうなった時に初めて、東電は変わるんじゃないか、と。期待してるわけですよ。こっちは農民ですからね。何十年も掛けて土を変え、土地を改良して行く。長いスパンで物を見る癖がついてる。何十年も掛けた〝東電改造計画〟。こんなことできるの私達、農民だけなんじゃないですか」

さぁ、ここです。車を停めた。見渡す限りの更地になっていた。ただし最近、整備工事が施されたようで土手を矢板で保護した水路が土地の中に真っ直ぐに伸びていた。

「ここがうちの田圃《たんぼ》だったところです」

津波で全て、流されたという。瓦礫《がれき》を一つずつ、取り除き漸くここまで来た。破壊された水路も造り直してもらった。

元々、ちょっと雨が降ると直ぐに水没してしまうような土地柄だったそうだ。何十年にも亘《わた》って、農民は苦しんで来た。基盤整備事業をやってもらえるよう、政府に働き掛けた。長年の陳情が何とか閣僚にも届き、予算がついた。三十億を掛けたポンプが完成し、ダムから水を引いて安心して農業に従事できるようになった。ここの土地は地元の農民が、苦労して一から作り上げた田圃だったのだ。ところが大震災が襲い来たのは、そのたった三年後だった。

「だから親父《おやじ》は、落ち込みましてね。ずっと、水害と戦って来た。生涯を掛けて漸く、満足できる田圃を作り上げた。そしたら津波で水没、なんですからねぇ。避難先でも本当に消沈していた。糖尿病で透析が必要なのに、『俺はもういい』なんて言い出す。生きる気力を失ったんです」

避難所ではない。千葉の産直センターを頼って避難していた時の話である。本当であればもっとちゃんとした治療が受けられたのだろう。だが、本人に治す意志がないのではどうしようもない。結局、父親は避難生活の中で亡くなった。震災から約七ヶ月後のことだった。

本人にその気がないのではどうしようもない。飯樋の生き方を何とか改善させようと、山共会の久里が努めてみたが上手くいかなかったというエピソードを思い出した。飯樋もまた、生きるのを半ば放棄したような物腰が感じ取れた。そして……

三浦氏の父親も長年の努力が文字通り水泡に帰し、自分の人生を否定されたような思いだったのだろう。津波の被害はあっても、もし原発事故さえなかったら間も無くここへ戻ることはできたかも知れない。一からのやり直しにはなったにしてもまだ、希望は持てたかも知れない。だが重ねて放射能の被害に見舞われた。最早いつ戻れるかも判然としない。それどころか寿命ある内に、戻れないのかも分からない。暗い暗い絶望に包まれたことだろう。生きる気力を失った時、人間は本当に亡くなってしまうのか。ついつい、眩暈《めまい》を禁じ得なかった。

津波による死、だけではない。土地に対する思いを踏みにじられ、命を落とした者もいる。巨大な災厄に襲われた時、人の運命は本当に様々だ。一律に網を掛けて解決できるものではない。三浦氏の言葉がもう一度、胸を突いた。今までのどれより、ずっと強く。

腰を伸ばして、辺りを見渡した。この地で、数多くの人生が狂わされたのだ。思うと、胸の底に重いものが溜まるようだった。

海からの風が吹きつけて来た。渺々《びょうびょう》と吹き抜ける音が、土地に渦巻く祈りを乗せているように聞こえた。

23

荒地をずっと南下した。

途中、黒いフレコンバッグを並べた集積所がいくつもあった。フレコンバッグは袋状の梱包材《こんぽうざい》である。約1tレベルの重量物を充填《じゅうてん》できる容量、強度がある。除染作業で出た土などの汚染物質が、詰められているのだ。それが、津波に流された更地などに次々と運び込まれている。山のように積み上がり、申し訳のように上にブルーシートが掛けられている。

「ここねぇ。一応『仮置き場』って言っているんですけど本当に『仮』なのか？　って。『永久仮置き場』なんじゃないの、って皆で噂《うわさ》してますよ。それにここ、津波が来た土地なわけじゃないですか。また地震があれば、いつ大きな波が来ないとも限らない。流されたらどうするの、って。原発の汚染水どころの騒ぎじゃなくなるかも知れないじゃないですか」

試しにフレコンバッグの近くを通り際にガイガーカウンターをつけると、やはり数値が上がった。驚く程の線量ではないとは言え、不気味には違いない。これが海に流されたら、と思うと寒気を覚えた。

「そろそろ、浪江町《なみえ》に入りますよ」

浪江町の名前は報道でもよく耳にする。福島第一原発のある大熊町《おおくま》の北に位置し、距離的に近いことから町全体が避難を続けている。

津波の被害を受けた小学校のところまで来て、車を降りた。荒れ果てた校舎が放置されている。ここはあの震災から時間が止まったままなのだ。壁に掲げられた時計が、津波の到達時を示して静止している。あまりの生々しさにぞっと背筋に怖気《おぞけ》が来た。

津波の襲来を受けた他の土地がどうなっているのか、現状を詳《つまび》らかには知らない。だが復興に向けて、様々な整備は始まっているのだろう。震災の記憶を後世に残すため、破壊された庁舎や学校を取り壊さずに保存するか、否かと地元住民が議論していると報道で聞く。つまりは逆に言えば、それだけ周囲の復興事業は進んでいるということだ。

だがここはそうではない。原発事故のため立ち入りが制限された。工事用車両も入れなかった。お陰で津波で流された状態のまま、放置されているのだ。見捨てられた場所、の言葉が脳裡《のうり》に浮かんだ。一年前までは流されて来た船もそこに置かれたままでしたよ、と指差して三浦氏は言った。

「餓死だったというんだよ」ボランティアで頻繁に福島入りしている私の同期が、苦々しい口調で語っていたのを思い出した。「原発事故で放射性物質が降り注いだせいで、被災地には救助隊も暫く入れなかった。やっと入れるようになって、被災者を探したら皆とっくに亡くなっていた。死因は餓死だったというんだよ。瓦礫の下敷きになったりして、動けなかった。でもそれで圧死したわけじゃない。誰も助けに来てくれないから身動きできず、飢えて死ぬしかなかったんだ。酷《むご》いモンだよ、本当に」

逆に言えば救助に来ることさえできれば、その人達は助かったことになる。原発事故のために救える命も救えなかった。被災者は原発に殺されたのだ、と言っていい。それも餓死という、最も悲惨な殺され方で。

遠く南の方へ目を遣ると、小高い丘の向こうに構造物の頭が覗いていた。

「あれが原発ですよ」三浦氏は言った。「諸悪の根源ですよ」

車に戻り、更に南に向かって走った。やがてフェンスが現われ、警備員から「ここから先には入れない」と告げられた。空き巣防止のためではない。こちらは本当に、放射線量が高いため立ち入り制限がなされているのだ。それでもガイガーカウンターを見てみると、0・5μSvだった。これまでよりは高いとは言え、直ちに危険を覚える程ではない。

「ねっ。さっきも言った通り、原発からの距離は関係ないんですよ。事故の時の風向きなんです。あの時、放射性物質はほぼ国道114号線伝いに飛ばされた。だから今もあの道沿いは、放射線レベルが高いんです」

レベルが高目のところにも行ってみますか、一瞬だけ。提案されたので同意した。車を回して、内陸の方へ向かった。この辺りは結構、ヤバいんですよ。暫く走った後に言われて、ガイガーカウンターをつけてみた。毎時2μSvと出た。これまで小数点以下ばかりだったものが突然、10倍に跳ね上がったためさすがに焦りを覚えた。

「ねっ。道路の上でこうですから、ちょっとそこの路肩なんかに入って行ったらあっという間に5μとか行きますよ。さぁさぁこんなところには長居は無用だ。さっさと引き返しましょう」

既に午後一時を大きく回っていた。そろそろ昼飯にしましょうという話になった。私はホテルで朝食を摂ったからいいが、喜久宏は何も食べていないのでさぞかし腹も減っていることだろう。

JR常磐線の小高駅の前に来た。合併して南相馬市になる前、ここは小高町の中心地だったのだろう。商店街が残っていた。だが現在は無人である。住民は避難したままである。

津波はここまでは来ていない。地震で被害は受けたものの、大きく壊れた建物は見当たらない。なのに人は誰もいない。文字通りゴーストタウンだった。報道で何度か見た光景がまさに目の前にあった。駅も運行停止している、原ノ町と竜田駅の間に位置するため列車も走ってはいない。

「いつまでこんな状態が続くんですか」

「今年中には避難指示を解除する方針、なんて話をしてますけどねぇ」喜久宏の質問に答えて三浦氏は言った。「現状はご覧の通りですよ。五年以上も放っておいていきなり『帰って来てもいいよ』と言われたってどうするんですか。そうそうに帰れっこないですよ。それにねぇ。五年も避難してると避難先で、また新しいコミュニティが出来ちゃってるじゃないですか。帰って来たらそれも別れ別れですよねぇ。老人も多いから行き来も難しくなるだろうし。そういう個々の事情を、何も勘案してない」

これまた政府特有の、一律対応の弊害ということか。見て来たように放射線量は、特定の地域を除けばそんなに高いわけではない。なのに今のところまだ避難指示が出ていて、別にこれからいきなり下がるわけでもないのに今度は「帰って来い」と言う。対処に一貫性が窺《うかが》えない。これでは住民に納得しろと言う方が無理であろう。

「それにねぇ。原発の廃炉作業はまだまだ続くわけでしょう。一番、肝心の溶け落ちた核燃料を取り出す作業が残っている。下手をしたらまた事故を起こすかも知れないわけですよ。なのにそんなところに、住民を戻す。本当にそんなことしていいの？　って訊きたいですよ」

要は東京オリンピックなのだろう、と思われた。オリンピックに世界中から選手を呼ぶ。マスコミその他、大勢の人間が海外から押し寄せる。その前に何が何でも、原発事故は収束したという形を見せたいわけだ。首相もプレゼンテーションで「原発はアンダーコントロール」と高らかに宣言してしまった。今更、翻すわけにはいかないというのだろう。

だが実情は、この通りだ。原発が未だコントロール下にないことは誰の目にも明らかだ。除染で溜まった汚染物質をどうするか、の目処《めど》だって立ってはいない。さっきも目の当りにして来た通り、見るからに危険な場所に次々と積み上がるばかりである。

なのに政府の面子《メンツ》のためだけに、避難住民を帰還させる。事故収束をPRするだけのために。まともな神経の持ち主にできることとは思えなかった。政府にとって住民の命より体面の方が大事なのだ、と受け取るしかない。運命を翻弄される人々の姿など、彼らには見えてもいないのだ。「あんた、いくつ」と政府首脳部に問うてやりたいが彼らは交渉の席に出て来ることすらない。人間に戻してやる機会は、永久にない。

「ただね。悲観してるばかりじゃないんですよ。元の街に戻って来て一歩一歩、再生に向けて進んで行こうという動きもあるんです。これから、そこに」

駅から直ぐの場所だった。食堂が営業していた。白い暖簾に丼を象《かたど》ったマークが描かれており、「おだかのひるごはん」と染め抜かれていた。

「ここは元々、双葉《ふたば》食堂というお店だったんですけどね」三浦氏の説明通り建物自体には、

『双葉食堂』の屋号が掲げられていた。「その店舗を借りて地区で震災後、初の食堂を立ち上げたんです。ちょくちょく帰って来ては壊れた家を片づけてる住民や、工事の人が来たりしてるわけじゃないですか。なのに昼飯を食べるところがないのは寂しい。皆が集まれる場所も欲しい、ということで。地元のお母さんら素人が、ボランティアの人達の協力も仰いで開店したんですけど。もう丸一年以上、こうやって営業してます。メニューも手探り状態の中から、少しずつ増やして。マスコミでもよく取り上げられるんですよ」

中は小さな店舗ながら、綺麗に掃除が行き届いた清潔な室内だった。奥に小上がりもあったが手前のテーブル席に着いた。

「あらー、いらっしゃーい」

「よぅ。今日もお客さん、連れで来たど」

お母さんと三浦氏は当然、顔見知りで軽い世間話が交わされた。弾けるような明るい笑顔が印象的だった。

日替わり定食に饂飩《うどん》、蕎麦《そば》にカレーや丼物など町の食堂にお馴染みの料理名が並んでいたが一つ、見慣れないメニューがあったためお母さんに質問してみた。先程の説明も聞いていたし、「女将さん」と呼び掛ける気にはなかなかなれない。

「この『かけめん』って何ですか」

「あぁここ、『双葉食堂』の頃はラーメンが美味しいので有名だったんですよ。なのでお客さんから『ラーメン食べたい』って要望があって。でもラーメンのスープって、素人にそうそう作れるようなものじゃないでしょう。それで饂飩やお蕎麦に使う和風スープに、中華麺《めん》を入れてみたんです。やってみたらこれが結構、不思議に評判で」

面白そうだな、と思って注文した。喜久宏は定食かけめんセットで、麺の大盛りを頼んでいた。やはり相当、腹が減っていたのだ。

出て来たのは説明から想像した通りの料理だった。まずはスープを一口、飲んでみる。成程、饂飩や蕎麦を入れたら合いそうな、和風のダシである。なのに入っているのは中華麺。どんな味になるのかと少なからず、恐る恐る啜《すす》り込んでみた。

「あぁ」思わず声が漏れた。「美味いなぁ。これは美味い」

「本当だ」喜久宏も言った。「ダシがよく効いてて、何だか懐かしいような味だ。中華麺と和風スープがこんなに合うなんて」

身体が、だけでなく心まで温かくなるようだった。ゴーストタウンと化した街に少しずつ、人が戻って来る。何とか頑張ってやってみよう、と人に思わせるような味だった。このような店があるかないかで、住民の気持ちは大きく変わることだろう。三浦氏がここに連れて来てくれた意味が、よく分かった。

「ただね。ここ、この三月で閉店なんですよ」

「えーっ、何でですか」喜久宏が素《す》っ頓狂《とんきょう》な声を上げた。それくらい、予想外だったのだろう。

「元々がそういう契約で、店舗を借りているんですよ。双葉食堂さんも帰って来る。他にも戻って来て、再開する店がある。小高は本来の姿を取り戻そうとしているんです。ここはそれまでの、橋渡しという役回りで」

「えーっ。それにしても勿体《もったい》ないなぁ。この店、どこか近くの別の場所でも再開できないんですか」

「そう言って頂けるだけで有難いですよ」

喜久宏に答えるお母さんの笑顔は、優しさに満ち満ちていた。厳しい状況下に生きているにも拘わらず、笑顔が絶えない。こちらの方が励まされているようだった。

「三浦さん始め、野馬土の人達は基本的に農業に従事しているんでしょう」車に戻った。運転席の三浦氏に質問した。「今のお店のように、現地で頑張っている人もいる。なのにその実情が、東京にいるとなかなか見えないですね」

「だからこそ、こんなツアーやってるんじゃないですか」快活に笑った。「とにかく来てみて下さい、って。その目で見て、感じて下さいってことですよ」

「最初のソーラーパネル事業の話題で、福島の農産物はなかなか売れないって話だった」喜久宏も後部席から言った。「本当は放射線量、そんなに高いわけじゃないのに」

「でもねぇ。福島の農産物が売れないのはある意味、仕方ないと思ってるんですよ。だって現地の物を一番、食べないのは福島県民なんだし」

えっ、という声が私と同時に、後部席でも上がった。そ、そうなんですか⁉

「だってねぇ。放射能の恐ろしさを一番、叩き込まれたのは福島の人間じゃないですか。目に見えない恐怖というものを誰よりも、味わわされた。そりゃそんじょそこらのことじゃ、恐怖心は払拭《ふっしょく》できないですよ。いくら科学的なデータを示して『数字はこうなってますから大丈夫ですよ』と言ったって『はいそうですか』とは、なかなか」

この五年、農業に取り組んでいかにして放射線量を減らせるかが分かって来たという。

普通、除染と言うと表土を削り取って袋に詰め、取り去る。確かに放射性物質は、地表5㎝までのところに大部分が含まれているから合理的ではある。だが同じところには、有機物がバランスよく入っていて作物の生育には理想的な状態の土なのだ。そこを剝《は》ぎ取ってしまえば農地としては適さない。

だから〝天地返し〟をやる。表土部分と下の土を混ぜて、放射性物質を地表10～15㎝の深さに埋めてしまうのだ。そうすれば拡散は防げるし、空間放射線量も低くなる。

更に米は、地中のカリウム濃度が低いとセシウムを吸ってしまうということが分かった。カリウムは藁《わら》に多く含まれているため、普通にコンバインで稲を刈れば藁が田圃に撒き散らされ、カリウム不足にはならない。しかし米を自然乾燥させる場合、藁は売ってしまうので田圃には残らない。また牛も飼っている農家だと、藁を飼料や敷き藁に使ったりする。そうすると結局、田圃がカリウム不足に陥りセシウムを吸い上げてしまうのだ。そこで塩化カリウムを肥料として撒いてみた。結果は明瞭《めいりょう》だった。今や福島の米は、かなり低いレベルにまで線量が下げられている。

「全量検査をやっているのは福島だけですからね。これだけの線量しかないですよ、ってはっきり言えるわけです。他の県でこんなに、ちゃんと測っているところはありませんから。でもね、ここまで来ることができたのはとにかく実行してみたからですよ。やってみたらまだベクレルが高い。じゃぁどうすればいいか、って試行錯誤しながらやって来て、漸くここまで辿り着いたんです」

「でも」喜久宏が訊いた。「悔しいじゃないですか。そこまで頑張ってやっと、線量を下げられたというのに。未だに『福島県産だ』というだけで、買ってもらえないなんて」

「だから、いいんですよ」飄々とした物腰のままだった。痩せ我慢ではない。無理して言っているのでは、この表情は出せはしない。「今も言ったように、買う買わないは心の問題だから。理屈じゃないんですよ。それに『線量が低いんだから、買え』じゃぁ圧力になる。『そこまで言われるからにはまた、何かあるんじゃないか』って不安になりますよ。特に福島の人々は、国や東電に騙《だま》されっ放しで疑心暗鬼になってますからね」

安全と安心は違う、と三浦氏は言うのだった。安全は科学の問題。だが安心は気持ちの問題だ。嫌だ、と感じるのなら仕方がない。「買いたい」と思う気持ちになったら初めて、買ってくれればいいのだ。それまでは何も押しつけることなく、自分達は黙々と農業をやっていくだけだ、と。ひたすら作物の放射線量を測りながら。

「さっきも言ったように我々農家は、何十年先を見据えてやってますから。いつか、皆さんが安心して福島の米を買ってくれるようになったらそれでいいんですよ。焦っちゃいけない。自分を追い込むことなく、楽しく生きて行けばいい」

自分達は悪くない。正しいことをやっているという自信があるから頑張れるのだとも三浦氏は語った。

「悪いのは国と東電です。それははっきりしている。だから最大限、こちらに協力しろと交渉で働き掛けてますよ。『福島の復興なくして日本の再生なし』って言ったのは、総理大臣だったよね。農業が放射線量を下げることも、復興に寄与することも分かっている。なのに俺達に協力しないってことは、国策に反するんじゃないの、なんて。精々、圧力を掛けて言い分を飲ませてやりますよ。福島の明るい未来のために」

「どうして」思わず、訊いてしまっていた。「どうしてそこまで強くなれるんです」そこまで辛《つら》い思いをしながら。不当な境遇に追い込まれながら、の言葉を飲み込んでいた。

「いやぁ」三浦氏は照れたように笑った。「何事も、楽しくやらなくちゃね。動くのを止《や》めたら、鬱になっちゃいますよ」

「父さん、誘ってくれて有難う」野馬土で三浦氏と別れ、福島市に向かってレンタカーを走らせながら喜久宏は言った。「ここに来てよかった。福島の現状を見ることができてよかった。本当に、心から思うよ」

「俺もだ」答えて、頷いた。「来てみてよかった。ここまでとは思ってもみなかった。やはり百聞は一見に如かず、だな。お前を誘ってよかったとも思っているよ。来るまではただの、運転手役の積もりだったのにな」

いい人生勉強になったのではないか、との自負があった。部屋に籠《こも》り、机に向かってばかりではこれは体感できない。実際に現地に来、肌で触れてこそ分かることがある。もっともここまで、とは私も予想もしてはいなかったのだが。親子でいい共通体験ができた、との満足感もあった。温かいものが胸を満たしていた。

「社会にどんな問題があるか。今、この国はいかに誤ったことをしようとしているか。ちょっと覗いただけだけど、しみじみ感じることができたような気がするよ。ようし。後はこれを、世間に広く伝えるのが俺の役目だ。そうじゃなきゃ、腹を割って話してくれた三浦さんに申し訳がない。芝居を通じて福島の現状を伝える。ただなぁ、アングラじゃこの状況を描くのは適してないかもな。現実がこれだけ劇的なんだから、変に婉曲《えんきょく》にせずストレートに描いた方がいいのかも。さぁ、どうするか」

フロントガラスの先に視線を据えながら、見ているのは目の前の光景ではなさそうだった。

妻の願望からすれば、息子の芝居熱を冷めさせるのが私に託した役割だったのだが。どうやら逆方向に向かってしまったようである。確かに社会問題に目覚めるのは悪いことではない。社会人になるに先立って、真っ当な正義感を抱いておくのはよいことには違いない。が――

今回のことを家に帰ってどう釈明すればよいか。私もまたフロントガラスを見据えて、腕を組んだ。もっとも今の我が家の現状を見る限り、じっくり説明させてもらえるのかどうかすらが不確かではあった。

24

「酷《ひど》いものでした、本当に」私は言った。仕事の帰り、親方のドヤに集まっての酒盛りに合流していた。当初『いろは会商店街』の近くでやろうとしたのだが、外はまだ寒かったのだ。メンバーは他に田野畑と茎原がいた。「福島の置かれた現状とは、我々の想像以上のものでした。報道に接しているだけでは分からない。殺された飯樋さんもあの被害者だったのか、と思うと。長年、住み慣れた土地を追われるように避難を強いられたんだとすると、世を捨てたような彼の暮らしぶりにも納得いくような気持ちになりました」

彼の遺品にあった、牛の写真についても説明した。牛を飼う生活をしていたのだが原発事故のお陰で、避難を余儀なくされたのではないかと仮説を述べると親方も同意してくれた。「そりゃいかにもありそうな話だなぁ」銜えたままのシガレットホルダーが揺れ動いた。くぃっと焼酎《しょうちゅう》のコップを空けた。

「そげなことがあったとかぁ」田野畑がしみじみ、漏らした。「地震と放射能のダブルパンチで、家ば追われて来たとか。そげんなれば何《なん》も彼《かん》も嫌になって、半ば自棄《やけ》になったとしても不思議やなかなぁ」

もう少し親切にしてあげとけばよかったなぁ。田野畑が言うと、茎原も頷いた。「空き缶、集めるんに自転車でも貸してやりゃよかったなぁ。ほんなら少しは捗《はかど》ったかも知れんのに」

「それよりも、たぃ。もっと俺らが受け入れてやりゃよかったんよ。そしたらあげな人目のなかとこ、塒《ねぐら》にすることもなかった。ホームレス狩りに襲われることもなかったとに」

「そないな事情と知っとけば、なぁ」

「あぁ。知っとれば」

「待って下さいよ」頻《しき》りに反省し出すので慌てて遮った。「全ては仮説に過ぎないんですよ。ほぼ確実なのは彼が福島出身だということだけで。後は牛の写真なんかから、私が勝手に想像を膨らませただけ。原発事故で逃げて来たのかも、というのも全くの見当外れである可能性だって」

「いや、それはねぇな」親方が首を振った。コップに新たな焼酎を注ぎ入れた。「恐らくノブさんの見込みは9割方、当たってんじゃねぇかって気がするよ。俺はここに長ぇ。色んな人間を見て来た。あの人の世捨てぶりは、確かにちょっと奇妙なくらいだった。余程のことがあったに違ぇねぇ、って踏んでた。それくらいの過去、あったとしても不思議はねぇよ。だからこそあれだけ極力、人との交流を避けるような生き方にもなったんだ」

田野畑も焼酎を呑み干し、新たな一杯を注いで煙草に火をつけた。フーッと煙を長く吐き出して、続けた。「俺、いい加減な生き方でここに流れて来たけんな。何も考えとらんやった。そげん辛か思いしてここに来た人がおるて聞くと、何か居たたまれんごとある。申し訳なかごたる気持ちになってしまう」

ポツポツと身の上を語り始めた。そう言えば田野畑がどうしてこの街に来たのか、聞くのは初めてだった。

田野畑は高校を卒業すると、大工の見習いになったらしい。福岡の、その筋ではかなり知られた鳶職《とびしょく》の会社に入社した。厳しかったが充実していた日々だった。眼に懐かしそうな光を浮かべ、小さく口元を歪《ゆが》めながら振り返った。

「江戸時代から続くところで会社を組、社長は親分て呼び習わしよった。俺ら社員、子分どうしの上下関係も厳しゅぅて一つでも入社、入門が上だと兄貴として絶対に逆らえんやった。ばってん苛《いじ》めのごたることはなか。兄貴も俺をからかったりはしても、こき使うごたることはせん。可愛《かわい》がってくれたですよ。色々、仕事を仕込んでもろぅた。感謝しとるですよ、今でも」

彼は若いのに経験が豊富で、建設現場でも重宝がられる。高所作業もお手の物だ。腕は、その時に仕込まれたものだったのだろう。例の悪戯《いたずら》電話〝事件〟の時、田野畑の名前を聞いた今戸土建の九谷社長が「ならば彼を指名で求人、入れましょう」と言ってくれたのを思い出した。おまけに代理は不可の「代否」で。同情心もなかったとは言わないが何よりも、強い信頼を寄せているということだ。

田野畑の会社は昔からの繋がりで、神社の屋根を直したりという仕事もよくあったらしい。祭りを陰で仕切ることも多かった。以前は縁日の屋台がどことどこに出るか。誰がやるかという割り振りも社長、彼らの言うところの親分が差配していたのだ。屋台は出した場所によって売り上げが大きく違う。誰もが参道に面した、人通りの多いところに出したがる。だが場所は限られているから全員の希望が叶《かな》えられることはない。誰かが我慢して、不利な出店を受け入れるしかない。

「やけんその辺の三下が采配《さいはい》しようったって、上手くいくわけがなか。皆、有利なとこに出したかっちゃけんな。誰がお前の言うことなんか聞くか。三下が出て来たら、そげんなる。皆が自分の言い分ばかり主張して収拾のつかんごとなる」

だからこそ、誰もが頼りにする親分がいなければならないのだった。「今回は済まないな。次回はもっと、いいとこを割り振るから。今日のところは勘弁してくれ」

親分から言われれば納得する。「あぁ親分、分かってますよ。誰だって好きなとこに出したいですからね。自分の言い分ばかりで突っ張ってちゃ、いつまで経《た》っても決まりやしない。えぇ今回は、俺はこっちの場所でやっときますよ。だからもう、頭を上げて下さい。親分にそんなことされちゃ、こっちが恐縮しちまう」

ただそれは、皆が認める人物だからだ。喧嘩《けんか》の仲裁もそうだが揉め事が大きくなればなる程、大物が出て来なければ収まりはしない。田野畑の入った会社の社長とはつまり、それだけの人望を集めていたのだろう。親分が差配する限り屋台の配置で文句の出ることは、一切なかったという。

なのに、だった。毎年、祭りを仕切っていた神社からある時、突然「これからは他にお願いすることにしたから」と断りが入って来たのだ。それどころか以降、社殿の改修も他社に発注されることになった。

「時代、たぃ」共に酒を飲んで、兄貴が吐き捨てたという。田野畑を人一倍、可愛がってくれた先輩だった。苦笑を浮かべていたが眼は笑ってはいなかった。「今は警察のうるさか。祭りにテキ屋は入れるな、てやぃやぃ言ぅて来る。俺らはれっきとしたカタギばってん、な。それでも親分は古か職人で、背中にも彫りモン（刺青《いれずみ》）の入っとる。それば神主が嫌ぅたらしかったぃ。こないだ、跡目ば継いだばかりの新しか神主やけんな。昔ながらの考えが、通じんとよ」

「何でですか」思わず腰が浮き上がっていた。「あそことうちとは、百年以上も続く長いつき合いやなかですか。それをちょっと、次の代が継いだくらいで。まだ先代はおらっしゃるとでしょうモン。何で反対してくれんとですか。あそことは古いつき合いやけんこれからも今まで通りにやれ、て息子ば説得してくれんとですか」

「やけん言ぅたろぅが。時代、たぃ。警察がうるさか中で無理に俺らば使い続けたら、世間の見る目も変わる。『あそこはヤクザの関係者』とか謂《いわ》れのない陰口、叩かれる。神社としてもそれはマズかろう。そげん説得されれば先代としても、息子の言うことば聞かんわけにはいかんやろう」

椅子《いす》に腰を戻したが腹は煮え繰り返ったままだった。コップを持つ手が震えた。奥歯がギリッ、と音を立てた。

「止《や》めとけよ」田野畑の内心を読んで、兄貴が言った。コップを握り締める手をそっと押さえられた。「あそこの先代にはうちは長年、お世話になっとる。やけん揉め事は起こすな、て親分からもキツぅ言われとる。悪かとは時代たぃ。神主ば恨んでも、しょんなか

（仕方がない）」

気分は晴れず、兄貴と別れても呑み歩いた。何軒、回ったか記憶は定かではない。ただ呑み屋街を流す中、先方から歩いて来る人影に気がついた。相当に酔っていたが顔を認めて、はっと視界が晴れた。

例の、跡を継いだばかりの神主だったのだ。連れが誰かも瞬時に分かった。新進の土建業者の社長だった。つまりはこいつら、最初からグルだったのだ。社殿の改修工事など、これからは知り合いに発注するため自分達は外されたのだ。ヤクザ紛いのところだと謂れのない中傷まで受けて。なのに親分は、泣き寝入りも仕方がないと諦めている。こんな悪どい奴らのために、義理立てまでして。

カッと頭に血が上った。考える前に身体が動いた。頭に来ると見境がなくなるのは、その頃から同じだった。むしろ今より若かった分、激情に駆られるのも早かったかも知れない。気がつくと二人を殴り倒していた。

言うまでもなく、会社では大問題になった。「あれだけ言うたろうが、揉め事は起こすな、て」皆の前で兄貴から怒鳴りつけられた。「親分や俺の言うことが聞けんとか」

「まぁよか。起こってしもうたことは、しょんなか」親分が立ち上がった。「ワシはこれから、先代のとこに行って詫《わ》びて来る」

「何でですか」田野畑は詰め寄った。「あいつらはグルやったとですよ。最初から俺らば外すため、画策しよったとですよ。こっちばヤクザ呼ばわりまでして。そげんとこに何で、謝らにゃいかんとですか」

途端に横面を張り倒された。田野畑は派手に転がった。「こん馬鹿が」兄貴だった。「こん、馬鹿たれが」

立ち上がると田野畑はそのまま走り去った。後ろを振り返るどころか、俯《うつむ》けた顔を上げることすらしなかった。とにかくその場から離れたかった。裸足《はだし》のまま社屋から走り出、行く先も考えず駆け続けた。どこをどう走ったか、記憶は殆ど残ってはいない。どこかから公共交通機関を使ったのだろう。その辺りもよく覚えてはいない。気がつくと日本のあちこちを転々としていた。この街に流れ着くまで、さして長い時間を必要とはしなかった。

「世間のしがらみとか、人間関係とか。そげなとがつくづく嫌になって、くさ。親分のところに行ったとも元々は、親父の紹介やったし。そげなことから実家にも帰り辛《づろ》ぅなった。もうとにかく自由がいい。その日その日、何も考えずに生きて行ければそれでよかと思ぅた。この街はそげな暮らしばするには、最高のところやった」

「お前なりに辛い思い、しとるやん」聞き終わって茎原が言った。皆が吐き出す煙草の煙で、室内はかなり霞《かす》んでしまっていた。「別に何の考えもなく、流れて来たわけでもあらへんやん」

「ここの住民は皆そうさ」親方が言った。「誰だって何らかの過去を背負ってる。そうでなきゃ誰が、地元の繋がりも捨ててこんなところに来るモンかぃ。一人っ切りの長い夜を望んで受け入れるモンかぃ」

親方は東北のどこかの出身で、冬の出稼ぎでこちらに出て来たのが始まりとかつて聞いた覚えがある。誰から、だったかは忘れたが。毎年、一冬を東京で過ごす内にこちらに女が出来てしまった。帰るのが億劫《おっくう》になり春が来ても東京に留まった。家族を見捨てた。やがて女にも捨てられ、どこにも行き場所がなくなった。今更、家族に合わせる顔などない。いつの間にかここに流れ着いたのだと聞いた覚えはある。

家族とその後、どうなったのかは知らない。住民票をこちらに移しているから、最低限の接触はあったのだろう。だが恐らく、それが最後。以降、没交渉のままなのだろうと察しはつく。明確に聞いたことはないし、またその気も毛頭ないが。

こっちゃホンマなら、関西の不動産王になっとった身なんぞ。茎原のいつもの口癖が、今夜は飛び出さないなということにも気がついた。あのバブル経済さえ弾けんやったら、な。船場の一等地、買い占めて株屋からバンバン賃貸料せしめとった筈なんや。あぁ。あのバブルさえ、弾けんかったら……

つまりは以前は、不動産業界で派手に稼いでいたと言いたいのだろう。程なく関西一、と言われる地位に上り詰めるくらいの勢いだった。ところがバブル経済が弾けたお陰で破綻し、何も彼《か》も失った。流れ流れてこの街に来た、とのストーリーなのだろう。

そもそもがここにいる連中は、自分の過去なんて正直に喋《しゃべ》らねぇ。親方が言っていたのを思い出した。隠すか、大法螺《おおぼら》を吹くかだ。だから聞いたって本当のところは分からねぇ。

親方の分類に従えば、茎原は「大法螺を吹」いている方の部類だろう。俺も昔は兜町で株をやって、大儲《おおもう》けしたモンさ。銀座で女、毎晩ブイブイ言わせてな。そんな風に自分を売りたがる輩《やから》は、確かにこの街にはいくらでもいる。茎原も女の話までするのは私は聞いたことがないが、酔いが進めば「俺も昔はキタの新地《しんち》で」などと口走っているのかも知れない。

ただ今日は、何も言わない。さすがに法螺を吹けるような場ではないからだ。天災と人災の両方に見舞われ、世を捨ててここに流れて来た。飯樋の境遇を耳にすれば恥ずかしくて、飾り立てた過去など話す気にはなれない。田野畑だって負の思い出を、正直に打ち明けたわけだし。それくらいの感覚は失ってはいないのだ、この茎原という男は。まだまだ自分を保っている、と言うことはできよう。親方の周りに自然に集まるのはまだ、救いがい、ある者ばかりなのだ。

「まぁそれにしても、ノブさん」親方が私を向いたので物想《ものおも》いから我に返った。「わざわざ福島まで行って、ご苦労さんだったな。飯樋さんとやらの被った被害についても、お陰で何となく察しがつくようになった。だが、こいつを言っちまっちゃぁお終《しめ》ぇのようで、気が引けねぇでもねぇが」

口を噤《つぐ》んで焼酎を呑んだ。嚥下《えんげ》してから、煙草を一吹かしした。漸く、続けた。「結局、肝心の遺族がどこにいるかは摑めねぇままなんだろう」

「その通りです」認めるしかなかった。これまでは敢えて、意識しないようにしていたところはあったが。指摘されてみれば、骨折り損のくたびれ儲けのように思えなくもない。「被害者が多過ぎる。被災地が広域すぎて、飯樋さんがどこの出身であってもあり得るわけです。福島県は農業の盛んな場所だ。畜産農家も多い。被災地で牛を飼っていた人、というだけでは範囲が広過ぎる。絞り込む材料はありません。今のところ、思いつけません」

実は出掛ける前は、現地で飯樋について調査の欠片《かけら》くらいのことはできるのでは、と期待していた。時間を見つけて周囲に質問を振ってみようかと思っていた。だが実際に行ってみて、被害の激甚さに愕然《がくぜん》とした。あまりに被災地が広大すぎる。これではとても調査どころではない、と諦めた。何もできずにすごすご、帰って来るだけだった。

誰もが黙りこくった。沈黙が室内を占めた。

絞り込む材料はありません。たった今、自らが口にした言葉が胸の中で渦巻いた。あれだけ山谷であちこち、訊いて回って漸く飯樋が福島の出身ということを突き止めたのだ。これ以上、調べたところで絞り込める証言に行き当たることがあるだろうか。まず難しかろう、と認めるしかなさそうだった。今のところ思いつけない、ではないのだ。このまま辿り着けずに終わる可能性の方が高い。ずっと高い。意識すると、絶望に近い重みが胸の底に沈んだ。

目を閉じた。三浦氏に連れて行ってもらった、被災地の様子が瞼《まぶた》の裏に浮かんだ。原発事故のお陰で誰も近寄れず、津波にやられた状態のまま放置されていた。時間が止まったままの広大な荒地が、目の奥に蘇《よみがえ》った。

あそこに飯樋もいたのだろうか。我が家や牧舎が津波に流されて行くのを、呆然《ぼうぜん》と眺めていたのだろうか。何もできずただ、立ち尽くしていたのだろうか。

行き着くところまで行った科学技術が破綻した時、何が起こるか。どれだけの悲劇が人類を襲うか。文明の行き着く果てに何があるのかを、あの光景は端的に表していた。

そう、今になって思い至る。原発事故の被災地もまたある意味、最果ての街だったのだ。

25

土曜日、普段の平日のように家を出た。東船橋駅からJR総武線に乗り、西船橋駅で東京メトロ東西線に乗り換えた。いつもの通勤路である。目的地も平日と同じだった。南千住駅。今日は隅田川河川敷を歩き回って、飯樋についての情報を集める予定だった。先日も同じことをしようとした。隅田川の堤防の外側、所謂《いわゆる》〝隅田川テラス〟にはずらりとブルーテントが並んでいる。ホームレスの塒《ねぐら》が連なっている。ところが我が出張所から見ると、山谷の反対側に当たるのだ。仕事が終わってそちらに回ると、時間的に遅くなる。そこで休日を利用して、回ってみようとした。

ところが途上、京北センター別館の庭で耳寄りな情報を手に入れた。飯樋にリヤカーをくれたのが〝アークのトメさん〟こと浦賀と分かり、彼を探す方に労力を割いた。お陰で飯樋が福島の出身、という有力な情報に辿《たど》り着いたのだった。

だがこのため、肝心の隅田川テラス回りはお預けになっていた。そこで今日は、やり残しをやってしまおうと思い立ったのだった。既に山谷周辺では、かなりの数の聞き込みをこなしている。まだ話を聞いていない労働者はいくらでもいるとは言え、有望な証言に巡り会えそうな手応《てごた》えはなかなか感じられない。ならば目先を転じて聞き込む場所を変えれば、また違った感触があるかも知れないではないか。殆《ほとん》ど、〝ダメ元〟のようなものだった。それだけ追い込まれている、証左でもある。認めたくはないが巨大な壁を目前にしている自分を、頭の隅で感じていた。

家を出る時、喜久子からの咎《とが》めはもうなかった。既に夫婦間の会話は、殆どないような状態が続いていた。喜久宏と福島に行き、親子で過ごす貴重な時間を持てたがあいつの芝居熱を冷ますには至らなかった。帰って来た際、率直に告げたところ妻は重い溜息《ためいき》をついてそれっ切りだった。以来、実質的な無会話状態に陥っていた。福島に行く前からそうだったのだ。何も変わっていないだけだ、と自分を慰めた。実際には息子の芝居熱を冷ますどころか、よりのめり込むような動機を与えてしまったのだが。正直に打ち明けていたら喜久子の反応は、どうだったか。今は、考えたくもない。

まぁ夫婦間に風が吹き抜けるのも、そう長いことではないのではないか。諦念《ていねん》の反面、楽観もあった。どうせ飯樋の情報を集める有望な先も、もう残ってはいない。心当たりもない。このまま調査は尻すぼみになり、遺族を突き止めきれないまま終わるのだろう。そうすれば夫婦仲の方は、自然に元に戻るのではなかろうか。これまでは本当に済まなかった。もうしないよと謝れば許してくれるのではないか。それとも自分は妻の怒りを、過小評価しているのだろうか。

白鬚橋の袂《たもと》まで歩いて来た。堤防の外側を見下ろしてみて、驚いた。ブルーテントがない。以前はテラスにずらりと並んでいたホームレスの塒が、殆どなくなっているのだ。あの日、浦賀を探して入院先の墨堤病院に向かう時もここは通った。だが急いでいたため、川の方を見下ろす余裕はとてもなかった。お陰で、気づかなかったのだ。こんなに一変していたなんて、初めて知った。

堤防の外側、川の方に下り堤体沿いに歩き始めた。以前なら既に、いくつものブルーテントに行き当たり住民に話を聞いていたところだったろう。だが今や、消えてしまっている。遥《はる》か先に一つだけ、ぽつりと青い影が見える。あそこまで行かなければ住民にも会えないというわけだ。何という変わり様だ、これは。狐《きつね》に摘《つま》まれたような心地のまま、歩き続けた。

先方から歩いて来る人影があった。三人。顔を認めて、やぁと手を振った。千住大学の夏霧准教授と、ゼミ生二人だった。

「お疲れ様です」声の届く距離まで近接したので、挨拶《あいさつ》した。「フィールドワークですか、休日なのに」

「ええ、まぁ」准教授がゼミ生を振り返った。口元に苦笑が浮かんでいた。「休みの日には学生も、なかなか参加してくれないんですがね。彼らには彼らの予定があって、バイトだの、何だの。だから今日はまだいい方ですよ。二人も、ついて来てくれた」

昨年の大晦日《おおみそか》、玉姫公園の炊き出しを手伝っていて准教授の姿を見掛けたのを思い出した。こんな日までフィールドワークを欠かさないのか、と感心した記憶があった。確かにあの時はさすがに、ゼミ生はおらず准教授は一人切りだった。

熱心なことで、素晴らしいですね。ゼミ生の方に声を掛けると、いやぁと照れて笑った。どちらの顔も見覚えがあった。先日、我が所に見学に来てくれた面々の中にいたのだ。熱心に手を挙げて質問してくれたのが、彼らだった。

「それはそうと」話題を換えた。「こちらの方に久しぶりに来てみて、驚きました。ブルーテントがこんなに減っていたんですね。ちょっと住民に尋ねて回りたいことがあったのですが。かつての記憶があったものだから、相当な手間になるぞと覚悟を決めた上で来ました。なのに何だか、肩透かしを食らったような気分です」

「都などがホームレスの自立支援対策を強化していて、その成果が上がっているというんですがね」准教授の苦笑が続いていた。「『ここに住むのは違法だ』と退去を勧告したり、自立支援センターへの移住を促したり。硬軟、織り交ぜた対応が功を奏しているという面も確かにあるとは思います。ホームレスも高齢化が進んでいて、このままでは不安だと移住を選択するケースも増えたでしょう。実際に病気になって入院したり、亡くなったりもしていますからね」ただ、とつけ加えた。「ただ結局は、圧力がうるさくて他所《よそ》に移っただけというケースも多いようですよ。若い人も結構いましたからね。自由を求めてここへ来た彼らは、束縛されるセンターへの移住は好まない。単にホームレスの集合地が他に変わっただけ、という側面は多分にあると思います」

隅田川の花火大会など、行楽客がこの地に多く集まる時には行政が勧告を強化し、ホームレスを立ち退《の》かせるということはこれまでにもよくあった。ただ祭りが済んで一段落すれば、彼らはまた戻って来る繰り返しだった。それが今になって、これだけ立ち退きを強化しているというのは。

「東京オリンピックですかね」私は尋ねた。確認しているようなものだった。「海外から人がどっと押し寄せる。その時に備えて今の内から、ホームレスの姿を見えないようにしている」

「行政に質問しても絶対に、『そうだ』とは認めませんがね」准教授は答えて言った。「それは多分にある、と私も思ってますよ。華々しい日本の姿を見せつけたいのに現実には、我が国にはこれだけ窮乏した人々がいる。実態を海外の目には見せたくないのが本音でしょう。普段からここ隅田川周辺は、海外からの観光客が好んで訪れてますからね。見栄えをよくするため、ここからのホームレス退去策に当局が力を入れているのは間違いのないところと思います」

まだこちらよりは、と対岸を指差した。あちら、墨田区側の方がブルーテントは残ってますよ。首都高の高架がありますからね。下は雨風を凌《しの》ぎ易《やす》い。生活環境がいいから、立ち退く人も少ないということのようです。

情報に礼を言って別れた。同行を申し出る気は最初からなかった。これから、殺された人間についての情報を集めようというのだ。若い学生が街の危険度を実感し、せっかくのフィールドワークに乗り気でなくなってしまったのでは申し訳がない。一人でやった方がいい、という私なりの判断もあった。

夕刻、南千住駅へ戻るべく歩いた。足が重かった。半ば引き摺《ず》るようにして歩いていた、と言ってよかろう、我ながら。

多く並んだ鉄路を跨《また》ぐ、例の陸橋を渡った。階段を降り始め、下に立つ人影に気づいてハッと足を止めた。万成先輩だった。

「ご足労まで頂いたんですね、申し訳ない」再び階段を降り始めながら、下方に声を掛けた。思い当たる顔が浮かんでいた。「喜久子、ですね」

「あぁ、うちに電話があってな」先輩は頷《うなず》いた。「最初は家内が出たんだが、話の中身から直《す》ぐに俺に替わった。聞くとさすがに放《ほう》っておけなくて、来てみた」

先輩は喜久子をよく知っている。結婚を決めた段階でこちらから紹介した。とても喜んでくれた。結婚式ではスピーチまでしてもらった。先輩の奥さんとも深いつき合いで、かつては互いの家を訪ね合ったりもしていた。

だから堪《たま》り兼ねて喜久子は、先輩に相談したのだろう。旦那《だんな》が取り憑《つ》かれたように、殺されたホームレスの身許《みもと》調査に没頭している、と。先輩も予《かね》てから心配していた。それは警察の仕事だ。先回りして、牽制《けんせい》の言葉さえ吐いていた。なのに懸念が的中したと聞いて、矢も盾も堪らず飛んで来たのだろう。あいつを止められるのは最早、俺しかいない。義務感に衝《つ》き動かされたのだろう。

「用件は何か、分かってるだろ」

訊《き》かれたので、首肯して認めた。「ご足労まで頂いて、申し訳ない」と繰り返した。共に並んで歩き出した。「ただ、ご心配を掛けるのはどうやら、ここまでのようです」不意に立ち止まった。それくらい意外な言葉だったのだろう。「調べるのはもう止《や》める、というのか」

もう一度、頷いた。「さすがにそろそろ、潮時のようです。思い知りました」

駅のガード下には、この街においても格段に安いので有名な居酒屋がある。並んで暖簾《のれん》を潜《くぐ》った。カウンターに着き、生ビールを注文した。名物の煮込みにニラ玉、ウィンナー炒《いた》めを併せて頼んだ。

「今日は隅田川テラスの方まで聞き込みに回ってみました」乾杯し一口、啜《すす》ってから説明を切り出した。「街のこっち側の、心当たりはあらかた回ってしまいましたので。後は休日を利用して、あっちの方を当たってみるしかない。既にもう、殆ど壁に突き当たっていたようなものなんです」

准教授と別れた後、幾つかのブルーテントを回って話を聞いてみた。

が、結果は予想の通りだった。目ぼしい情報は何も仕入れることができなかった。川の手前、台東区側のホームレスは飯樋の写真を見せても誰か分からないようだった。彼も以前、うちに登録していた労働者である。だから私も顔は知っていた。ただ最近では仕事を求めて来ることは滅多になく、山谷に足を踏み入れる機会すらすっかり減ったと自ら語った。

「あっちの」と対岸を指差した。「墨田区側の連中とつるむことの方が多くなりましてね。そうなると山谷の人間と顔を合わせるのも、億劫《おっくう》になって。ただ、あっちは首都高の下が立地がいいんでハウスが立て込んでる。今さら俺が移り住んだんじゃ、狭っ苦しくて仕方がねぇ。なんで塒だけは今もこうして、こっち側に構えてるってわけで」

顔に見覚えすらないのでは質問を続けても仕方がない。早々に切り上げた。

川を渡って、首都高の高架下を覗《のぞ》き込んだ。ここには住民を束ねるリーダーのような存在がおり、用件を述べると皆を集めてくれた。

「あぁこいつ、知ってますよ」一人が写真を見て、言った。「リヤカーを引いてそこの公園で、空き缶を集めてたんだ。だから俺、言ってやったんですよ。お前ぇ、山谷の方にいる奴じゃねぇか。誰に断ってこんなことしてるんだ、ってね」

空き缶を集めるにも縄張りがある。効率的に拾える場所は限られており、誰だって押さえておきたいのだ。なのに台東区の方から越境して来て、漁《あさ》られたのでは堪らない。勝手な真似《まね》をするな、と半ば脅すようにして追い返したのだという。

「それじゃぁ、以降は」

「その時、っ切りですよ。それ以来、顔を見た覚えはねぇなぁ。ちゃんと言うことを聞いて、もうこっちに来ることはなかったんじゃねぇですか、ねぇ」

数人が頷いた。彼が勝手な真似はするなと叱《しか》りつけていたのを、目撃していた連中だった。彼らもまた以降、こいつの顔を見ることはなかったと口々に語った。証言が裏づけられたようなものだった。

叱りつけられても人目を盗んで、空き缶を拾いに来るようなしたたかさは飯樋にはない。彼の人となりについては、既に把握している。来るなと言われれば正直に、従った筈《はず》だろう。言われた通り二度とこちらに足を踏み入れることはなかった。

だからもうこれ以上、墨田区側で聞き込みを続けても無駄ということだった。飯樋の身許に繋《つな》がる証言になど、出会う確率はほぼゼロに等しい。

かと言って台東区側に、有望な聞き込み先が残っているかと問われればこれまた首を横に振らざるを得ない。そもそも向こうで目ぼしい先に当たり尽くしたから、こちらに来たのだ。ダメ元の積もりだったがやはり現実に直面すると、落胆は大きかった。最早、情報を集める先として思いつく相手などどこにもない。調査は、打ち切るしかない。

思い知って、家路に就こうとしていたところだった。足を引き摺るような歩みになっていたのは、そのせいだった。

「そうか」私の説明を聞いて、万成先輩は頷いた。「とことんやってみるまで、納得しないのがお前の性分だ。そいつが遂《つい》に年貢の納め時のようなことを言う。やるだけやった、ってことなんだろう」

「そうして、壁にぶつかった。実はもうとっくに、突き当たっていたんでしょう。でもそれを認めたくなかった。自分を誤魔化しながらズルズル続けて来た。しかしそいつももうさすがに、限界だ。今日で思い知りました。これまで本当にご心配お掛けしました」頭を下げた。本心だった。

「まぁ俺より、謝るのはカミさんに対して、じゃねぇのか」

その通りです、と認めた。帰ったら家内にも、心から謝罪します。

既にビールから酎《ちゅう》ハイに切り替えていた。ここの酎ハイは何と、二百円という安さだ。おまけに中身（焼酎）とソーダが別々で、どちらかが残っている時もう一方を追加注文できる。それぞれ百五十円に五十円、という安価で。頼んでいた料理も食べ終えたので、おでんと焼き鳥を新たに注文した。

「それは警察の仕事だ。先輩に言われた言葉がこれまで、何度も頭を過《よぎ》っていました」私は言った。「しかし今日くらいそいつを、しみじみ実感したことはなかったかも知れません。所詮《しょせん》、素人にできることなど限りがある。ホームレス一人の身許を突き止めることすら、これ程までに難しいなんて」

「その人は周りとの交流を極力、避《や》けていたんだろう」先輩が言った。労《いた》わるような口調になっていた。私が調査はもう止める、と言ったので安心した面も多分にあったのかも知知れない。「それじゃぁ、突き止め様がないさ。そもそもが山谷《ヤマ》の住民は、身許について語ってたってどこまでが本当か分かりゃしない。調査の取っ掛かりから困難があるんだ。なのにその人は無口だった上に、住民票すら移しちゃいないってんだろ。警察の組織力を動員したって、調べ上げ切れるか分かったモンじゃないよ。ましてや素人のお前一人、じゃぁなぁ。やれることには自《おの》ずと限界があるさ」

その通りです、とこれも素直に認めるしかなかった。

「お前はよくやった方だと思うよ」慰めるような口調に転じていた。やはり懸念が払拭《ふっしょく》されて、ホッとした内心があるのだろう。「その人が福島出身だったことは突き止めた。そこまで行っただけでも大変な成果じゃないかと思うよ。そうだ。調べ上げた情報だけでも、警察に伝えてあげたらどうだ。福島県警と情報交換して、向こうで行方不明になった人と突き合わせてくれるかも知れない。そうすれば案外、すんなりと身許は判明するのかも知れないぞ」

　成程な、と考えてみた。だが直ぐに、絶望的な観測が湧《わ》き上がって来た。そもそも警察に情報を上げたところで、好意的に受けてくれるとは限らない。むしろ迷惑がられるのがオチだろう。事件解決に繋がるならいいが、単に遺族が分かるだけの話である。おまけに家族だって、遺骨を引き取るのを拒否するかも知れない。すると説得の労も要る。向こうからすれば結局、余計な仕事が増えてしまうばかりなのだ。つまり警察が熱心に動いてくれるとは、あまり思えない。

　飯樋さん。心の中で呼び掛けた。あんたいったい、どこの何者だったんだい。いったい何があって、こんな街まで流れて来たんだい。最終的には命を奪われてしまうことになる、こんな街に。

　酔いが回り始めていた。だが飯樋の顔が浮かんで胸に重みが募り、心地よさとは縁遠い酔いだった。

26

　田野畑が逮捕された。建設現場で働いている最中、津森を殴ってしまったのだ。殴ったの蹴《け》ったの、住民どうしの揉《も》め事など珍しいことでも何でもない、この街にあっては。普段ならたのくらい日常茶飯事である。この程度で警察の厄介になることなどあり得ない、普段なら。

　だが事後、津森が被害届を出してしまった。そうなると警察としても無視はしていられない。署に呼んで事情を聞き、明らかに暴力を振るったと判明すれば身柄を拘束しなければならない。被害届を出した者との間で、和解が成立しない限り。法的には暴行罪、相手が負傷していれば傷害罪になってしまうのだから。

「どういうことなんです」マンモス交番に赴いて、戸田巡査部長に尋ねた。

「いやぁ」答えながら苦笑した。被害届を受理したのは、彼自身だったようだ。「ここじゃよくあることじゃないのか、って届出を考え直すよう被害者を窘《たしな》めてみたんですが、ね。俺はもう我慢ができない。あいつは許すわけにはいかない、の一点張り。聞く耳を持たんのです。そうしたらこちらとしても、受理しないわけにはいかなくって。当人を呼び出して聞いてみたら、殴ったのは確かだと認めましたんで。身柄を署の方に送るしかありませんでした」

うちが紹介した、今戸土建の仕事だったらしい。六人が求人され、現場に向かった中に田野畑と津森が含まれていた。犬猿の仲ではないか。あの二人を同じ現場に行かすなんて、と職員を詰《なじ》りたい本音もあったが、仕方がなかったのだろう。建設現場の求人は今や希少である。実入りの欲しい労働者が俺がやると手を挙げているのに、あんたは駄目とこちらからは言えない。

工事内容は道路の舗装だった。古くなったアスファルト路面を剝《は》ぎ、敷き直す。コンクリート打設工事そのものと、交通整理の補助要員として六人が求められたのだった。津森は整理の方に割り振られた。

ところが仕事がいい加減だったらしい。往復二車線の道路を片側通行に制限して、交互に通させる。なのにまだ入れていい局面になっていない時点で、車を入れる。対向車と途中、相対してしまい通行が滞る。工事もそのたび、中断を余儀なくされる。

「おぃこら、いい加減にせんか」とうとう田野畑は声を荒らげたという。「お陰で工事が全然、捗《はかど》らんやっか」

「しょうがねぇだろう」津森が弁明する。「ここからは視界が利かねぇんだよ。道が途中で曲がってて、向こうがよく見えねぇ。無線もよく聞こえねぇ。ＯＫの合図が出たのかなと思って通すと、まだだったりするんだ。だから本当ならもう一人、整理の人間を充ててもらわねぇとな。途中にもう一人、立っててくれれば連携が上手《うま》くいく」

「言い訳ばかりすんな」

「言い訳じゃねぇよ。人員が足りねぇ、ってんだ。頭数をケチるから、こんなことになるんだよ」

「しょんなか（仕方がない）ろぅが。今日日、どこの現場も人手が足らんとやけん。この数で何とか、やるしかなか」

「へぇへぇ、分かったよ」

いったん、収まった。田野畑は仕事に戻ろうとした。ところが背後で津森がボソリと漏らしたグチが、耳に届いてしまった。

「やれやれ。やっぱり九州のドン百姓は、血の気が多くて困るぜ。おまけに正義漢ぶってばかりいやがって。あぁ、けったくそ悪ぃ。やってらんねぇ」

カッと頭に血が上った。元々がそういうタイプなのだ。加えて常日頃から、いけ好かない相手と来ている。我慢などできよう筈もなかった。

「何ちゅうたか、キサン（貴様）」駆け戻り、怒鳴ると同時に殴りつけた。津森はその場に頽《くずお》れた。

慌てて駆けつけた周りに制止され、田野畑もそれ以上の攻撃はできなかった。止められなければ倒れた津森に、蹴りの一発も加えていたかも知れない。安全靴である。爪先《つまさき》には硬いガードが入っている。それで蹴っていれば凶器による暴行と見なされ、罪は更に重くなっていたろう。

周りのお陰で、そいつはなかった。津森も助け起こされ、大したダメージもなさそうだったので作業は再開された。支障もなく、その日の仕事は終わった。

そのままであればよくある揉め事で済まされ、翌日からも普段の日常が繰り返されていた筈だった。が、そうはならなかった。前述の通り津森が、被害届を出してしまったためである。

「後になって痛み出した、って言い張るんですよ」戸田巡査部長が言った。「殴られた横面の痛みが引かないし、倒れた時に脇腹も打った。もしかしたら肋骨《ろっこつ》にダメージを受けてるかも知れない、と。それならまず医者に行って、正式な診断書をもらって来てからにして下さい、って突っ返そうとしたんですけどねぇ。とにかく俺はあいつを訴えたい。怪我《けが》の症状が分かったら改めてまた報告するから、まずは暴行罪であいつをしょっ引いて欲しい、って」


交番に呼び出された田野畑は、殴ったことを素直に認めたという。こういう局面で誤魔化すような男ではないのだ。私もよく知っている。やったならやった、と率直に頷く。悪かとはあいつですよ。くらして（殴って）やって何がいかんとですか、と嘯《うそぶ》く。

「被害届が出ているんだ」巡査部長は説得に努めたらしい。「このままではあんたを、署に送らなければならなくなる」だから相手に謝るなり、慰謝料を払うなりして届けを取り下げてもらってはどうか、と水を向けたわけだ。

「おぉ。逮捕なり何なり、するならしてくれたらよかですよ」田野畑は言い放った。その姿が、私の目にも浮かぶかのようだった。「今も言うたごと、悪かとはあいつです。そげな奴に、何で俺が謝らなならん。ましてや、金やら。払う気やらビタ一文だってありまっしぇん。むしろこっちが、もらいたかくらいですたぃ」

「あんた、前科者になってしまうよ」

「前科が恐《こわ》くて、男がやっとられるか。おぉ、やって下さいやって下さい。俺ばさっさと、塀の中に落として下さい」

説得が奏功しそうな感触は微塵《みじん》も窺《うかが》えなかった。かくして田野畑は浅草寺警察署に連行された、という次第だった。

向こうでは改めて、事情聴取がなされる。何とか被害者と和解に持ち込めないか、と説得もされる。実際に送検となると警察としても厄介だからだ。様々な書類仕事が課せられる。このくらいの事件で手を割かされるのは面倒だ、という本音は否定できない。他にやらなければならない仕事はいくらでもある。だからその前に、当事者間で話はつけられないかと話を向けるわけだ。

「この程度の事件であれば最終的には、不起訴処分で終わるとは思いますよ」巡査部長は言った。「身柄も釈放して、書類送検。あ、被害者がまた殴られるのが怖いと訴えれば、再発防止のために勾留が続くこともないではないか。いずれにしても検察としてもこのくらいの件、起訴にまで持ち込むことはないでしょう。ただ結局は不起訴でも、そこまでは正式な手続きを踏まなければならない。それより当事者間で手打ちにしてもらった方が、ずっと楽なんです」

だが田野畑のことだ。改めて説得されたとしても前言撤回はまずあり得ない。悪いのはあいつじゃないか。誰が謝るか、と頑として応じないだろう。そうなると事態は長引く。留置が続くにしろ、釈放されるにしろ。

「ご面倒を掛けます」私は立ち上がった。引き際だ、と分かっていた。「引き続き、よろしくお願いします」

「田野畑さんは腕がいい」今戸土建の九谷社長が言った。「彼のような職人がいなくなったら、こっちだって困る」

所の仕事の終わった夕刻、彼の社長室だった。私のみならず親方、茎原に〝マサ〟こと坂巻まで、田野畑ゆかりの面々が招かれていた。彼らも今戸土建の仕事に何度も従事したことがあり、顔見知りらしい。そこでこの際、遠慮せず集まってくれと声を掛けてくれたのだ。そういう開けっぴろげなところのある人なのだ、この社長は。

缶ビールや焼酎などの酒類と、簡単な乾きもののつまみがテーブルに出されていた。豪華な食事を奢《おご》られるのでは腰が引けるが、この程度ならたまにはいいかと甘えたい誘惑に駆られる。普段は酒欲しさに津森らに殴られつつ、ヘラヘラ笑ってばかりの坂巻も今日ばかりは神妙な面持ちで、チビチビ焼酎の水割りに口をつけていた。

「済みません」頭を下げた。「こっちはご迷惑を掛けた立場ですのに。逆にこのような、お招きに甘えてしまいまして」

「何の、所長さんは今回の喧嘩《けんか》について全く関係はない。単にこちらの求人に対し、労働者を紹介してくれただけじゃないですか」

「し、しかし。元々が仲が悪かった二人を、同じ現場に行かせてしまって。結局はそれが、トラブルの元に」

「そこまで責任をとっていては、こんな仕事なんてできるわけもないでしょう。今回のは労働者どうしの、単純な啀《いが》み合いですよ。よくあることに過ぎない。現に作業に、支障は殆ど出ていないんだし」

「済みません」今度は親方が頭を下げる番だった。「田野畑の野郎は本当に、喧嘩っ早くって。社員の方々にまでご面倒を掛けてしまって、本当に申し訳ありません」

揉め事が事件となった以上、実際の経緯はどうだったか現場にいた者は警察に呼ばれて証言を求められる。現場監督を始め、今戸土建の社員も当然そこには含まれる。作業に支障は出なかったとしても、こちらに迷惑を掛けたことは間違いないのだ。親方の言葉は誇張でも何でもない。

「八重山さんも苦労が多いなぁ。実質、労働者を束ねる立場でしょうがこんな局面まで、責任を被《かぶ》ることはありませんよ」缶ビールをくぃっと空けた。「それにね。今も言った通り私は、田野畑さんの腕を買ってるんだ。あれはいい工員だ。この程度のことで社会不在を余儀なくされるなんて、勿体《もったい》ない。それは偽らざる本音なんですよ」

「最終的には不起訴になるだろう、と警察の人も言っていました」私は言った。「ただそれまでは、正式な手続きがある。田野畑さんが津森さんと和解しない限り。そして田野畑さんの性格では、まずそれはない」

「不起訴が決定するまで、身柄はとられたままなんでっか」茎原が訊いて来た。「この程度の事件。それまでに釈放とはならんのでっか」

「普通はそうだろうとは言っていました」答えて言った。「ただ届けを出した側、津森さんが『また暴行されそうで怖い』などと訴えた場合。再犯の恐れありと見なされれば勾留が続く可能性もある、と」

「逆に当局に、情状酌量の余地ありと見なされればよいのではありませんか」社長が言った。晴れやかな表情が浮かんでいた。「普段の田野畑さんが、どのような人物か。大勢が彼に有利になるような証言をすればいい。頭にカッと来ることはあってもいつもは気のいい男だとか、何とか。彼のいい面を強調した証言が集まればそれだけ、当局の印象もよくなるのではないでしょうか」

「そうだ。そいつがいい」親方がポンと膝を打った。「あっしが署名を集めますよ。田野畑はいい奴だから早く釈放してくれ、っていう嘆願書を作って。署名が集まれば集まる程、効果も期待できるってモンでしょう」

「及ばずながら私も協力させてもらいますよ」社長が申し出てくれた。「嘆願書そのものも、私の名前で作ったっていい」

「そらぁ百人力ですわ」荃原が言った。「社会的信用がちゃう。俺ら、訳の分からん日雇いがいくら名前、連ねたって当局は大して聞く耳持たへんかも知れんけど。社長の名前があれば全然ちゃいますわ。警察も動きますって、絶対」

私も協力させてもらいます、と申し出た。うちの所員にも署名を集めさせますよ。彼らだって田野畑さんにはいい印象を持っているから皆、協力してくれること間違いなしでしょう。そらまた百人力ですわ、と茎原が笑顔で繰り返した。

「ようし。そんならそれと並行して俺は、津森の野郎に圧力を掛けてやろう」親方の鼻息も荒かった。九谷社長の協力があればこの上ない、と彼も思っているのだろう。「被害届を引っ込めろ、ってな。どうせそう程ない内に、田野畑は娑婆《しゃば》に出て来る。届けを出したままで事態を長引かせてたら、そうなった時に困るだろ、って。津森の奴、空威張りはして見せてるが実態は単なるビビリだから。圧力を掛けてやれば案外、素直に引っ込めるかも知れねぇ」

全てがいい方に転がりそうに見えて来た。明るい気持ちで改めて乾杯した。

「俺っちのせいなんだ」ぼそり、と傍らで声が漏れた。坂巻だった。一人、何も言わずにチビチビ酒を舐《な》めていたのが初めて口を開いたのだ。何やお前、そこにおったんかぃ。黙っとるんですっかり忘れとったわ。茎原の茶々も耳に入らないように、続けた。「タノやんがあん畜生をぶん殴ったのは前の日、俺っちのことがあったからなんだ」

お前、そないに喋《しゃべ》れたんやな。茎原の茶々を更に聞き流して彼がぼそり、ぼそりと語るところによるとこういうことだったらしい。

前夜、坂巻は例によって津森から小突かれながら酒席に入れてもらっていた。見兼ねて、田野畑が駆け寄った。「おぃお前ら」津森と取り巻きに怒声を浴びせた。「弱い者苛《いじ》めを酒の肴《さかな》にするんは、いい加減にせんか」

「お前ぇの知ったことか」津森は言い放ったという。「こいつがいい、って言ってるからやってるまでじゃねぇか。それが証拠に嫌だったら、もう俺達のとこには来るまい。なのに毎回こいつの方から、好きで近寄って来てるんだぜ。自由意志って奴だ。そこにお前ぇなんかが、口を挟むことぁねぇだろうが」

「何てか、キサン」

田野畑は左手で津森の襟首を摑《つか》んだ。相手が爪先立つくらい、力を込めて持ち上げた。同時に右拳《みぎこぶし》を振りかぶった。今にもパンチが繰り出される寸前だった。

だがそこに、自転車に乗ったパトロール警官が通り掛かった。気づいた周りが制止したため、騒動は収まった。田野畑は津森をその場に下ろし、坂巻を連れて歩み去った。

「そんなことがあったんですか」

私の言葉に坂巻は頷いた。「前の日にあんなことがあったから、タノやんはムカッ腹が立ってた。だから仕事の時、とうとう爆発しちゃったんだ。俺っちのせいなんだ。俺っちがあん畜生らと呑んだりしてたばっかりに、タノやんは捕まってしまったんだ」

やっぱり九州のドン百姓は血の気が多くて困るぜ。おまけに正義漢ぶってばかりいやがって。工事現場で殴られる直前、津森が毒づいたという言葉が思い出された。前夜にそのようなことがあったからこそ、彼もまた言わずもがなの悪態をついてしまったんだなと納得がいった。結果、事件へと繋がった。

そんなに自分を責めることはありませんよ。内心を押し隠して、坂巻を慰めようとした。が、聞こうともせずに彼は続けた。「俺っちのせいなんだ。あん畜生から俺っちを助けようとした人は皆、酷い目に遭っちまう」一息、ついて更に続けた。「あの人だってそうだった。殺された、あの人だって」

「あの人」聞き逃さなかった。そんなわけがない。ある筈がない。「殺されたあの人、って。もしかして、飯樋さんのことですか」

再び頷いた。「あの人はもっと酷い目に遭った。まさか、殺されちゃうなんて」

「坂巻さん貴方、飯樋さんのことをよく知っていたんですか」

三たび、首肯した。またもボソボソ、説明してくれたところではこういうことだったようだ。

半年ばかり前のことだったらしい。その夜も坂巻は呑みながら、津森一派に殴られていた。とうとう倒れてしまったので津森らは引き上げたが、そこに飯樋が通り掛かったのだという。

「大丈夫ですか」向こうの方から声を掛けてくれた。「酷いことをするモンだ、本当に。

私もあの連中から、嫌がらせを受けたことはありますが。いや、酷い。これは、酷い怪我だ」

聞き込みの中で仕入れた情報に一致しているな。内心、思った。飯樋はかつて、津森から嫌がらせを受けたことが一度ならずあった。だからこそ殴られている坂巻を見て、同情を覚えたのだろう。周りと不器用なつき合い方しかできない男に、自分の姿を重ね合わせて見ていたのかも知れない。助け起こし、リヤカーに乗せて病院まで連れて行ってくれた。

「それからちょくちょく、話をするようになった」坂巻が言った。「まぁ俺っちが酔っ払って、話にもならなかったこともあったろうけど。そんなに呑んでない時には、ちょっと言葉を交わすくらいはあったんだ」

「それで」身を乗り出した。既に諦めていた飯樋の身許調査。そいつが期せずして、また動き出してくれた。今度こそ有望な情報が齎《もたら》される。何の根拠もない。なのに何故《なぜ》か、確信している自分があった。「そうして言葉を交わす中で、飯樋さんの出身地なりに繋がるような話が出ることはありませんでしたか」

「あぁ、えぇ」曖昧《あいまい》に首を縦に振った。「あれは、何の時だったかなぁ。俺っちがいっぺん、尋ねたことがあったんだ。何の話をしていた時だったか忘れちまったんだけど。『飯樋さん、って変わった苗字《みようじ》だよね』って。『俺っちこれまで、そんな苗字の人に会ったことはねぇなぁ』って。そしたら飯樋さん、言ったんだ。『あぁこれ、地元の地名と一緒なんですよ』って」

迂闊《うかつ》だった。飯樋という苗字があまり聞き慣れないものであることくらい、最初から意識していたのだ。なのに、調べてみようとしなかった。できることは皆、やり尽くした積もりでいたというのに。こんな簡単な作業すら、見落としていたなんて。何をやっていたんだ、俺は。自分を責めたいような心境だった。

だがいつまでも地団駄を踏んでいたって仕方がない。何より時間が惜しい。一刻も早く、結果が知りたい。

九谷社長に頼んで、デスクトップのパソコンを立ち上げてもらった。「福島県」「飯樋」と打ち込んで検索キーを叩いてみた。

結果は直ぐに出た。地図や郵便番号、住所一覧のようなページがいくつもヒットした。ページを開くまでもなかった。ヒットした項目一覧を見れば、一目瞭然《いちもくりょうぜん》だった。

「福島県相馬郡飯舘《いいたて》村飯樋」

飯樋の出身地は、福島県の飯舘村だったのだ。

27

福島県飯舘村。報道で何度も耳にした覚えのある地名だった。ここもまた原発被災地だった筈だ。

改めて調べてみると飯舘村は福島県の太平洋側、所謂〝浜通り〟から見て北西部の山中に位置し、標高500mの高地であることが分かった。山に囲まれた地形である。ヤマセが吹くため年平均気温は僅《わず》か10℃。降水量は年間1300㎜程度であり、農民は昔から冷害に悩まされて来た。寒さに強い農作物を選んで植え、畜産業を盛んにしていた。厳しい環境の中、人々は助け合って日々の暮らしを紡《つむ》いだ。村民どうしの結びつきは極めて堅固だったという。

海沿いの地域ではない。東日本大震災でも津波の襲来は受けていない。二〇一一年三月十一日。震度6弱を記録したが、他の地域に比べれば被害は少ない方だったと言っていい。

ところが福島第一原発が水素爆発を起こしてしまった。噴き上げられた放射性物質は風に乗って運ばれ、飯舘村に降り注いだ。そこで同年四月二十二日、全域が計画的避難区域に指定される。村人は約一ヶ月を掛けて準備を整え、七月末までに全村避難を完了した。

地震の被害をさして受けていないのだから一見、村は今まで通りの姿を保っているのだろう。なのに目に見えない放射能汚染のために、大切な故郷を離れるしかなくなった。ある意味、地震動や津波などで家屋が壊れていればまだ、避難についても諦めがつくかも知れない。心理的に納得し易いかも知れない。しかし村はそのまま残っているのだ。それで、逃げなければならない。素直に「はいそうですか」とは言えない、というのが偽らざる本音なのではなかろうか。こういう表現は語弊があるかも知れないが、壊れていない分むしろ残酷、なのではあるまいか。

村では現在、除染作業が進められているらしい。あの時、原発被災地ツアーで南相馬市や浪江町を見て回った際のことが脳裡《のうり》に蘇《よみがえ》った。多くの大型トラックが行き交い、汚染物質を詰めたフレコンバッグがあちこちに堆《うずたか》く積み上げられていた。同じような光景が、飯舘村でも展開しているのだろう。

除染と同時に避難区域の見直しが行われ、帰還困難区域を除いての村民帰還が目指されているという。村役場にも職員が戻り、公民館や幼稚園、道の駅や太陽光発電施設などの建設計画が動き出しているという。帰宅に向けての準備のため、昼の内に我が家に戻り後片づけなどの準備を進める住民もいることだろう。南相馬市でも同様の光景を見、話を聞いたのを思い出した。

つまり今や、全くの無人ではない。それでもかつてに比べれば、人の姿はまばらにしか見当たらないのに違いない。以前と何も変わらないのに、人影だけがない村の風景。失礼だがゴーストタウン、の言葉が頭に浮かんだ。南相馬市の小高駅前の様子が記憶に蘇った。あのツアーに行っておいてよかった、という思いが改めて募る。お陰で訪れてもいない飯舘村の光景も、何となく分かるような気がする。行っていなければとても、ここまで実感を伴って想像を膨らませるのは不可能だったことだろう。

飯舘村は畜産業が盛んだった、の情報が嫌でも目を引いた。飯樋は牛を飼っていた、との仮説にぴたり一致していると感じた。その仕事が破綻《はたん》して自棄になり、この街まで流れて来るに至ったのではないかと推論を立てた。実際には、こういうことだったのだ。せっかく上手くいっていた事業を、手放さざるを得なかった。経営に行き詰まったわけではない。地震の被害があったわけでもない。ただ放射性物質という、目に見えない人工の毒が降り注いだ。原発の建屋が爆発した時、たまたま風がこちらに吹いていた。そんな不幸な巡り合わせのせいで、可愛《かわい》がっていた牛を手放し、村を後にして来るしかなかったのだ。

堪らなかったろう。苦しかったろう。避難していても眠れない夜が続いたろう。ならば何も彼《か》も嫌になって、こんなところまで来てしまったのも分かるような気がした。半ば、生きるのを放棄したような彼の姿にも納得がいくような気がした。本当に彼の心理が真摯《しんし》に理解できるのか、と問われれば無理だと答えるしかなかろうが。

飯樋は飯舘村の出身だ。間違いない、と確信した。

「あなた、本当にもういい加減にして」金切り声に近かった。感情が声音から溢《あふ》れ出していた。ここまで気持ちを露《あら》わにしている喜久子を見るのも、久しぶりだった。いや、初めてと言ってよいのかも知れない。「もう止《や》める、って言ったじゃない。万成さんにもはっきり言ってくれたらしいじゃない。なのにまた、例の件に関《かか》わるなんて。また福島に行く、だなんて。それじゃぁあれは嘘《うそ》だったの。私を騙《だま》すために一時凌ぎに、ついた嘘に過ぎなかったの」

「そんなことはない」私は言った。必死で彼女を押し留めた。それくらい、彼女の勢いは激しかった。「あの時は本気で、止《や》める積もりだった。それ以上、調べる先も方法も思いつかなかったからね。でも事情が変わったんだ。新しい情報が齎されたんだ。だから本当に、もう一度だけ。もうちょっとだけ、俺の好きにさせてくれないか。この通りだ」

飯樋の出身地を突き止めることができた。以前の、福島県のような広い漠然とした範囲ではない。村という自治体の単位まで絞り込むことができたのだ。巨大な前進と評してよい。

調べてみると飯舘村は、事故の起こる前の段階で人口六千百八十人くらいであったことが分かった。この程度の規模であれば、村民は互いに顔見知りのようなものだったろう。山の中と厳しい自然環境のため、彼らは助け合いながら暮らして来たとの情報もあった。

いう地理的条件もあり、村全体が一つの家族のような絆《きずな》で結ばれていたのではないか。村の客観的情報を調べた上で、勝手に想像しただけの仮定に過ぎないが。

更に調べてみると、村役場の支所が福島市内に設けられていることも分かった。それは当然の措置だろう。村民はほぼ全員、避難しているのだ。役場が現地に残ったままでは、彼らに行政サービスの施し様がない。そもそも村の職員だって避難しているのである。

近い内の帰村を目指し、職員が現地に戻って役場を再開しつつあることは情報として仕入れていた。しかし現実には、住民帰村はまだ先の話である。支所がこれまで通り残されているのも、これまた当然の措置と言えた。役場機能の大半も未《いま》だ、福島市内の支所に留まっているのだろうことも容易に予想がついた。

役場が現地に戻ってしまっていたら、私もそこまで行くしかない。鉄道も通っていない土地である。足は、自動車しかない。ペーパードライバーの私としては、どうやって行くか改めて途方に暮れなければならない局面だった。再び喜久宏に運転手役を頼むという選択肢は、現実的とは言えない。

ところが支所が、福島市内にあるという。これは朗報だった。市内であれば路線バスが通っていよう。運転手、云々《うんぬん》を考慮することなく公共交通機関で行くことができる。

役場の窓口に出向き、用件を告げる。繰り返すが人口六千人規模の村である。村民それぞれの顔を職員も知っていよう。少なくとも飯樋、の名前を挙げれば知っている職員は必ずいよう。事情を正直に説明し、彼の遺族は、と問えば情報は必ず齎される筈だった。次の前進が期待できる筈だった。

電話を掛ける、という手もなくはない。手紙を書く、という方法だってある。まずは間接的な手段で接触を試み、ニュアンスを探る。考えられない方策ではなかった、決して。だが駄目だ、と判断した。やはり現地まで足を運んで職員と直接、会う。面と向かって、話す。そうしてこそ気持ちが通じる。心と心が通い合う。村民の個人情報を明かしてくれ、という用件なのだ。電話や手紙といった手段では、警戒されてしまう恐れがある。一度、不審に思われてしまったら終わりであろう。二度と肝心な情報に辿り着けなくなってしまう。だからやはりここは私自身が現地に行き、目と目を見交わして話を切り出すべきなのだ。そうしてこそ初めて相手の信頼を勝ち得、次の前進に繋げることができる筈と確信した。

役場である。土日は閉庁する。このため行くのなら、平日しかない。

個人情報だから即時、明かされることはまずあるまいと見ておいた方がいいだろう。本人との確認が入り用となる。その場で連絡がつかなければ、話がついた段階でこちらからお電話しますという話になろう。いったん引き上げるしかない。市中心部のホテルなどで待機し、先方からの連絡を待つ。

するとやはり最低限、一泊は必要になる。とんとん拍子の展開となってくれない限り。

理想的にことが運ばない事態は想定しておかねばならず、そうなると行くのは金曜日。用を済ませて土曜日にこちらへ戻る。その日程しか考えられない。

有給休暇は溜まっている。とって、誹《そし》られることなどない。つまり職場については何の問題もなかった。単に金曜一日、休むだけの話である。

問題は家庭の方だった。妻に話さないわけにはいかない。反対される、とは分かり切っていても黙ったまま出掛けるわけにはいかなかった。一泊するのだからどうせ早晩、知られてしまうのだし。

実際に話してみると容易に予想のついた通り、猛反発を食らった。来ると分かっていたから実は、反論も用意してあった。役所勤めは長いのだ。東京労働局に勤務する時など、議会対策として想定問答を作っておくことも多かった。だからこうしたことは、普通の人よりは慣れている。その筈である。

それでも答えを用意はしていても、思わずたじろぐぐらい妻の勢いは激しかった。腰が引けてしまわないよう全身全霊、自らを鼓舞しなければならなかった。

「被害者の出身地が分かったんだ」私は説明して、言った。だからこれからどうする積もりか。何をするべきかを懇々と話した。「漸《よう》くここまで辿り着いたんだ。ゴールはもう目の前なんだ。だからもう少しだけ、やらせてくれ。村役場の福島支所に行ってみて、事情を打ち明ける。被害者の遺族を探していると話す。正直に全てを打ち明ければきっと、向こうも心を開いてくれると思うんだ」

　諭すような口調にならないよう、努めた。相手を論駁《ろんばく》しようとしているのではないのだ。これまで妻に迷惑や心配を掛け続けて来たことは、分かっている。充分に自覚している。だから非は認めた上で、頼む。謝罪した上で、もう少しだけ俺の好きにさせてくれとお願いする。それだけだった。他にできることは、何もなかった。

「ここまでお前達に迷惑を掛けながら、やって来た。悪いことをしたと反省しているよ。だが本当に後、少しなんだ。もうちょっとで被害者の遺族に巡り会えそうなんだ。そうなればゴールだ。これまで周りに心配を掛けながらやって来たことが、漸く報われる。全てが終わる。俺も普段通りの日常に戻れる。だから今回だけ、許してくれ。もう一度だけ、福島に行くのを認めてくれ」

「あなたは自分の家庭をどう思っているの」

　思ってもいなかった言葉だった。それだけに耳を疑った。即、反応することができなかった。「何だって」

「殺された人の遺族と、自分の家庭。どっちが大事なの」

「う、うちが大事に決まってるじゃないか」戸惑いが隠せなかった。「ば、馬鹿だな。分かり切ったことじゃないか、訊かれるまでもない」

「相談したかったのに」涙ぐんだ。洟《はな》をすすり上げて、顔を俯《うつむ》けた。「あなたに、相談することがあったのに」

「心配事があったのか」

喜久宏の芝居熱か。ならば、解決に時間が掛かる。それにまだ、そこまで心を痛める問題でもあるまい。言おうとした。落ち着かせようとした。だが口に出す前に、喜久子の言葉が続いた。言わなくてよかった、と直ぐに悟った。

「宣枝のことよ」

娘の顔が脳裡に浮かんだ。しっかり者の娘である。少なくとも私にはその印象しかない。彼女に関する心配事などあったのか。あまりに意外だったため、次の言葉が継げないでいた。

「あの娘《こ》、不倫しているらしいの」

「何だって」

宣枝には高校、大学と同窓で今の職場にも共に就職した、大親友がいた。彼女はうちにも何度も遊びに来たことがあり、喜久子とも親しかった。その彼女から齎された情報なのだという。こんな話、お母さんに打ち明けるのどうかとも思ったんですけど。社内でもちょっとした噂《うわさ》になってるんで、やっぱり知っておいてもらった方がいいかと思いまして。

「妻子のある上司なんですって」妻が言った。「そんな人とつき合ってる、って」

「本当か」

娘の恋愛なら悪い話ではない。結婚にはまだ若過ぎるのでは、とは感じるものの頭から否定するようなことではない。だが妻子ある上司との不倫となれば、話は別だ。対処は早目にしておかねば、手のつけられない事態へと発展もし兼ねない。

「噂よ。本当かどうか、はっきりしてるわけじゃない」妻は言った。「だからこそ、よ。もし事実だったとしたら、大変じゃない。だからこそまず、確かめないと。そうしてもし本当だったら、早目に何とかしないと」

しかし確かめると言っても、ではどうやって。まずは大親友の彼女と会って、じっくり話を聞いてみるか。周りでどんな風に噂されているかを確認して、次に打つ手を考えるか。

それとも宣枝に直接ぶつけてみるか。お前、社内でこんな噂が流れているようだが本当か、と。確かに手っ取り早くはあるが、一か八かの手でもある。宣枝は気が強い。下手な対処をして頑《かたく》なになられてしまうと、事態が硬直してしまう恐れも高い。そうして時間だけが過ぎ、悪循環に陥ってしまう可能性も。

「分かった」私は言った。娘の不倫だと。そんなことに男親が、どうやって手をつけられるというんだ。俺に相談されたって困る。本音が、頭の隅にあった。声高に主張していた。だが勿論、実際に口に出すわけにはいかなかった、決して。「難しい問題だ。そんなことがあったなんて、夢にも思ってはいなかった。だから俺としてもちょっと、考えてみるよ。どうすればいいか、今この場でいい解決策も思いつかないからね。そして福島から戻って来たら、もう一度ゆっくり話し合ってみよう。どうすればいいか、二人で対処策を練ってみよう」

「自分の娘が不倫してるかも知れない、っていうのよ」心底、呆《あき》れたというように立ち上がった。「そんな時によく、福島なんかに行けるわね。他所の遺族のことなんかに心を割いていられるわね」信じられない、と吐き捨てた。文字通り、吐き捨てるような口調だった。「信じられない。あなたやっぱり、うちのことなんか二の次なんだわ。いいわよ福島、行ってらっしゃいよ。他所の家族を気に掛けて来なさいよ。そうしてうちのことなんか放ったらかしにしとけばいいんだわ。自分の家庭が崩壊して行く様を気にもせず、見ていればいいんだわ」

足音高く歩み去り、寝室に引っ込んでしまった。ドアがこれまた、音高く閉ざされた。私がここ数週間、入ることも許されていない寝室のドアが。

重い溜息が喉を突いた。どうすればいいのか。妻や娘にどう対処すればいいか、思いつけなかった。それどころか頭は混乱するばかりで、まともな思考すら浮上してはくれなかった。これでは娘の不倫話にどうすればよいか、どころではない。妻との修復をいかに図ればよいかすら、見当もつかない。

ふとベランダに目を遣ると鉢植えのシクラメンが枯れていた。かつて休日に妻とショッピングモールに出掛け、買い求めて来たものだった。

あれはいったい、いつのことだったろうか。遠い昔のこととしか思えない自分がいた。鉢植えがなかったら、実際にあった過去だと信じることさえできなかったかも知れない。

28

東船橋駅からJR総武本線に乗って、東京駅に出た。東北新幹線に乗り換えた。

先日、喜久宏と福島へ行った時は大宮駅で待ち合わせた。彼が転がり込んでいる友達の家からは、そちらの方が便利だったからだ。演劇鑑賞をすっぽかした負い目と、運転手役を頼むという弱みがあったため私としても、息子の言い分を受け入れるしかなかった。

今日は、そうした不自由は一切ない。単独行動である。新幹線に乗り換えるなら我が家から最寄りの、東京駅を使えばよい。気楽なものだった。

座席をリクライニングし、うんと背筋を伸ばした。ただしいつもの儀式、ビールを呑むのは止《や》めにした。これから人に会おうというのだ。酒臭い息を吐きながら訪ねるわけにはいかない。あの時だって喜久宏がさっさと寝入ってくれたお陰で、ビールを呑むことはできたのにな。思うと、せっかくの解放感が損なわれて行くような気がした。

おまけにもう一つ、思い至った。東北新幹線は車内全面禁煙だったのだ。東海道新幹線のように、連結器部分に喫煙室すらない。

単独行動と言っても考えていた程、自由というわけにもいかないな。溜息をついて、背《せ》凭《もた》れに改めて身を委《ゆだ》ねた。

いよいよ飯樋の遺族捜しにケリがつこうかという局面ではないか。思い直した。あまりリラックスしているわけにもいくまい。いくらあの重苦しい我が家から、遠く離れることができたとしても、だ。

「あなたは自分の家庭をどう思っているの」目を閉じると、妻の言葉が頭の中で反響した。「殺された人の遺族と、自分の家庭。どっちが大事なの」

何でそう極論になる。問い質《ただ》してやりたかった。が、口に出すわけにはいかなかった。逆効果どころか火に油を注ぐだけなのは、それこそ火を見るより明らかなのだから。

娘の不倫。娘の不倫、か。こちらも言葉が脳裡に浮かんでは消えた。難問であることは間違いない。どう対処すればいいのか、ちょっと見当もつかない。

だがだからこそ、今できることをやって何が悪い。娘の問題の方には取り敢《あ》えず、即効薬はないのだ。少なくとも当面、いい方法を思いつけないのだ。ならば先に、できることの方をやっておけばよかろう。取り敢えず何をすればよいか、分かっていることを。そうしながら一方で、娘への対処策を練る。それの、何が悪い。何故そこで「あなたはうちのことなんか二の次」などという話になるのか。本当に不倫していいるかすらハッキリしていないのに「自分の家庭が崩壊して行く様を見ていればいい」なんて言葉になるのか。

妻への反論ならいくらでも浮かんだ。目の前にいなければ、言いたい放題だった。面と向かっては決して口にできない言葉が、次々と。

妻と娘、か。やれやれ、だった。女はいったんこじれると、手がつけられなくなる。息子の芝居熱くらいこちらに比べれば、何てことのない問題のように感じた。

女にまつわる二つの難題が、果たして上手く収まることなどあるのだろうか。前途が限りなく暗いように感じられ、慌てて振り払った。今は、目の前のことに全力を集中すべきだろう。窓の外に視線を遣ると、早くも風景に山影が目立ち始めていた。


福島駅の東口に出た。ここは以前、来た時も喜久宏と降り立った出口だ。駅ビル沿いに左手へ行けば、レンタカー屋がある。あの時はその前に、まずは煙草《タバコ》を一服した。新幹線内で吸えなかったため、禁断症状が出掛かっていたのだ。

今日は一服より先に、バスの時刻を確かめてみようと思った。飯舘村役場の福島出張所があるのは、猪能《いいの》というところらしい。路線バスの終点らしい。まず発車時刻を確認した上で、ゆっくり紫煙《しえん》を味わう積もりだった。

ところがさすが、県庁所在地の駅前ターミナルだった。ロータリーになっており、乗り場がいくつもあった。どこから乗ればよいのか、まずは探さなければならない。

「もし」買い物袋を提げてベンチに座っている主婦に、話し掛けた。こういう用件は主婦に質問した方がいい、と経験から分かっていた。彼女らは情報も正確だし、答えも早い。逆に老人などに話し掛けてしまうと酷《ひど》い目に遭うことが、往々にしてある。答えが要領を得ず、礼を言って別な人に質問し直したくともなまじ親切なため、なかなか切り上げさせてはくれない。「猪能の方へ行くバスは、どこから乗れますか」

「あぁ」と自分のいるポールを指差してくれた。気の毒そうな表情が浮かんでいた。「ここ、五番乗り場からなんですけど。本数が少ないんですよねぇ。私の行く医大までなら、何本もあるんですけど」

礼を言って時刻表を見た。愕然《がくぜん》とした。何と一日、四本しか走っていない。前の便は出たばかりでまだ丸々一時間、待たなければならなかった。質問相手に主婦を選んだお陰で要領のいい答えを得ることは叶《かな》ったが、時間の節約という意味ではあまり効果はなかったようだ。

しまった、と後悔した。バスの時刻表くらいインターネットで調べれば、事前の入手は容易だった筈だ。横着したせいで、現地の駅前で無駄な時間を潰すしかなくなってしまった。地方のバス路線がどのようなものか、予想しておいて然《しか》るべきだった。

仕方なく駅ビルに戻った。喫茶店に入って時間を費やすしかなかった。今度ばかりは抜け目なく、喫煙スペースがあることを確認した上で店を選んだ。

漸くバスが来たので、乗り込んだ。ロータリーをぐるりと回って通りに出ると、まずは駅を背にして走り始めた。しかしそこから右折を繰り返す。どうやら駅方向に鼻面を戻したようだった。「県庁前」のようなバス停があったし、警察署も見えたので多分この辺りは官庁街になっているのだろう、と見当をつけた。公共機関の重要拠点を回った上で、改めて目的地に向かうのだろう。

思った通りだった。このまま戻れば線路に行き当たるのでは、と思ったところでバスは左折した。通行量の多い車道沿いを走り出した。方向的に南に向かっているのだろう、と察しがついた。見えてはいないが恐らく、東北本線はこの右側を並行して走っているのだろう。

だが方向感覚が摑めたのは最初の十分くらいのものだった。基本的には南に向かっているのだろうとは思うものの、正確にどうなのかは把握し様がなかった。まだ当初の道を走ってはいるが、線路がいつまでも右側を並走しているとは限らない。

途中でニュータウンのようなところに入り込んだ。道が曲りくねり、カーブも何度も切られてこれでもう完全に方向感覚は失われた。自分が今、南を向いているのかそれとも西なのか、全く分からなくなった。

周囲に樹木が目立ち始めた。どうやら高台に上がって来たようだな、と踏む間もなくT

字路を大きく右に曲がった。次のT字路も、右折。ここが福島医科大学の構内だった。「医大病院」のバス停で大勢が降りて行った。乗って来る客は殆どいなかった。

先程、駅前のバス停で質問した主婦の言葉を思い出した。私の行く医大までなら何本もあるんですけど。つまりここから先、猪能まで行く本数はぐんと減るということだ。

バスは先程の大きなT字路に戻り、右折した。これまで走って来た道の、更に先へ進む方向ということになる。ところが程なく、今度は左折した。車の通行量は少なく、いよいよ田舎の方に入って来たという感じが募った。

途中、県道をちょっと走ったが再び細い道に入った。これはもう車道と言うより、山道か畦道《あぜみち》という感じだった。曲りくねり、バス一台が走るのがやっとの道幅しかなかった。道の両脇は田圃《たんぼ》と民家である。路肩を踏み外せば田圃に落ちてしまう、と少なからず恐怖に駆られた。逆にあまり民家の方に寄れば、今度は石垣で車体を擦《こす》ってしまう。

と、先方から軽トラが走って来た。道幅一杯である。とても擦れ違うことなどできない。

こちらがバックし、民家の門中にリアを突っ込むようにして何とか道を空けた。軽トラもギリギリ、車体を擦らんばかりにして何とか擦り抜けて行った。

再びバスは動き出したが、気づくとこちらの心臓もかなり激しく波打っていた。こんなところを運転しているのが自分でなくてよかった、としみじみ思った。もっとも普通の道であろうと、私がハンドルを握る事態など想像もつかないが。

もう対向車は来ないでくれ。他人事《ひとごと》ながら願わずにはいられなかった。こんな道を走るのももうそろそろ終わりにしてくれ。だが祈りもむなしく、細道は延々と続いた。ただ幸い、対向車が来ることはもうなかった。

漸く広い道に出て右折した。ホッと胸を撫《な》で下ろしていると、間もなく終点、の車内アナウンスが流れた。橋を渡ると左手にいかにも役所らしい建物が見えて来た。行き過ぎた、と思ったところでバスは右手の折り返し所のような広場に滑り込んだ。終点「猪能町」バス停だった。

車道を小走りで横切った。川沿いに立つ、一部三階建ての小ぢんまりした庁舎だった。福島市役所猪能支所の一部を間借りする形で、飯舘村役場の出張所が入っているらしい。建物の向かって右側だった。掲げられた案内に従って、中に入った。受付に歩み寄った。

「あの」と女性職員に声を掛けた。

こういう者です。まずは名刺を差し出して、見せた。怪しい者ではない。こちらも公共機関に勤める身だ、と示せば当面の警戒感は払拭することができるだろう。「浅草職業安定所の山谷出張所で所長を務めております、深恒と申します」と名乗った。一息、ついて続けた。「実は以前、飯舘村に住んでおられた飯樋徳郎さんについて、お伺いしたいことがあるのですが」

「飯樋《いいどい》さん」面識があるのだな、と察しがつく反応だった。やはり小さな村、住民や役場の職員は互いに顔見知りだったようだ。「飯樋さんが、何か」

「突然こんな用件で訪ねて来て、申し訳ありません」最初に断った。「実は飯樋さん、東京で亡くなられたのです」

「亡くなられた」ぽかんと口が開いた。「ちょ、ちょっとお待ち下さい」

女性職員は席を立ち、奥の方へ入って行った。自分の立場では勝手な判断で扱えない案件、と判断したのだろう。程なく上司らしい男性を連れて戻って来た。差し出された名刺には飯舘村住民生活課支援係主査、菅野《かんの》淳一《じゅんいち》とあった。

「私の勤める出張所のある山谷地区は所謂、日雇い労働者の街です」こちらも改めて名刺を出し、名乗ってから用件を切り出した。「飯樋さん、二年ほど前にその街に現われまして。うちの出張所に登録し、仕事の紹介を受けていました」

「日雇い労働者の街」戸惑いが露《あら》わだった。「それが、亡くなられたというのは」

「日雇いの労働ですので収入も不安定です。ですから満足な住居に住むこともできず、これは言い難《にく》いのですが飯樋さん、公園に簡単なダンボールハウスを作って寝泊まりしておられました」一拍、措いて続けた。「昨年の、秋から冬になろうかという時節でしたか。ある朝、死体で発見されました。殺されたのです。どうやら、ホームレス狩りに遭ったようです」

「ホーム……」さすがに一瞬、言葉を失った。「そ、そんな。本当ですか」

「お気の毒な最期でした」頷いた。「ただそうしたわけでこちらとしても、飯樋さんが元はどこに住んでおられてどうやって山谷まで流れて来たのか、分かりませんで。出身地を突き止めるのに時間が掛かりました。漸く飯舘村のご出身だったと分かったので、こうして訪ねて来たわけです」

「そうだったのですか」納得はしてもらえたようだった。だが続いて、当然の質問が来た。

「し、しかし何故、貴方《あなた》が」

それは警察の仕事なのではないのか。普通に考えれば、自然に行き着く疑問である。私自身、万成先輩らから突きつけられた言葉でもあった。

「こういう仕事ですので常日頃から、警察とは連携してまして」警察にやる気がないから自分が来た。内実を正直に打ち明けるわけにもいかない。事実を交えた上でちょっと、嘘をつくことにした。最初からその積もりだったため、言葉はすらすらと口から滑り出た。

「今回ちょっとした所用があって、私がこちらに来ることになりましたので。警察から頼まれたのです。福島の方へ行くのなら少々、用事を頼まれてくれないか。被害者の遺族に会って話をして来てくれないか、と」

「そうだったのですか」よく考えれば少しばかり、不自然に思える弁明には違いなかった。そもそも警察が絡んでいるのなら、福島の県警にも一報は行っている筈だろう。私のような代理人が訪ねて来る前に、県警から役場に連絡があって然るべきだろう。しかし菅野主査は、素直に受け入れてくれたようだった。こちらとしては、有難いことに。「それで、飯樋《いいどい》さんのご遺族に」

「遺骨と遺品は保管してあります」私は言った。「それをご遺族に、お渡ししたい。同時に飯樋さんの最期を、お伝えしたいのです。人生の最期に多少なりとも関わった者として、最低限の義務だろうと思っております」

「そうでしたか」大きく頷いた。「ご用件は、承知いたしました。ただしこれは、ご当人あっての話ですので。こちらの一存で、勝手なことはできません。まずはご遺族のご意向も、伺ってみませんと」

「当然のことです」

私も大きく頷き返したので、少々お待ち下さいと菅野主査はいったん奥へと引っ込んだ。机の電話で飯樋の遺族に連絡をとろうというのだろう。

主査は直ぐに戻って来た。表情から、何があったのかは明らかだった。

「済みません」軽く頭を下げた。「どうやら、お留守のようで。連絡がつきませんで」

「それなら」自分の名刺の裏に、携帯番号を書き入れた。「連絡がついたらこちらにご一報、下さいませんか。今夜は福島に一泊いたしますので。夜でも構いません。ご遺族の方の承諾が得られれば、明日にでもお目に掛かりに伺いますので」

「分かりました」名刺を受け取った。「今夜中には連絡がつくと思いますので。夜までには、必ず」

　お手数お掛けします。どうぞよろしくお願い致します。

　頭を下げて立ち去ろうとして、ふと気がついた。「済みません」浮かんだ疑問を口にした。「貴方もさっきの女性の方も、『飯樋《いいどい》さん』と呼ばれてましたが。そちらが正式なのですか。私らは、濁らずに呼んでいたのですが」

「あぁ」薄く笑った。「地元の方言なのですよ。本当は濁らない方が正式です。ただついつい、訛《なま》りが口に出てしまいまして。飯舘村には川も流れてますが、これも私らは癖で、飯樋《いいどい》川と呼んでしまうんです」

　あぁ成程。そういうことですか。納得して、改めて深く頭を下げた。どうぞよろしくお願い致します、と繰り返して庁舎を後にした。

　やるだけのことはやった。後は結果を待つだけだ。達成感を胸に、車道を渡った。バス停に歩み寄った。外を吹き抜ける風はまだまだ肌寒い。特にこんな奥地まで来たのだ。気温は東京より低くて当たり前なのだろう。それまで緊張していたため逆にこの寒風が、心地よいくらいに感じられた。頭を冷静に戻してくれるようだった。

　頭を冷やしたお陰で、思い至った。バスの便は少ないのだ。次の出発までどれくらい、待たなければならないのか。

　時刻表を見て再び、愕然とさせられた。悪い予感通りだった。またも一時間、近く待たなければならない。これでは肌寒さを有難がってばかりもいられなかった。屋外でずっと風に晒されていては、震え上がってしまう。

仕方がないので周囲をぶらぶら歩き回ってみることにした。バス停の裏手はちょっとした高台になっていたので、坂を上がった。そこは小規模ながらも車道沿いに商店などが並んでおり、地区の中心地のような趣きになっていた。

今では福島市内に組み入れられてはいるが、猪能は元々別の自治体だったのではないか。ここに至るまでのバスの旅程を思い出しながら、察しをつけた。福島市役所の猪能支所であるさっきの建物も、元は町役場か何かだったのではなかろうか。そんな風に想像を巡らせながら知らない土地を歩くのは、興味深かった。無理せず時間が潰せた。

そろそろ発車予定時刻が近づいて来たのでバス停に戻った。一服しているとバスが滑り込んで来たため、乗り込んだ。またもあの、擦れ違うだけで大変な細道を走るのか。思うと、気が重かった。

福島駅前まで戻り、予約していたホテルにチェックインした。菅野主査から連絡はまだ来ない。既に夕刻になっていたため、食事を摂《と》ることにした。

福島名物の食べ物とは、何かあるのだろうか。ホテルに「福島の円盤餃子《ギョーザ》」を出す店一覧のパンフレットがあったので、手にした。フライパンに餃子を円盤のように丸く並べ、焼き上げて皿にそのまま移す独特のやり方だという。面白そうだな。興味が湧いた。せっかくだからそいつを、味わってみるとするか。

福島旧城下町の総鎮守、稲荷《いなり》神社の向こうにその円盤餃子、発祥の店があるらしかった。だが地図によるとホテルからは結構、歩かなければならない。それより手近な店がよかろうと判断した。菅野主査からの電話を今か今かと待ちながら、長い距離を歩く気にはなれない。

ホテルから間もない店に入り、ビールと餃子を注文した。二十個ほどが丸く皿一杯に並べられた餃子が供された。

が、あまり味わっている余裕はなかった。電話を待ち望んで気ばかり急《せ》いていたのだ。せっかくの名物なのに残念だったが、仕方がない。やはり旅の心を満喫するには、精神的な余裕が必要なのだろう。

店を出て、どうするか迷った。もう一軒、酒を引っ掛けに行くか。しかしこんな心理状態では、あまり街を楽しむことはできそうにない。ならばさっさとホテルに帰り、ウィスキーの水割りでもチビチビやりながら待っているべきか。

やはりホテルに戻る方がいいだろうと、爪先を向け掛けたところで電話が鳴った。呼び出し音が二度目に鳴るか鳴らないかの内に通話ボタンを押し、耳に当てていた。

「済みません」声の調子から即、悟っていた。悪い結果だったのだ。「飯樋《いいどい》さんの息子さんと今し方、連絡がついたのですが。せっかくなのですがお会いしたくない、と仰《おつしや》られて」

全身から力が抜けていくようだった。やっと、やっとここまで辿り着いたというのに。遺族を目の前にして、むざむざ引き下がらなければならないというのか。

「何故です」訊かずにはおれなかった。膝が折れそうになるのを何とか踏ん張って、尋ねた。「何故、そんな」

「父はもうずっと以前から、自分達にとってこの世にいないも同然だった。今更、遺骨にだって会う気になれない。本当に申し訳ないがお目に掛かりたくはない、と」主査は言った。「私としても大変、心苦しいのですが。先方がそういうご意向である以上こちらとしても、どうしようもありませんで」

「は、はぁ。し、しかし」

お役に立てず大変、申し訳ありません。刑の通告のように一方的に告げて、電話は切れた。つーつー、という電子音が無情に耳の中で鳴り続けた。

これも街の総鎮守に挨拶に行くのを横着した、報いなのか。通信のとうに切れた携帯を耳に押し当てたまま、私は呆然《ぼうぜん》と立ち尽くした。立ち尽くすことしかできなかった。身動きすらできず、ただただその場に突っ立っていた。

風が一陣、吹きつけて来た。これまでのどれより、寒々しく感じた。……いや、胸の中を吹き抜ける虚《むな》しさの方がずっと、冷気に満ち満ちていたか。

29

眠れなかった。殆ど一睡もできないまま、朝を迎えた。

結論は明白だった。会いたくない。遺族が言っている。父はもうとうの昔から、自分達にとって死人も同然だった。だから遺骨も遺品も引き取りたくない。意向ははっきりしていた。取り違え様もなかった。

山谷で息を引き取った故人の遺品を、遺族が受け取らないということはよくある。やはりあの街に流れて来る人間には、背景に様々な事情があるのだ。家庭で大きな問題を抱えている場合も多い。だから遺族としても、今更あんな人のことなんか思い出したくもないという反応になる。身許が分かっていても遺骨は引き取り手がなく、無縁墓地に収まるケースだって多い。よくある話なのだ、あの街では。

だからこうなった以上、私の採るべき路《みち》も明白だった。諦《あきら》めて東京に引き返す。先方が会いたくないと言っているのだ。それは駄目です。貴方には会う義務がある、などと強制する権限はこちらにはない。ましてや私は勝手に奮起して、飯樋の身許を突き止めただけの一個人に過ぎないではないか。どんなに心残りでも、すごすごと引き下がるしかない。布団の中で何度も自分に言い聞かせた。答えははっきりしている。ここですっぱり、諦めて東京に帰る。それしかないのだ。

結論は単純にして、明確。だが、いやだからこそ、眠れなかった。納得がいかない。はいそうですか、と割り切ることがどうしてもできない。せっかくここまで来たのだ。何度も諦め掛けながら幸運にも救われ、飯樋の出身地を突き止めるまでに至ったのだ。菅野主査という人を介してではあるが、遺族とも接触が叶った。なのにここまで来て何故、引き返さなければならないのか。せめて一目、遺族と会って話くらいは交わしたい。それくらいの権利は、俺にも認められてよいのではないか。

悶々《もんもん》として朝を迎えた。眠れなかった疲れがどっと肩に伸し掛かっていた。が、眠気はない。やはりこのまま、おめおめとは帰れない。最後に何か、一足搔《ひとあが》きでもしなければ。決意が私を動かしていた。

しかし遺族に会うと言っても、どうすればいい。菅野主査にもう一度、頼むというのは現実的ではないだろう。遺族はきっぱりと拒否したのだ。再考を促して下さいとお願いしても、無理ですよと突っ撥《ば》ねられるのがオチだろう。またその言葉通り、遺族の考えが改められるとはとても思えない。

それに昨日の菅野主査の物腰から、察せられる部分があった。彼は恐らく、飯樋家に何があったかを知っている。遺族が何故、そこまで頑なに拒否するのか。理由を知り、仕方がないなと心情的に理解している。だからこそ電話で、取りつく島もないような対応になったのだ。私を気の毒には感じながら、でもこれ以上はどうしようもないよと突き放すような物言いにならざるを得なかったのだ。

思い返してみれば猪能支所で会った当初から、そうだったように感じられた。私の用件を聞いた時点で、遺族に確認してもどうせ嫌がるだけだろうと読んでいた。それは飯樋家に何があったのか。何故、彼が家族と別れて姿を消したのか知っていたからに他ならない。そしてそのことに対して、遺族がどう受け止めているか、も。知悉《ちしつ》していたからこそ私の要望を、どうせ聞き入れられないと分かっていたのだ。今となってみれば態度の端々に、匂《にお》わせるものがあったように思われた。

そう、菅野主査は知っている。つまり彼はもう動いてはくれない。彼を頼るという選択肢は、考えるだけ時間の無駄ということだ。では、どうすればいい。

思いついて、階下に降りた。フロントでノート型パソコンを借り、部屋に戻った。インターネットに繋ぎ、あれこれ検索してみた。「飯舘村」「避難所」「仮設住宅」などのキーワードを打ち込んだ。

避難者の住む仮設住宅の自治会ホームページが次々ヒットした。元々が住民どうし、結びつきの強かった村だけあってこうして避難した先でも、自治会を作って助け合っているのだろう。互いに行き来したりして交流を深め合い、何かと不自由な避難生活を乗り切ろうとしているのだろう。

自治会は十ほどもあった。六千人以上の村人が逃げて来たのだ。一ヶ所に収容できる場所はない。各地に分散して、避難所を設けるしかなかったわけである。

各自治会の場所と、規模とを調べてみた。やはり一番、多いのは福島市内のようだ。だが隣の伊達《だて》市や、相馬市にも仮設住宅があるのが分かった。昨日、訪れた猪能町にも避難所はあった。知っていればあの足で、行くこともできたかも知れない。だが今更、悔やんでも仕方がない。インターネットで情報を仕入れる手立てなどなかったのだ、現地では。おまけに自分が仮設住宅を訪ね歩くことになるなんて、あの時点では想像すらしていなかった。

場所に注目したのは、例の理由によって、だった。私は車を運転できない。つまり公共交通機関で行き易いところ、という条件が最初からついて回る。

加えて、規模。行き当たりばったりで行くのだ。人数が多い方が、巡り会う確率も高くなるというものではないか。これはもう賭《か》けだった。だからなるべくオッズも有利になるよう、期する。最後の悪足掻きらしいじゃないか、と自嘲《じちょう》が湧いた。

検討して、ここにしようと選んだ。松川《まつかわ》住宅。東北本線の松川駅から歩いて行ける距離にある。お誂《あつら》え向きだった。おまけに敷地AとBの二つが近接してある。二ヶ所を一度に回られればそれこそ、会える確率も高まるというものだろう。

よし、行くぞ。当たって砕けろ、だ。腹を固めてホテルを出た。福島駅から東北本線の上りに乗り、三つ目の松川駅で降りた。

駅舎を出ると正面にタクシーが停まっており、左手にバス停があった。停留所の横に町の案内図のようなものが見えたので、歩み寄った。

地図を眺めていて、おやと思った。ここよりちょっと北、既に乗って来た線路の脇に「松川事件の碑」が立っているらしい。そうか、あの事件現場はここだったのか。

昭和二十四年、何者かがレール継ぎ目のボルト・ナットを緩め、犬釘《いぬくぎ》も大量に抜くなどして列車往来を妨害する事件が発生した。青森《あおもり》発上野行きの客車列車が脱線し、機関車の乗務員三人が死亡した。過激派の仕業と見なされ、大量の逮捕者も出たが後に無罪が確定している。真相は今も闇《やみ》の中で、「下山《しもやま》事件」「三鷹《みたか》事件」と共に「国鉄三大ミステリー」とされる。

確か東北地方の事件だった、とまでは記憶していたがまさかここが現場だったなんて。妙なことに感心しながら、駅前を離れた。坂を上り、車道に出た。そのまま道沿いに東に向かって歩き始めた。

このまま真っ直ぐ進めば、南北に走る国道4号線の大通りに出る。手前の信号で、左折した。ちょっと進むと周りは、工業団地のようになっていた。直ぐ脇を国道が走っているから交通の便はいい。そこまで考慮した上で、整備された工業団地だったのだろう。ところが用地が全部、埋まる前に大震災が発生した。避難して来た人を受け入れるため、空いていた土地が提供されたのだろう。

歩いて行くとやがて右手に、ずらりと並んだ仮設住宅の屋根が見えて来た。道の方が高い位置を走っており、敷地を見下ろす形になっているのだ。

道は下り坂に転じた。先の交差点の辺りで敷地と同じ高さになり、そこが住宅の入り口でもあった。棟は二十近くもあるだろうか。一つの棟に何戸の家が入っているのか、ざっと見ただけではよく分からない。いずれにせよかなりの規模の仮設住宅であることは間違いなかった。

敷地に足を踏み入れた。集会所のような建物があった。歩み寄ると中に人影が見えたので、軽くノックしてドアを開けた。「あの、ご免下さい」

白髪の男性が歩み寄って来た。「済みません」彼に向かって頭を下げた。「あの、不躾《ぶしつけ》で申し訳ありません。飯樋徳郎さんのご家族がおられるのは、こちらでしたでしょうか」

賭けだった。住民どうしは互いに知り合いの筈だ。ただ飯樋の遺族が、どこの仮設住宅にいるかは分からない。もしかしたら仮設住宅ではなく、自らどこかに部屋を借りている可能性だってある。いずれにしても住民に訊いて回れば、どこにいるかは突き止められる筈だ。それまでに不審がられ、口を閉ざされてしまわなければ、の話ではあるが。

「飯樋《いいどい》さん、ですか」昨日の、猪能支所の女性職員が見せた反応を彷彿《ほうふつ》させるものだった。この人もまた当人を知っているのに違いない、と確信した。やはり「いいどい」と濁るのだな、と妙なところに感心もしていた。「あの、貴方は」

「私、こういうものです」これも昨日のやり方と同じだった。名刺を差し出し、公共機関に勤める身であり怪しい者ではない、と暗に示した。「飯樋さん、うちの労働出張所に登録していて職業の紹介を受けておられました。それが、亡くなってしまわれて」

「亡くなった」少なからず、衝撃を受けているようだった。それだけ生前の彼と、面識のあった証拠だと言えた。恐らく親しくつき合った仲だったのでは、と見当をつけた。「ほ、本当ですか」

残念ながら、と頷いて認めた。「遺骨と遺品は、然るべき場所に保管してあります。それで何よりご遺族に、そのことを伝えようと思いまして。こうして訪ねて参った次第です」

悪いことをしようとしているわけではないのだ。ただ、遺族の意向には反しているというだけで。そのことにだけは口を噤《つぐ》んだ上で、彼の良心に訴える手だった。隠し事をしたまま人の好意に頼るのは申し訳ないが、今は他に方法が思いつけない。

「そうでしたか」深い息をついた。どこか、彼の死もあり得ると前々から諦めていたような反応に映った。彼が皆の前から消えた時点で、命の懸念もしていたのではなかろうか。「飯樋さんのご家族が住んでいるのは、ここではありません。ほら、この先ですよ。あちら、松川B住宅の方です」

ここに住んでいるのではない、の時点で背筋がひやりとした。これからまた遠くの、仮設住宅まで足を延ばさなければならないのだろうか。ところが続く言葉に救われた。幸運だった。ここから歩いて直ぐのB住宅。唐突にここを訪ねて来た不自然さも、お陰で解消されてくれた。全く違うところに住んでいるのに、ここで「飯樋さんは」と訊いたのでは「そもそも何故ここに」と不審がられても仕方のないところだった。まぁもしそうなったら、「情報が錯綜《さくそう》していてちょっと間違えたようです」などと誤魔化す腹積もりではいたが。

結果論として賭けは上手くいった。規模の大きな住宅を選んで来たことが功を奏したわけだ、今のところ。小さな満足感が体内に湧いていた。礼を言って、A住宅の敷地を出た。

道をちょっと先へ行くと間もなく、今度は正面に敷地が見えて来た。こちらが松川B住宅だった。Aと同じく、仮設の棟がずらりと並んでいた。盆踊りなどイベントの時に使うのだろう、鋼管を組んで作った仮設の櫓《やぐら》も設けられていた。

その前の広場で、十数人がラジオ体操をしていた。こうして皆で身体《からだ》を動かし、体力の低下を防ぐと共に交流を図る場ともしているのだろう。長い避難生活においては欠かせない行事の一つなのだろう。

　邪魔をするわけにはいかない。ラジオ体操の一団の脇を足早に通り過ぎた。家の前の植木鉢に、水をやっている老人がいたので話し掛けた。飯樋さんの家は、と尋ねると何の質問もなしに教えてくれた。

　言われた通りに行ってみると、直ぐに分かった。表札の「飯樋」の文字に思わず足の力が抜け掛けた。遂に、遂にここまで来た。何度も諦めそうになりながら何とか踏み止《とど》まって、とうとう俺はここまで辿り着いたんだ。飯樋の遺族を突き止めたんだ。これまでの道程《みちのり》を、思わずにはいられなかった。感慨が胸を襲った。

　だが同時に、武者震いが来た。用件は一度、断られているのだ。なのに押し切って、ここまで来た。はっきり示された意向に反している。遺族は怒るのではないか。叱責《しっせき》されるのではないか。迸《ほとばし》る感情に対して、俺はどう面と向かう。いったい何ができる。思わず、腰が引けるようだった。

　しかしここまで来て、引き返すという選択肢もあり得ない。ええい、ままよ。腹を決めて、手を伸ばした。ドアの横の呼び鈴を押した。

「はぁい」初老の女性らしい声が返って来た。飯樋の奥さんなのだろう。年齢的にそうに違いない、と察しをつけた。

こちらに向かって来る足音を意識しながら昨日、奥さんにもこの件は知らされたのだろうかと訝《いぶか》った。菅野主査は昨夜、電話で言っていた。息子さんと今し方、連絡がついた、と。だからこそ、父はもう自分達にとってこの世にいないも同然だった、という言葉になったのだ。私を拒絶したのは息子さんであって、奥さんではなかったことになる。

だがだからと言って、母子の考えは違っているとも限らない。飯樋は家族全員から否定された存在であり、遺骨を引き取らないのも一致した意思だとしてもおかしくはない。その場合、私の長い旅路ももう間もなくの運命ということになる。息子が昨日、はっきり申し上げた筈でしょう。せっかくですが貴方とはお目に掛かりたくない、って。この場で追い返されて、終わりになる。

ドアが開いた。声から予想した通り、初老の女性が顔を覗かせた。苦労を重ねたせいだろうか。どこか、疲れたような雰囲気が感じられた。老けて映るが本当は、見た目よりずっと若いのではなかろうか。勝手に想像を膨らませた。

「いきなりお訪ねして申し訳ありません」ここでもまず、名刺を差し出した。「東京から参りました。どうしても一目、会ってお話がしたくて」

「東京から」一瞬、言葉を失った。「いったい、何が」

話を聞いていない。息子さんと話が通じているのであれば、東京と聞いただけで用件は分かった筈だ。つまり飯樋をあくまで拒否するという意向は、奥さんには共有されてない。

されていれば息子さんは当然、喋った筈だ。母ちゃん、東京からこんな野郎が来たようだが突っ撥ねておいたよ、と。そうではなく独断で会うのを断ったからこそ、母親に伝えるのは敢えて控えたのだろう。遺骨ぐらいは引き取ろうよ、などと反論されるのを恐れて。脈がある、ということだった。ここで彼女を説得することができれば、まだ前進があり得る。直接、ここを訪ねてみた策は上手くいくかも。一か八かの賭けは功を奏すことになるのかも知れない。

「大変、申し上げ難いことですが」ここで彼女を説得できれば上手くいくかも。勢い込みそうになるのを、何とか抑えた。彼女にとっては辛い話になるのだ。あくまで沈痛なトーンで話を進めなければ、説得どころではない。「飯樋徳郎さん、こちらの旦那さん、亡くなられました」

「亡くなった」信じられない、という表情だった。いや、心の底ではそれもあり得るかも、と思っていたのかも知れない。先程、遺族はB住宅の方に住んでいると教えてくれた男の物腰を思い出した。どこか、共通するものが感じられたように思った。「いったい、どういう」

そこで最初から説明しようとした。うちは日雇い専門の職業安定所であること。飯樋もそこに登録し、紹介を受けていたこと。不安定な生活で、ホームレスだったこと。どれも奥さんからすれば聞きたくない話題ばかりだろう。最後にはホームレス狩りで殺された、という最も悲惨な事実まである。だが、しないわけにはいかない。全てを正直に打ち明けてこそ、信頼も得られるのだ。説得するには、それしかない。

その時だった。「何やってんだ、お前ぇ」怒声が背後から飛んで来た。同時に凄《すさ》まじい怒りが、背中を襲った。

振り返った。

男が立っていた。四十絡みだろう、と年齢の見当をつけた。

息子さんだ。一目で分かった。飯樋に似ている。目鼻立に面影が、色濃くある。

ただ彼の、こんな表情は見たことがない。いつも寂しそうに微笑《ほほえ》みながら、誰の目の前からも足早に立ち去っていた。人と向き合うのを極力、避けていた。このように感情を剝《む》き出しにすることなど、一度もなかったのだ。ましてやこんな、憤怒の表情など。

「お前《め》、東京から来た奴だべ。昨日、菅野さんのとこに来た奴だべ。言っといた筈だ。会いたくねぇ、って。悪ぃけど帰《け》ぇってくれ、って。なのに何、勝手なことやってるんだ。こんなとこまで来ておっ母《か》ぁに何、余計なこと話してるんだ」

「し、しかし」

「うっつぁし（やかましい）。帰ぇれ、っつってんだ」

どん、と胸を突かれた。そんなに強い力だったわけではない。それでも足がもつれた。思わず尻餅《しりもち》を突いた。座り込んだまま飯樋の息子を啞然《あぜん》と見上げた。見上げることしかできなかった。

「お前ぇに何が分かる。あんなの、親父じゃねんだ。あん時からもう、親父じゃなくなってんだ。他人のあんたなんかに、何が分かる。分かりっこねぇ。帰ぇれ。放《ほ》っといてくれよ、もう」

尻餅を突いた私の横を足早に歩き過ぎ、家に向かった。母親を中に押し込むようにして、屋内に入って行った。戸惑ったような表情のまま、後じさって消えて行く奥さんの表情が網膜に残った。

ドアがぴしゃり、と音を立てて閉まった。これ以上、お前の顔など見たくもない。頭かちの拒絶に他ならなかった。俺の足掻きもここまでか。もうこの先はない、と思い知らされる光景だった。彼の気持ちの中に入り込むなど、できはしない。ある意味、私らとの接触を避けていた飯樋より更に、激しい遮断と言えた。あれだけの怒りを伴っていたのだ、当然ではあろう。

騒ぎを聞きつけて仮設住宅の住民が、周りに集まって来ていた。遠巻きにするようにして、こちらを見ていた。

が、気にならなかった。私はただ呆然と座り込んでいた。閉じられたドアをなす術《すべ》もなく、見詰め続けた。

30

記憶が飛んでいる。途中、何も覚えていない。気がつくと松川駅まで戻っていた。座り込んでいたところから立ち上がり、松川B住宅の敷地を出た筈だ。歩いてここまで来た筈だ。だが覚えていなかった。我に返ると駅舎の前に立っていた。

このまま帰るしかない。もうできることは、何もない。何も残ってはいない。

重い足を引き摺るようにして、駅舎の中に歩み入った。以前、隅田川テラスでの聞き込みを終えて南千住駅まで戻った時のことを思い出した。最早、情報を集める有望な先を思いつかない。調査はこれで終わりだと諦め掛けた。あの時の心境とそっくりだった。駅前で待っていた万成先輩にも、その通りに告げた。

だがあの時と全く、同じではない。今回は本当にこれでお終《しま》いなのだ。遂に壁に行き当たってしまったのだ。先に展望も何もない、終点の分厚い壁に。私は結局、誰の益にもならない独り相撲を取っていただけだった。

ともあれいったん、ここから福島駅に戻るしかない。そこから新幹線で、東京へ一直線。全てが終わる。絶望が全身を満たしていた。

「待って下さい」背後から呼び止められた。私を追って来た人がいたようだ。荒い息が聞こえた。

振り返った。一瞬、誰か分からなかったが、あぁと思い至った。松川A住宅で、飯樋の家族のいるのはBの方だと教えてくれた例の白髪の彼だった。

「済みません」頭を下げた。彼にそのようなことをされる意味が分からず、ぽかんと立ち尽くした。側《はた》から見れば間抜けそのもの、だったことだろう。「B住宅で騒ぎがあったと聞いて、飛んで行きました。あぁなるかも知れない。息子さんが貴方を拒否するかも知れない、とは最初から予想がついたことだったのに。事前にちょっと、ご注意しておけばよかった。横着した私にも責任の一端がある。どうしてもこのまま、放っておくわけにはいかなくて」

思い出した。彼は知らないのだ。私が昨日の内に、村役場の菅野主査を介して飯樋の遺族に接触していたことを。拒絶の意をちゃんと伝えられながら、逆らってここまで来てしまったことを。だからこそ飯樋の息子は、あそこまで怒ったのだ。悪いのはあくまで私であって、彼が自責の念に囚《とら》われる必要は本来、ない。

ただもうちょっと、彼の好意に甘えてしまおうと誘惑に駆られた。彼は知っている。飯樋家に何があったかを、菅野主査と同様。私も教えてもらいたかった。何故、飯樋は家を離れて山谷まで流れ着いたのか。息子さんが父親をあれだけ否定しているのは、どうしてなのか。せめてそれくらい、知る権利は私にもあると感じた。聞き出すなら彼から、しかない。だからもうちょっと、好意に甘えさせてもらおう。私の犯した罪について、口を噤んだままという後ろめたさはあったが。

「申し遅れました」名刺を差し出して来た。「私、こういうものです」

「安達太良《あだたら》信用金庫　福島本店　金融コンサルタント　花塚喬《はなづかたかし》」とあった。

「何があったのです」渡された名刺から顔を上げて、私は訊いた。知りたい、という切実な思いが眼《め》から放たれているのを自覚していた。「飯樋家にはいったい、何があったというのですか」

「それをご説明したいと思いまして。そうしないとあまりにも、貴方に申し訳がなくて。せっかくこんなところまで、訪ねて来られたというのに」

ただ、と周りを見渡した。確かにこんなところで、立ち話も何だ。駅前にもコンビニはあるが、喫茶店のような店舗は見当たらない。おまけにあまり、知っている人に見られたくないという意向もあるようだった。飯樋の息子に伝え聞かれるようなことでもあれば成程、あいつに余計なことを喋りやがって、と彼までもが恨みを抱かれてしまい兼ねない。

「福島駅まで出ましょう」そこで、提案した。どうせ私は戻らなければならなかったのだ。

「あそこなら店くらい、いくらでもあるし。人の目も気にせず、ゆっくりとお話もできるでしょう」

そうとなれば鈍行列車の到着を待ってもいられない。タクシーを拾うことにした。駅前に停まっていた一台に手を挙げ、乗り込んだ。駅、三つ分に過ぎない。大した料金にはなるまい。それに飯樋が山谷に来た理由を遂に、知ることが叶うのだ。この程度の出費、惜しいと感じるわけもない。

福島駅前に着くと当然、料金は私が支払った。花塚が自分も出そうという仕種《しぐさ》を見せたが、それでは筋が通らないと断った。

ただその際、彼が持ち上げた右手のセカンドバッグが気になった。金だけではない。何か重要なものでも入っているように、右手で大切に抱え込むようにして持っているのだ。松川駅前で再会した時から、ずっとそうだったと思い至った。

「あぁ、これですか」私の視線に気づいて、花塚は笑った。「長年、金融業に携わった職業病のようなものですよ」

名刺にコンサルタントなどと大仰《おおぎょう》な肩書きが書いてありましたが、と彼は言った。駅舎に向かって共に歩きながら、苦笑を浮かべ続けた。「長年、勤めた会社ですが今では籍を置いているだけのようなものでして。定年になっても暫くは、嘱託のようにして勤めてましたが今では、以前の顧客関係で何かあれば相談が来る程度のものですよ。出社することも殆どありません。大抵は避難住宅で今日のように、集会所その他の用をこなしているのが常でして。

「だから」ともう一度、右手のセカンドバッグを持ち上げて見せた。「今ではこの中に、大したものが入っているわけでもありません。カードや小銭と、住宅関連の書類がいくつかあるくらいで。それでもついつい、こうして抱えてしまうのですね。昔、大金や重要書類を持ち歩いていた時の癖が抜けないのですよ。気づくと我ながら、おかしくなりますけど、ね」

言われてみれば、と私は昔、研修で大阪は釜ヶ崎に行った時のことを思い出していた。街をうろつくホームレスには金融屋、崩れも多くいたのだ。かつては船場、辺りで大枚を動かしていたのが何かの拍子で没落し、釜ヶ崎に流れ着いた。それでも宿無しになっても、鞄《かばん》だけは妙に高級品を維持し同じように抱え込むようにして持っていたのだ。成程、職業病だと笑いが来た。こういうものは生涯、抜けないのに違いない。

こっちゃホンマなら、関西の不動産王になっとった身なんぞ。山谷で茎原が、酔うといつも口にする能書きも思い出した。あのバブル経済さえ弾けんやったら、な。船場の一等地、買い占めて株屋からバンバン賃貸料せしめとった筈なんや……。不動産屋だって金融屋の一種のようなものだろう。しかし彼はこのような、鞄の持ち方はしていない。やはりあれは大法螺《おおぼら》だったのだろうかと余計なことにまで考えを巡らせた。

駅ビルに入って階上に上がり、適当な喫茶店を探した。昨日はバスの時間待ちで、煙草の吸える店を求めたのだ。今日は喫煙席、云々《うんぬん》は関係ない。それよりテーブルどうしが離れていて、ゆっくり話ができるという条件が大切だった。よさそうな店を見つけたので共に入った。テーブルに着き、互いにコーヒーを頼んだ。

「会社の本社はこちらでしたが、私も元々は飯舘村の生まれでしてね」お絞りで手を拭いながら、花塚は切り出した。「支店をあちこち異動した中で、生まれ故郷を担当したこともよくあった。そんなわけで飯樋《いいどい》さんも、昔からよく知っていたんです」気の毒な人でね、とつけ加えた。

花塚によると飯樋家は、飯舘村で代々農業を営んでいたらしい。牛も以前から飼っていたが飯樋の父親の代で、畜産業に特化した。肉質のいい牛を出荷すると仲間内でも評判で、かなりの業績も挙げていたという。飯樋家は飯舘村の中でも、裕福な方に数えられる存在だった。

やはり、だったな。聞きながら思っていた。飯樋はやはり、牛を飼っていた。彼の遺品を見て立てていた仮説は、的を射ていたわけだ。そして原発事故で全てを失った、という推察も。恐らくは間違ってはいまいと見当をつけた。ただ聞いてみると実際に飯樋を襲った悲劇は、ずっと痛ましいものだった。

「飯樋さんもお父さんを手伝って、若い頃から家業に従事していたのですが」花塚は言った。運ばれて来たコーヒーを一口、啜った。「お父さんの引退に伴って、正式に跡を継いだ。実は彼には前々から、胸に秘めていた夢があったのです」

自前の食肉工場を持つことだった。

屠殺《とさつ》（法律上では「屠畜」）場を個人で持つのは、容易ではない。設置するには都道府県知事（保健所を有する市の場合は、市長）に申請をし、厳しい条件をクリアして許可を受けなければならない。運営を開始した後も衛生面その他、厳格な管理を求められる。このため現実には大手食肉加工会社か第三セクター、または自治体自身により設置されるのが大半である。福島にも既に県の第三セクター「株式会社　福島県食肉流通センター」が郡山市に存在し、飯樋も屠殺はここに頼んでいた。

　だから独自の屠殺場ではない。殺した後の食肉加工を自前で行う工場を持ちたい、というのだった。大切に育てて来た牛である。製品として出荷するまで責任を持ちたい、というのは生産者にとって自然な願望であろう。

　家族を含め、周囲からは反対された。せっかく家業は上手くいっているのではないか。余計なことに手を出して、リスクを負うことはないだろうというわけである。銀行や農協を始め金融機関も、いい顔はしなかった。当時はこうした一個人が新しい事業に進出するに当たって、融資する空気に乏しかったのだろう。それを言うなら今も、なのかも知れないが。時期的にバブル経済が弾けた直後に当たり、金融機関は不良債権処理の方に汲々《きゅうきゅう》としていた面も大きかった。

　だが飯樋は聞く耳を持たなかった。長年、抱いて来た夢だったのだ。今こそ実現を目指す時期到来と、のめり込んだ。家族の反対を押し切り、銀行が貸してくれないのならと高利貸しにまで手を伸ばして融資を求めた。

「でも所詮、素人の悲しさです」花塚は悲し気に首を振った。「バブルの弾けた直後で、業界全体が軋《きし》んでいる。不良債権を押しつけ合って、誰が最後にババを引くかのチキンレースに金融屋が狂奔していた時代です。海千山千のヤミ金融からすれば、何が何でも金を借りたいという飯樋さんのような客は〝ネギを背負っているカモ〟に等しい。騙され、泥沼に落ち込むのに大した時間は要りませんでした。焦げつき掛けた紙切れ同然の手形を大量に引き受けさせられ、借金だけが残ったのです。何の融資も受けていないのに金ばかり返さなければならない。悪夢のような循環に嵌《は》まり込んでしまったのです」

幸い、元々の畜産業だけは順当に動いている。稼いだ金は殆どが返済で消えて行くが、生活が破綻することだけはなかった。爪に火を灯《とも》すようにして暮らしを切り詰め、何とか借金を返し続けた。二十年を掛けて漸く、完済を果たしたのである。

それでメデタシめでたし、となればよかった。これからは稼いだ金は全て自由となる。餅は餅屋。余計なことに手を出すことなく、真っ当にやって行けば今後は悠々自適の暮らしが待っているではないか。

なのに借金を返し終わると、飯樋の野心が再び燃え上がり始めた。やはりもう一度、やってみたい。自前の食肉工場を持ちたい。前回は悪質な金融屋に手を出したから、酷い目に遭った。今度はちゃんとした銀行から、手堅く融資を受ければよいではないか。元の家業はしっかりやっているのだ。話が通じれば、乗って来る金融機関はきっとある。

当然、家族からは再び猛反発が来た。特に強硬に反対したのが、例の息子さんだった。既に父親の手伝いから右腕のような存在に成長し、彼抜きでは仕事が回らないまでになっていたのだ。

「親父、まだ分からないのか」面と向かって抗議したという。「あれだけ痛い目に遭ったというのに。おっ母ぁにも散々、苦労を掛けたってのに。もう馬鹿な考えを起こすのは止《や》めろ。うちの肉は美味い、って評判は定着しているんだから。元々の畜産業をただ、真っ当にやって行こう」

それでも飯樋は頑なだった。反対を突っ撥ね、金融機関に接触した。話を持ち掛けられた一人が、目の前の花塚だった。

「昔からの顔馴染《かおなじ》みではありましたからね。彼が長年、借金に苦しんで来た事情も知っていた。知っていたけどどうすることもできなかったんですよ、あの状態では。既に泥沼に嵌まり込んでましたので。気の毒ではあっても我が社が損を被ると分かっていては、乗るわけにはいきませんでした」しかし、だった。「しかし借金は返し終わった。そうしたらいい案件には違いないんですよ。飯樋さんの肉は高く売れてるんですからね。食肉工場を作っても、上手く稼働する可能性は高かった。バブル直後とは事情が違っていたんです。

優良な投資先があれば、誰もが手を出したがった。だから私のところに話を持って来られて、これは乗るべきだと踏んだんです。既に私は、第一線は退いてましたが。後輩の融資担当を紹介し、話はトントン拍子に進みました」

各種の条件が整い、融資が行われた。土地が購入され、工場が建築された。建物が完成し、設備の導入も終わった。従業員の雇入れも目処《めど》が立ち、さぁいよいよ工場が動き出す。長年の夢がついに叶えられる、という時だった。

「まさにその」ついつい、口を挟んでいた。テーブルに放置されたままのコーヒーは、すっかり冷めてしまっていた。「その時に、あの」

花塚が頷いた。何ということだ。飯樋を襲った悲劇の凄まじさに胸を貫かれ、目の前が暗転した。気が遠くなりそうになったのを、慌てて振り払った。

まさにこれから、というその時。大震災が起こり、原発で爆発が起こった。放射性物質が村に降り注ぎ、住民は避難を余儀なくされた。出来上がったばかりの工場を放棄し、故郷を後にしなければならなかった。

無念などという言葉では到底、語り尽くせるものではあるまい。飼っていた牛も工場も捨て、村を離れざるを得なかった飯樋の心中の傷は、他人が思うには大き過ぎた。想像の及ぶところではなかった。

大震災さえなければ。原発の爆発さえなければ全ては上手くいっていたのだ。自ら育てた肉を自前の工場で加工し出荷する、念願が叶っていた筈なのだ。長年、見ていた夢が現実になっていた筈なのだ。なのに、放射性物質が降り注いだせいで。目に見えない人工の毒のせいで、何も彼《か》も諦めなければならなかった。一見、以前と何も変わらぬ村を捨てて逃げ出さなければならなかった。

「そうだったんですか」重い重い溜息が出た。「そんなことが、あったんですか」

「仮設住宅で暮らし始めても飯樋さん、いつもぼうっとしてましてね。眼の光がなかった。何も見ていないような、この世でないところを向いているような眼でした。こちらとしても気の毒で、あまり話し掛けられませんでね。周りもどうしていいか分からず、遠巻きに眺めているような有様でした」

ただ、ずっとそのままというわけにもいかない。借金は残っているのだ。花塚としても融資した側の立場なのだ。事情が事情なので最大限に勘案し、酌量はするが棒引きというわけにはいかない。最終的には何らかの形で返してもらわなければならない。

「東電からの賠償金はある。その他、国からも被災者には支援金が出ます。それらを上手く充てて、返済して行く計画を私も中心になって組み立てました。なるべく飯樋さんに無理が掛からないよう、こちらとしてもできる限りのことはやってみたんです」

「工場の敷地や、施設はそのままあるのでしょう」私は訊いた。「その資産価値は、どうなるのですか」

「残念ながら」工場の建てられたのは飯舘村の、長泥《ながどろ》という行政区だったらしい。放射線の測定値が高く、帰還困難区域に指定されている地区だった。村内でも位置的に原発に近く、風向きのせいで大量の放射性物質に汚染された。今後、他の地区については住民の帰還が進められる予定だがここに限っては、もう暫くは立ち入ることが許されそうもない。

「ですから資産価値としては、算定のし様がないのですよ。いつ、立ち入ることができるようになるかの見当もつかないのですから。厳しいようですが今の段階では、ゼロという査定にならざるを得ません」

それでも花塚も言った通り、賠償金を最大限に活用して何とか返済を進める計画を立てた。飯樋とはあまり話にならず、専《もっぱ》ら息子さんとの打ち合わせになるのが常だったらしいが取り敢えず、こうして行こうという目処は立ちつつあったのだ。何とか前を見ようと周りは心を奮い立たせた。必死で前進を目指していた。が――

「もう、三年ほど前になりますか、ね。ある日、気がついてみると飯樋さんがいなくなっていた。書き置きも何もなく、ただ姿だけが消えていたのです。耐えられなくなったのでしょう。何も彼《か》も捨てて、どこかへ逃げてしまいたかったのでしょう。気持ちは分かります。痛いくらい、よく分かります。でも」

息子さんとしては、「分かります」では済まされなかったというわけだ。経緯《いきさつ》が経緯である。これもまた、納得がいった。彼の立場にあれば「許せない」「あんなの父親じゃない」となるのも当然ではあったろう。

何ということだ。被災地ツアーに連れて行ってくれた、三浦氏の父親の話を思い出した。三浦家の田圃のあった地区は、ちょっと雨が降ると直ぐ水浸しになるような土地柄だった。長年の陳情が叶い、ポンプが設置された。なのにこれで全てが上手くいく。水没のことなど懸念せずに米作りができると喜んだ矢先、大震災が発生した。原発事故のせいで避難を余儀なくされた。

三浦氏の父親は糖尿病を患っていた。定期的に透析をしなければならない身だったが、「もういい」などと拒否した。生きる気力を失っていたのだ。そうして結局、避難生活の中で命を落とした。

長年の生き甲斐《がい》を目の前で打ち砕かれた時。最大限の絶望に襲われた時、人間はどうなるのかに思いを馳せた。当事者でない自分などに痛みの程が、通じるわけがない。それでもどうして飯樋が山谷に流れて来たのか。向いているとは決して言えず最終的に、殺されることになる街に何故、やって来たのか。漸く分かったような気がした。ある意味、彼は最果ての街から街へと移り住んだのだ。そこから先へはもう、死しかなかった。

「そうでしたか」もう一度、深い息をついた。これまでで最も、重い溜息だった。「そうだったんですか」

31

「考えていた以上でした」私は言った。「飯樋さんの背負っていた過去は、想像を遥《はる》かに超える悲惨さでした。あれでは生きるのが嫌になって、こんなところで世捨て人のような暮らしをしていたとしても仕方がない。心底、感じました」

『めぐみ食堂』だった。親方に田野畑、茎原というういつものメンツに坂巻までが加わっていた。田野畑は悪くないという署名を集めた嘆願書を警察に提出すると同時に、津森に圧力を掛ける。先日、今戸土建で打ち合わせた作戦が見事に功を奏した形だった。震え上がった津森は嘆願書が出来上がるのも待たず、被害届を引っ込めた。お陰で集めていた署名は無駄になったが、田野畑の自由という勝利を得ることができた。今日は祝いのために、こうして集まったのだ。酔っ払うと話にもならない坂巻が、神妙にしているのにもそうした事情があった。あの時の今戸土建と同じく、静かにチビチビと酒に口をつけていた。

彼のお陰で飯樋の出身地が分かったのだ。今更ながら、思い至る。津森の被害者という共通項を持つ二人は、心の底で通じ合っていた。坂巻は飯樋にとって、心を許せる希少な仲間だった。胸襟を開いて話ができた。そうして、飯舘村の情報まで繋《つな》がったのだ。坂巻が酔い潰《つぶ》れずにいる貴重な機会がなければ、それも手に入ってはいない。つまりある意味、田野畑が逮捕されたお陰で回って来た巡り合わせだった。

「皆、済んまっせんでした」田野畑がテーブルに両手を突いて頭を下げた。「俺のせいで、皆にはあれこれ迷惑ば掛けてしもぅた。なのにこげな席まで、わざわざ用意してもろぅて」

「なぁに、いいってことよ」親方が手を振った。シガレットホルダーに差し込んだゴールデンバットから、煙が棚引いた。「それに悪ぃのは津森だ。お前ぇさんじゃねぇ」

「せやせや」茎原が頷《うなず》いた。「それに正直、今回のことで胸がすぅっとしたで。津森のダボに一泡、吹かせてやれたんやしな。あいつは悪党や、て署名にも街の大勢が参加してくれた。こんだけ嫌われとるて証拠、突きつけてやれたんにも等しいがな。これからはあいつも、今までみたいには大手を振って歩けんよになるやろ。様《ざま》ぁ見ろ、やでホンマ」

「さぁさぁ、乾杯といこう」親方がグラスを突き上げた。「今夜は目出度《めでて》ぇ席だ。楽しく、パーッといこう」

ところが私のせいで、いつまでも楽しくというわけにはいかなかった。飯樋の話題になればどうしても、場は重苦しく沈んでしまう。もっともその話になったのは、親方が振って来たのが切っ掛けだったのだが。「そう言えばノブさん、あの人の遺族に会いに福島まで行って来たんだろう。どうだったたぃ？」質問に答えて話し始めたのが、止まらなくなってしまったのだが。

「そうだったのかぃ」説明を聞き終えて、親方は大きく頷いた。「そりゃぁ、気の毒なこったなぁ。弱り目に祟《たた》り目、ってぇ奴じゃねぇか。そんな目に遭ゃぁ世の中が嫌んなるのも、しょうがねぇのかも知れねぇなぁ」人間と自然の両方に裏切られたんだものなぁ、とつけ加えた。

「もうちょっと、親切にしてやっとけばよかったなぁ」茎原が漏らした。「そないに可哀《かわい》想《そう》な人、て知っとれば、なぁ」

「もっと受け入れてやっとけばよかったんよ」田野畑も言った。「無口で暗い、ゆうて避けとった。毛嫌いしとった。それがいかんやったんよ。もっと受け入れてやっとけば、あげなとこ塒《ねぐら》にすることもなかった。殺されることも」

何だか以前にも、同じような話になったことがあるなと思い出した。あれは私が被災地ツアーから帰って来た直後、親方のドヤに皆で集まった席でのことだった。ただあの時はあくまで、飯樋は原発のせいで逃げて来たのでは、との仮説に基づいてでしかなかった。今回は違う、もう分かっている。飯樋をここに追い遣ったのは私らの想像どころではない、悲劇だったのだ。

「あんな生き方してるからにゃぁ、余程のことがあったに違ぇねぇ、って考えを巡らせてやっとけばよかったんだよな」親方が言った。「なのにそうはせず、ちょっとつき合い辛《づれ》ぇって敬遠しちまった。まぁ言い訳がましくなるが、俺達にだってそんな余裕はなかなかねぇからな。他人の過去まで、思い遣ってやるような心の余裕は」

「お前が悪いんやがな、マサ」茎原が冗談めかして、坂巻の脇を肘《ひじ》で突ついた。重苦しいままではどうにも落ち着かない、関西人特有の反応ではあったろうか。「あの人と親しく、話する仲やったんやろ。リヤカーで病院まで運んでもろた恩人やったんやろ。ほんなら一言、俺らにも言うとかんかぃや。あれは可哀想な人なんで、皆もうちょっと仲良ぅしたって、くらいなことは。そしたら俺らかて、もう少しは親切にしとったがな」

「あぁ」ところが逆効果だったようだ。あまり酔っていない坂巻は、本当に自分に責任があると受け取ってしまったらしい。顔を伏せ、歯を食い縛ってしまった。「あぁ、俺は」

「おぃおぃ、冗談やで。そないに深刻に受け取るなや。お前もつき合い辛いやっちゃな、しかし」

　だがこれも、場を明るくするには至らなかった。どうにも今夜の茎原は、不発に終わる運命らしい。「今日のお前、いつものごと上手《うも》ぅはいかんなぁ」田野畑の突っ込みで辛うじて、軽く笑い声が上がった程度だった。

「ただなぁ」田野畑が続けて言った。「飯樋さんの息子、て人。その人が怒るとも分からんではなかなぁ。周りの反対ば押し切って工場ば建てた。その借金、押しつけて自分だけ逃げた。息子としちゃそら、腹も立つよ。何とか返済の計画も立てて、これから、て時に。

『あげなと父親やなか』て突き放しとうもなるよ」

ただ最後の方は、言葉が小さくなって掠《かす》れるように消えた。田野畑が先日、打ち明けたところによると彼は地元で鳶《とび》の親分のところに弟子入りし、仕込まれたという。ところが世話になって来た神主の息子を殴ってしまい、逐電する羽目になった。そもそも親分のところに厄介になれたのも、田野畑の父親の伝手《つて》だったという。ところがそこで騒ぎを起こしたのだから、父親の顔に泥を塗った形になっているのかも知れない。父親が激怒し、あいつは勘当だ家の敷居は跨《また》がせないと言っていることも充分、考えられる。ここへ流れて来た人間は結局、故郷に何らかの禍根を残している場合が多いのだ。帰るに帰れない。だからこそ亡くなっても、遺骨も引き取ってもらえないケースがままある。

田野畑も飯樋の息子について語っている内、自分も人のことは言えないと思い至ったのかも知れない。言葉が消えて行く彼の様子を見て、勝手に想像を膨らませた。ただ恐らく、事実とそう違ってはいまいと見当をつけた。他の三人も、なかなか口を開こうとはしなかった。沈黙が長く続いた。誰もが同じ思いに囚《とら》われているのだろう。そう、背後にある事情は似たようなものなのだ、この街の住民なら。

「結局、私の独り相撲だったってことです」私は言った。彼らの沈黙を破るためというより、本心がそのまま出たに等しかった。「勝手に使命感に燃えて、飯樋さんの身許《みもと》を突き止めた。遺族の居場所を探し当てて、会いに行った。誰も望んではいなかったのに。むしろ、傷つけるだけの結果が待っていたのに。馬鹿なことをしたモンです、本当に」

花塚が語ってくれたところによると飯樋の息子は、飯舘村に戻るのは諦《あきら》めた風だという。完成した食肉工場の立つ地は村内でも放射能汚染が酷《ひど》く、帰還困難とされる地域らしい。そんなところに戻っても仕方がない。少なくとも当面は、何もできない。またもし汚染が低くなり、出荷ができるようになったとしても風評被害が残るだろう。いくらもう放射能は大丈夫ですと説明しても受け入れてもらうにはかなりの時間を要すだろう。だからもはや割り切るしかない、と腹を括《くく》ったようなのだ。新しい地で、一からの再出発を図っているという。

福島県は畜産業の盛んなところである。そこでまずはどこかの牧舎に、入り込む。経営者が高齢化しているなどで人手を求めているようなところを、探す。そうやって新天地で、また畜産を始めるのだ。腕には自負がある。場所と機会さえあれば、ちゃんとやって行ける自信がある。いつまでも仮設住宅で、悶々《もんもん》としていても仕方がないではないか。新しい一歩を踏み出し、働き始める。そうすれば借金返済を早められる目処《めど》も立つ。

前を向いて歩き出そうとしている矢先だった。既に自分達とは縁のない存在と化していた父親の、消息を伝える者がやって来た。会いたくない。放《ほ》っといてくれ。思うのが当然だろう。せっかく過去を振り捨て、未来に向かって進もうとしているのだ。余計なことをしないでくれ。他人のあんたに何が分かる。まさに、仰《おつしや》る通りだった。その通りの罵声《ばせい》を実際、浴びせられた。

俺のやっていることは考えてみれば、独りよがりの自己満足ばかりじゃないか。思い至った。この街でだって、そうだ。山谷《ヤマ》の住民と広く接し、彼らの気持ちに触れる。私ができることが何かあれば、尽くしてやる。勝手に使命感に燃え、こうして通っている。機会あるごとに彼らに寄り添うよう、努めている。

だが果たして、上手《うま》くいっているのか。思いが上滑りしているだけではないのか。自分の方は温かい家庭を持ち、そこから通っているだけの立場で。日々の仕事を紹介している、という上から目線の立ち位置で。彼らの心にまで入り込むことなど、できるわけがないじゃないか。間に横たわる溝が、完全に埋まることなどあり得ない。

まぁ今では我が家も、温かいという言葉からは正反対の状態にあるが。改善の兆しが見えるどころか、半永久的にこのままなのではないかと絶望に襲われるのが現実のところではあるが。それでも家族すら捨てて来た住民からすれば、違いは歴然としていよう。単に同情心を見せびらかす自己欺瞞《ぎまん》屋としか映っていないのかも知れない、彼らからすれば。

残飯漁《あさ》りてなぁ、一つのラインなんだ。かつて親方が、言っていた言葉を思い出した。飯樋がここの食堂の残り物をもらいに来ていた、と知って〝シェフ〟こと小暮に、何か身の上話のようなことはしなかったかと尋ねた時のことだった。やるか、やらねぇか。やっちまうとどこか、堕《お》ちた、っていう感覚なんだ。俺はまだ残飯、喰《く》らうまでには堕ちちゃいねぇ、ってな。やる前の段階じゃ自制が働く。そんでやってる奴を見て、腹ん中でせせら笑ってる。そんなモンなんだ。

だから飯樋も、残飯漁りをするまでには葛藤《かっとう》があった筈《はず》だ、と親方は語った。しかし収入がなく、背に腹は換えられず遂《つい》に一線を越えた。ゴミ箱を漁るようになった。俺もここまで堕ちたか、という自虐の念に苛《さいな》まれていた筈なのだ、と。

幸い小暮に見つかって、ゴミ箱を漁らずとも残飯がもらえるようになった。飢えずに済むのだから有難いことには違いない。それでも、なのだ。自分の姿が惨《みじ》めで仕方がない。そんな時、相手と長々と話す筈がないではないか。礼だけ述べてさっさと立ち去るのが当たり前なのだ。ましてや身の上話なんてやるわけがない。親方の言う通りだった。

なのに小暮に、見当外れな質問をしてしまった。結局まだまだ自分には、ここの人達の心情が分かってはいなかったのだ。思い知らされた。必死で彼らに寄り添っているようでいて、実は心の根っ子の部分で擦れ違っていたのだ。全《すべ》てがそうだったのだ、この俺は。ここ山谷に対しても、飯樋や家族に対しても。

「そんなことぁねぇさ」親方が口を開いた。私の内心を読んだような言葉に、ドキリと胸が高鳴った。「ノブさんはよくやったよ。あの人の遺族を見つけたんだ。警察だってできなかったことだ。よくやったと感心するよ、本当に。ノブさんしかできないことだ」

言われ終わって漸《ようや》く、今回の行動は独り相撲だったという私の言葉に対してのものだったのだ、と気がついた。それとも鋭い親方だ。山谷でやっていることも全てそうではないか、という自省も見抜かれていたのだろうか。「そうでしょうか」と返すことしかできなかった。

「そうですよ」田野畑も強く頷いた。「遺族からは拒否されたかも知れんけど。でも飯樋さんは、オヤジさんに感謝しとると思いますよ。ここまでやってくれたとですモン。普通、やってはくれんですよ。しぇからしか（面倒臭い）て放っとかれるとが普通ですよ。それを……。あの世で感謝しとると思いますよ、ほんなこつ（本当に）」

そうでしょうか、と繰り返すことしかできなかった。酔いが回り、疑心暗鬼が募ってしまったのだろうか。せっかく慰めてもらっても、素直に聞くことができなかった。結局、彼らは私との距離感を実感している。必死にやっていると分かってはいるが、埋めようのない溝の存在も感じている。だからこその気遣いなのではないか。あんたはいつも頑張ってるけど、実は空回りだ。単に今回も同じというだけだ、と言われているように思えてならなかった。

「よう、神父さん」親方の声に我に返った。厨房《ちゅうぼう》から、野上牧師が出て来たのだ。場の重苦しい空気を吹き飛ばすべく、敢《あ》えて発した明るい声に聞こえなくもなかった。やはり今夜は、どうにも素直になれない自分がいるようだ。「今夜はタノやんが解放されたお祝いなんだ。あんたもつき合って行かんかね」

「これから書類を持って、教会の本部に行かなければならないのですよ」済まなそうな声で言った。取手の輪っかに手首を通したセカンドバッグを、持ち上げて見せた。「それに私は神父ではありません、牧師です」

どっちだって一緒だろうがよ。いつもの遣り取りを躱《かわ》すようにして、歩み寄って来た。「所長さん」と声が掛けられた。「厨房で、聞こえてました。遺族の方まで突き止めることができたのですね」

「聞こえていた通りです」小さく首を振った。「会うことすら拒絶された。無理を通そうとすると、怒りに弾《はじ》き飛ばされた。結局、何の意味もないことをしただけだったのです。それどころか、周りを傷つけるばかりの結果に終わってしまいました」

「そんなことはありません」牧師も首を振り返した。温かい仕種《しぐさ》に感じられた。「人のために尽くすことは、決して無意味ではありません。たとえその場では波風が立つことはあっても、最後にはきっといい形で終わってくれる筈ですよ。私はそう信じます。遺族の方にもいつかは、貴方《あなた》の心が通じる日が来るのではないでしょうか」

「そうでしょうか」

私は信じます、と牧師は繰り返した。「それに、田野畑さんも仰った通りですよ。ここまでして下さったんですもの。天国で感謝されてますよ、飯樋《いいどい》さん」

「そうでしょうか」

三たび、そう信じますと繰り返して牧師は踵《きびす》を返した。ではこれで失礼します。歩み去ろうとした。

俺のやったことは無駄ではなかった。何人もに言ってもらえて、少しは内心の天邪鬼《あまのじゃく》も薄れて来たようだった。きっと何らかの意味は、あったのではないか。少しずつ、思えて来る自分がいた。そう、捻《ひね》くれてばかりいても仕方がないではないか。自己満足でも何でもいい。やれるだけのことはやったのだから、少しくらいは自分を認めてやろう。それくらいの権利はあっていいのではなかろうか。

遺族の方にもいつかは、貴方の心が通じる日が来るのではないでしょうか。牧師の心が語ってくれたお陰だろうか。本当にそうなってくれたら、と感じ始めていた。悲嘆ばかりしていても仕方がない。もっと思考も前向きに転じよう。そうすれば、きっと……

だが、違った。心地よい自己満足に身を委《ゆだ》ねるばかりではなかった。頭の片隅が違うことを考えていたのだ。何かが引っ掛かっている。胸に棘《とげ》のように刺さっている。さっき牧師の発した一言——飯樋《いいどい》、いいどい……

椅子《いす》を弾き飛ばして立ち上がった。「ちょっと待って」店から出て行こうとする背中に声を掛けた。

びくん、と脚を震わせて立ち止まった。首から上だけ振り返った、表情が覗《のぞ》いた。怯《おび》えの影が浮かんでいた。そう、彼も自覚していたのだ。ついつい口走ってしまったことを。

私が気づかないでくれたらいい。胸に願いながら足早にこの場を後にしようとした。が、そうは問屋が卸さなかった。

地元の方言なのですよ。飯舘村役場猪能支所の、菅野主査の言葉が蘇《よみがえ》っていた。本当は濁らない方が正式です。ただついつい、訛《なま》りが口に出てしまいまして。飯舘村には川も流れてますが、これも私らは癖で、飯樋《いいどい》川と呼んでしまうんです。

もう一つ、思い至っていた。いつも牧師の手にしているセカンドバッグ。大金か重要な書類でも入っているように、取手の輪っかに手首を通し右手で抱えるようにして持っている。飯樋家の過去について教えてくれた花塚が、言っていたではないか。長年、金融業に携わった職業病のようなものですよ、と。確かにずっと昔、研修で釜ヶ崎に行った時も元は金融屋だったというホームレスがこのような鞄の持ち方をしていた。

「あんたは昔、福島で金融屋をしていた」私は言った。全てが瞬時に頭の中で結びついていた。真相はもう、目の前にあった。「飯樋とは会ったことがない、とあんたは言った。だがそいつは嘘《うそ》だ。あんたは飯樋を知っていた。だからつい、地元の訛りで呼んでしまったんだ」

飯樋は自前の食肉工場を持つのが夢だった。だが二十数年前、悪徳金融業者に騙《だま》され莫《ばく》大《だい》な借金を抱え込んだ。返すのに長い年月を要した。漸く返し終え、再び夢に挑もうとして今度は大震災と放射線という悲劇に襲われたのだ。

「二十年前、飯樋を騙したというヤミ金《きん》こそあんただったんじゃないのか。他にも色々と悪事を働いたんだろう」言葉が次々と口から零《こぼ》れ出た。頭の中が妙に、怜悧《れいり》に研ぎ澄まされていた。かつて何が起こっていたのか。手に取るように分かる気がした。

野上牧師は昔、悪徳業者として小市民から不当に金を巻き上げて来た。ところがバブル崩壊後の不景気で、金融屋としてはどうにもやって行けなくなった。逆に自分を振り返る余裕が出来、昔の罪を自覚した。償うためにキリストの教えにすがり、この街で住民を救おうとした。

「そこに嘘はなかったと私も思うよ」私は言った。「信者の眼《め》を見れば分かる。彼らのあんたに向ける信頼に偽りはない。それはあんたが誠心誠意、彼らと接しているからだ。過去を心から悔いているからだ。お陰ですっかりここに定着した。住民からも慕われる存在となった。が」

飯樋までもがこの街に流れて来た。恐らく食堂の残飯をもらっている姿を見て、牧師は気づいたのだろう。顔を見て一目で分かったのだろう。あいつだ、と。

幸い今のところ、向こうはまだ気づいてはいない。だが時間の問題である。いずれこちらも顔を見られる。そうなれば街中に知られてしまう。牧師は実は以前、何者だったか。何をしてここに流れ着いたのか、を。知られればもう山谷にはいられない。牧師として築いて来たこれまでの実績も、全てはおじゃんだ。

「だから、なんだろう」私は言った。「自分の正体を知る唯一の人間を、消すしかなかった。幸い飯樋は、人目のない山谷堀公園に寝泊まりしている。今の内だ、とあんたは思ったんだろう。やるしかない、と腹を決めたんだろう。他所《よそ》に移り、手を出し難くなってしまう前に。正体が皆にバレてしまう前に、飯樋を」

「違う」食堂の引き戸を背にして、野上牧師は立ち尽くしていた。私だけではない。親方を始め共にいた面々。更に他の客からも放たれる呆然《ぼうぜん》とした視線を受け、絶望と、何より恐怖がその顔にあった。全身を満たしていた。金切り声が喉《のど》から迸《ほとばし》った。「違う、私じゃない。犯人はあいつ。あの男なんだぁっ」

32

川面を流れる風が頰《ほお》を撫《な》でた。確かに冷たいが、一時《いっとき》ほどではない。どこかに温《ぬく》もりを含んでいる。とうに日付の境を越えた、こんな深夜だというのに。春は着実に、歩み寄って来つつあるのだ。

「動き始めたようです」無線機から耳を離して、刑事が言った。飯樋の死体が発見された日の午後、聞き込みのため我が所を訪れた二人のうち年嵩《としかさ》の方だった。「自家用車に折り畳み式の自転車を積んで、家を出た。かなり怪しい行動です。これはやはり、恐らく今夜」

「そうですね」私は頷いた。「そして向かう先は、多分」

刑事も頷き返した。

先日。野上牧師が不用意に発した一言で、目紛《めまぐる》しく推理を展開させ彼に詰め寄った、あの夜——

犯人はあいつ。あの男なんだぁっ。絶叫を発した後、彼は店の引き戸に背を擦《こす》るようにしてその場にへたり込んだ。全身から力が抜けていた。がっくりと首を垂れた。

「貴方の指摘した通り、私はかつて福島で金融屋をやっていました」やがて、ぼそりぼそりと喋《しゃべ》り始めた。床に向かって語り掛けているようだった。「これもご指摘の通り、かなり悪どいこともやっていた。私のせいで運命を狂わされた人も、何人もいらっしゃいます。そこは否定しません。ですが」

飯樋に紙切れ同然の手形を押しつけ、破綻《はたん》させたのは自分ではないというのだった。そ
れだけは本当だ信じて欲しい、と。

「確かにあの人のことは当時、私らの業界では噂《うわさ》になっていました。何が何でも金を借りたがっている。金融に関しては素人、同然。自分の夢に目が眩《くら》んで、金利も何もこちらの

言いなり。私らからすれば〝いいカモ〟という存在なのですよ。騙して、こちらのいいように金を引っ張れる。バブルが弾けて私らも不良債権を大量に抱え、どこか押しつける先を鵜《う》の目鷹《たか》の目で探してましたからね。喉から手が出るくらい〝美味《おい》しい〟標的だったのです」

だから彼らが放っておくわけがない。砂糖に群がる蟻《あり》のように、飯樋に寄って行った。これは間もなく大金に化ける。今後、他から金を借りるに当たってもいい担保として使える。手に入れるなら今の内だ。甘言を並べ立て、ゴミのような債権を押しつけた。高い金利で金を貸しつけ、焦げついた手形を引き受けさせた。

不良債権を押しつけ合って、誰が最後にババを引くかのチキンレースに金融屋が狂奔していた時代です。花塚の言葉が蘇っていた。海千山千のヤミ金融からすれば、〝ネギを背負っているカモ〟に等しい。騙され、泥沼に落ち込むのに大した時間は要りませんでした……。牧師の言葉と重なり合った。まさにその通りの状態だったのだ。

「私が飯樋《いいどい》さんに関《かか》わらなかったのも、別に良心が咎《とが》めたせいではありません」牧師は打ち明けて言った。「単に一足、遅かった。それだけのことです。業界の評判を聞いて私も一枚、噛《か》んでやろうと狙《ねら》ったのですが既にあの人は火だるま寸前だった。今から関わったのではこちらも火傷《やけど》するのが目に見えていた。だから手を出さなかったに過ぎません」

ちょっと周辺を調べただけで、飯樋が既に崖《がけ》っ縁《ぷち》にいるのは一目瞭然《いちもくりょうぜん》だった。それで接触するのは止《や》めたのだという。ただそういうことで、彼に面と向かう機会はなかった。こちらは当人を知っていたが、先方はこちらを知らなかったのだ。

「ここで残飯をもらっているのを見て、あっあの人だと気がついたのもご指摘の通りです。何十年も経《た》っていたし、落ちぶれ果てておられたけれども一目で分かった。ただそんなわけで、向こうは私のことはご存知ない。顔を見られても、特段の問題はなかったのです」

だがやはり、会わないようにこちらから避けていましたけどねと彼はつけ加えた。罪悪感に苛まれずにはおれなかったのだ、と。そのため他の相手にならそうするように、困ったことがあるのなら一度、教会に訪ねて来られればなどと誘うこともなかった。

　何があって飯樋がこんなところに来たのか。大方の予想はつくからだ。あの時の借金で破綻したのが原因なら、もっと早く流れ着いていたろう。既に長いことこの街の住民でいた筈だろう。だから少なくとも今般《こんぱん》に関する限り、あの時の件が直接、関係しているとは思えない。

　ただし予想はつく。あの時、何をしようとして資金を求めていたのか知っているのだから。彼の地元がどこかも分かっている。恐らく、主因は例の大震災。飯舘村は放射能汚染のせいで全村、避難になったと聞く。彼もまた現地を離れるしかなかったのだろう。絶望のあまり現実から逃避する路《みち》を選んだのだろう。

きっと工場の建設は実現されたのだろうとも見当がついた。飯樋は金融仲間の押しつけた借金を、何とか返し終えた。再び夢に挑もうとした。しかも今回は恐らく、上手くいこうとしていたのに違いない。なのに震災のせいで、それも泡と消えた。二度に亘《わた》る悲劇に見舞われたせいで、人生に絶望したのだ。ここにやって来たタイミングを勘案《かんあん》するに、そうだったのだろうと見るのが最も自然に思われる。

つまり直接、ではなくともやはりあの時のことが、遠因になったのは否めない。自分は貸しつけてはいないとは言え当時、属していた業界の仕出かしたことである。時期的に遅かったというだけで、自分も関わっていたとしてもおかしくはない。やはり罪悪感は、禁じ得なかった。

「しかし」私は尋ねた。「あんたが飯樋さんに顔を見られても、問題はなかったんだとしたら。正体を知られるためでなかったとしたら、いったい誰が」

「飯樋さんではない」牧師は首を振った。一息、ついてから言葉を継いだ。いよいよ核心を白状する。勇気を奮い起こすための間だったように見えた。「私の正体を知る者が、他にいたのです」

福島時代、高利貸し仲間だった男の息子だ、ということだった。親の方とは一緒に仕事をしたことが何度もあった。共に悪事に手を染めることもしょっちゅうの、互いに家を訪ね合うような仲だったため息子とも顔見知りだったのだ、と。

「これも会って、直ぐに分かりました」牧師は言った。「少年だったのがすっかり大きくなっていた。それでも瞬時に、あの子だと悟りました。顔にあいつの面影が色濃くありましたが、それだけではない。何より悪意に満ちた笑み。人を陥れようという時、満面に浮かべる表情。瓜二《うりふた》つだったんです」

向こうも直ぐにこちらが誰か気がつき、歩み寄って来たという。牧師は慌てて人目のないところに誘《いざな》い、話を交わした。

「よう、こいつは意外なところで会ったな」彼は言ったという。思い出すだけで虫唾《むしず》が走るという表情で、牧師は打ち明けた。嫌悪感も露《あら》わだった。「あんたがまさか、こんなところで牧師なんぞやってるとはな。悪い冗談みたいだぜ。親父《おやじ》も聞いたら驚くだろうよ。なかなか信じねぇに違ぇねぇ」

「あいつはどうしてる」父親の方の話題が出たため、自然に口を衝《つ》いた質問だった。「あの後、どうなったんだ」

「金に詰まって、夜逃げしやがって。最後には野垂れ死にやがったよ」死んだ。聞いて正直、ホッとしたと牧師は語った。だがまだ安心することはできない。何より捨てて来た筈だった過去の、怨霊《おんりょう》が目の前にいる。「まぁ、あんな真似《まね》してたんだから自業自得ってところだろうな。だから安心していいぜ。親父が聞いたら、って今の言葉、単なる比喩《ひゆ》だ。それとも今頃あの世で地団駄、踏んでるのかもな。自分はおっ死《ち》んだのにあんたの方は、のぅのぅと生き延びてるんだからな。過去を隠して、本性を偽って」

「私は心を入れ替えたんだ」牧師は反論した。「あの頃の私とは違う。勿論《もちろん》、犯した罪は罪だ。消えることはない。だからこそこうして、不幸な人に手を差し伸べるべく微力を尽くしている。あんなことをして来た自分にできる、せめてもの償いだと信じているからだ」

へっと鼻で笑った。「心を入れ替えた、だと。そんなの信じられるかよ。親父とさんざ悪事、働いてたあんたが」

「本当だ。今ではこうして誠心誠意、街のために働いてる。だから放っておいてくれ。償いの日々を送る、邪魔はしないでくれ」

「何だよ」再び鼻を鳴らした。「本当に牧師になっちまったのかよ。へっ、こいつはお笑い種《ぐさ》だな。悪い冗談てなぁ、このことだ」

そこで、です。牧師は振り返って吐き捨てた。そこであいつは、あの表情を浮かべたのです。人を陥れようという時、満面に浮かべる笑み。親から受け継いだ、悪意の象徴。

「しかしこいつぁ、いいことを聞いたぜ。今の暮らしはあんたの生き甲斐《がい》らしいからな。そいつを守るためにゃぁ何でもするんだろう。俺の言いなりになるしかねぇんだろう」

「何をさせようというんだ」愕然《がくぜん》として、牧師は訊《き》いた。「今も言っただろう。もう昔の私じゃない。悪事に協力なんか、金輪際しない」

「別に協力してくれ、ってんじゃねぇよ」人差し指を立て、唇に当てた。例の笑みは、頬に貼《は》りついたままだった。「ただ、黙っててくれたらいいんだよ。そう、懺悔《ざんげ》を聞いた時みてぇに。あんたら、告解室で聞いた懺悔を外に漏らしちゃいけねぇんだろう。おっとありゃぁカトリックで、牧師はやらねぇんだっけ。まぁとにかくそいつと一緒さ。俺の正体を誰にも話さねぇこと。あんたにやってもらうのは、それだけさ」

　怖かったんです。当時の思いが蘇ったのだろう。牧師は両手で頭を抱え、激しく左右に振った。私は今の暮らしに心底、満足していた。神に仕《つか》える暮らしを変えずに続けたかった。心が平穏でいられる。この毎日を、失いたくなかったのです。

「遺伝なんだよ」笑いながら、言ったのだという。「あんな親父の血を引いて生まれた。こいつはその遺伝なんだ。おまけに夜逃げした親父に捨てられ随分、苦労した。今の立場を手に入れるために長年、自分を殺して生きるしかなかった。反動でもあるんだろうな。時々、本性がむくむくと頭をもたげて来やがる。抑え様がなくなるんだよ」

「本性、って。抑え切れなくなるって。いったい、何をやってるというんだ」

　暴力を振るいたくて仕方がなくなる、というのだった。何かを壊してしまいたい。破壊衝動が定期的に湧《わ》き上がり、抑えが利かなくなるのだ、と。

「どうせ生きていてもしょうがねぇ人間じゃねぇか。この世の、何の役にも立ってねぇ。むしろ国の予算の無駄遣いしてるだけだ。そんなの、殺して何が悪ぃ」

　最初は殺そうとまでは思ってなかったんだけどな、と振り返って語った。ところがバットで殴りつけ、気絶させてからはたと気がついたんだ。こいつは俺の顔を知っている。生かしておいたら証言されてしまう。そこで持っていたナイフで咄嗟《とっさ》に、刺し殺した。途端に胸がすぅっとしたんだよ。身体《からだ》が軽くなった。以来、病みつきになっちまってな。

「まさか」思い至った。「ホームレス狩りか。もしや先日、飯樋さんを殺したのも」

「あそこの、山谷堀で寝ていた奴か。何さんかは知らねぇが、あぁ俺だ。あんなとこに寝てやがんだものなぁ。こっちからすりゃぁ格好の標的。あれじゃ襲って下さい。殺して下さいって言ってるようなものだぜ。死にたくなけりゃもっと、仲間のいるところに塒を構えてりゃいいんだ。これこそ自業自得だぜ」

「馬鹿な」一瞬、言葉を失ったという。「あの人は私達の、被害者なんだぞ。かつて高利貸しにいいように弄《もてあそ》ばれ、人生を変えられた。私達はあの人に謝りこそすれ、攻撃する権利など、どこにも」

「高利貸しはあんたや、親父がやったことだろぅが。俺には関係ねぇ。それにそいつの過去なんか、知ったことか。どうせ死んだような奴じゃねぇか。殺して、何が悪ぃ」

詰《なじ》る言葉を失った。あんたや親父がやったことだろぅが。胸に突き刺さった。そう、その通りである。しかもこいつの身体に流れる血は、元はと言えば自分達に由来するものではないか。騙して金を引っ張り続け、多くの人を不幸に陥れた。溜《た》まった悪意と怨念がこいつの血に受け継がれたのだ。つまり飯樋の死は、自分にも遠因がある。そもそも最初に高利貸しに痛い目に遭わなければ、飯樋はここに来ることもなかった。

「な、分かるだろ」肩を抱いて来た。悪寒に背筋が硬直したが、振り払うことはできなかった。「あんたも俺も、一蓮托生《いちれんたくしょう》なんだ。だから黙ってりゃいい。誰にも分かりゃしねぇ。それに単にどうでもいい野郎が、年に何人か死ぬってだけのことじゃねぇか」

「止《や》めてくれ」懇願することしかできなかった。「不幸な人を救うことに私は今、生き甲斐を見出《みいだ》しているんだ。なのにその命を奪うなんて」

「分からねぇ野郎だな。どうせ生きてても何の意味もねぇ連中ばかりだろ。殺してやった方がいっそ、そいつも幸せなのかも知れねぇぞ」

「そんな考え方には与《くみ》しない」強く頭を振った。「私の教会では神の教えを聞いて、生き甲斐を見出した人が大勢いる。生きていても何の意味もない人間なんか、この世には存在しない」

へっ、と三たび鼻を鳴らした。「どうやら自分の立場も分かってねぇらしいな。あんたにできることは何もねぇんだよ。仮に警察に訴え出て俺を犯人だ、って指差したとしてみろ。何にもなりゃしねぇ。証拠は何もねぇんだからな。こんなことを言っていたとあんたがいくら証言したって、あれは単なる冗談ですと俺が主張すりゃぁそれまでだ。証明するものはどこにもねぇ」

その通りだった。しかも警察に訴え出れば自分の過去も、洗いざらい明かさなければならない。この街の暮らしも捨てなければならない。なのにそうした挙句、こいつは単なる冗談だったと主張して逃げ果《おお》せるだろう。一番、大切にしているものを犠牲にした上で得るものは何もない。

「やっと分かったようだな」再び、肩を抱いて来た。「あんたはただ黙ってるんだ。何もしなくていい。できることはどうせ、何もねぇんだから」

最後の方は言葉が震え、嗚咽《おえつ》へと転じた。打ち明け終えると牧師は、座り込んだまま子供のように泣きじゃくり始めた。

彼も弱い人間の一人だったのだ。今更ながら、思い至る。過去の罪をずっと引き摺《ず》って来た。償おうとしながらその重みに縛られ、身動きがとれなくなった。弱みを突いて来る悪魔のような男がいれば、言いなりになるしかなかった。彼もまた様々な意味で、この街の住民と同じだったのだ。

ただ罪悪感が募っていたせいで、私が飯樋の遺族を突き止めた話に純粋に感動した。自分が何もできない分、尽くしてくれた私に感謝した。だからこそつい、話し掛けてしまったのだ。慰めの言葉を掛けた。結局はそれが、彼の正体を明かすことになってしまった。できることは何もない。犯人は言い放ったという。証拠はどこにもない。だから警察に訴え出たところで、無意味に終わるだけだ、と。

だが違う。やれることはまだあるのだ。

「捕まえましょう」私は言った。「そいつに罪を償わせる。飯樋さん始め、多くの哀れな命を奪って来た罪を」

まずは警察に行った。例の年嵩の刑事に面会を求め、全てを打ち明けた。一方的に使命感に駆られ、飯樋の遺族を探し当てたこと。拒否はされたが回り回って、犯人の正体が摑《つか》めたこと。勝手な真似ばかりして済みませんでしたと頭を下げると、「謝るのは私の方です」と返された。

「遺族を探すのは本来、私らの仕事だった筈なのに。どうせ難しいと頭から決めて、ろくに動かなかった。事件の捜査もおざなりにしていた。そこを貴方に埋めてもらったようなものです。お手数かけました。後は、私らにお任せ下さい。必ずそいつを、お縄にしてみせます」

連続ホームレス狩りの容疑者が浮上したのだ。警察としても気合を入れ、本腰を入れて動き出すのは当然だった。

「私も参加させて下さい」申し出た。「ここまで来たんだ。最後まで見届けたい。絶対に邪魔にならないようにしますので、どうか。逮捕の瞬間にくらいは、立ち会わせて下さい」

仕方がないですね、と頷いた。「それに貴方には、お望みなら立ち会う権利があると私も思います。まぁ、個人的な意見ですがね」

彼の指示に全面的に従う、と誓うことで臨場を許可された。

態勢が組まれた。まずは監視チーム。対象を四六時中、見張る。動く時は後を尾行《つ》け、家にいる時は見えるところで張り込む。ただし気づかれては元も子もないので、無理は禁物だが。幸い自宅のマンション前に、丁度いい張り込み場所を確保したようだった。元店舗らしいという話を漏れ聞いたが、詳しいことは私は知らない。内部事情は部外者にはなかなか明かされない。

次の襲撃場所がどこか。予測はついた。そこで張り込んでおけばいつか現場は押さえられるのでは、との読みもあった。だが絶対にそこ、と断言はできない。もし張り込んでいて別の場所でやられれば、警察としては大失態となる。万全を期して四六時中、監視しなければならない道理だった。

私としても多分あそこ、とは思うもののいつ実行するのかは予想がつかない。だから普段は、警察に任せるしかなかった。不穏な動きを見せた、と連絡を受けて初めて駆けつけるだけだった。そして、今日——

決行は今夜ではないか、と連絡が入った。昼間からいつになくソワソワした態度を見せている、と監視チームの報告があったらしい。そうした空気、彼らは自然に読めるようになるのだろう。いつになくさっさと自宅に帰ったし、それから籠《こも》ったままでいる。心の準備と態勢を整え、決行に相応《ふさわ》しい深夜になるのを待っているのではなかろうか、と。

そこで私は年嵩の刑事と共に、現場に先回りして来ておいた。すると監視チームから動きがあった、と無線で連絡が入ったという次第だった。車に折り畳み式の自転車を積んで家を出たのだという。かなり怪しい行動と言っていい。やはり今夜、ここで。刑事と二人、身に緊張が走るのも当然だった。

「車が停《と》まりました」

尾行しているチームから無線が入った。東武《とうぶ》スカイツリーライン鐘《かね》ヶ淵《ふち》駅の近くだという。ここからは結構、距離がある。

「わざと遠いところに駐《と》めたのでしょう」刑事が言った。「事件との関連を誤魔化すために。目撃者がいたとしてもまさかそんなところに停まった車と、事件とが結びついているなんて想像もしない。こちらに通報もない」私も頷いて同意した。

監視チームによると対象は、積んで来た自転車を車から下ろし、跨《また》って走り始めたということだった。距離はあるとは言え方向的にはやはり、こちら。

「態勢を固めろ」刑事が無線で指示を飛ばした。「襲撃場所は恐らく、ここだ。だが油断はするな。まだ間違っている可能性はあるし、妙な動きを見せて気づかれたら一巻の終わりだ」

監視の目はあちこちに置いてある。車ならまだしも、自転車で後を追ったりすれば明らかに不自然だからだ。勘づかれれば決行は中止される。以降、動きを封じられれば逮捕は永遠に不可能となる。

そこで可能性の高いと思われる地点に予《あらかじ》め、人員を配置する。「今、目の前を通過」などと逐一、報告が入って来る。それによると予想通り、だった。刻一刻とこちらに近づいて来ていた。

「来た」刑事が言った。見ると成程、一台の自転車がこちらに向けて走って来るところだった。

灯火はつけている。走りものんびりとしたものだ。パトロールの警官に呼び止められたり、不審に思われたりするような行動は極力、避けているのだろう。

「隠れて」自らも身を伏せながら、刑事が言った。「絶対に、見られることのないように」

やがて自転車は、目の前を通り過ぎて行った。何事もなかったように、走り去って行った。

「状況を観察しているんだ」身を起こしながら刑事は言った。「周囲に何か、不審なものでもないか。用心して見ているんだ。大丈夫。これで安心と踏めば、戻って来ますよ」

言葉の通りだった。監視班の報告によるといったん通り過ぎた自転車は、ぐるりと周囲を回ると再びこちらに向かい始めたようだった。

「やり慣れている」刑事が漏らした。「動きに躊躇《ためら》いがない。既に複数回やっている証拠ですよ。これまでも何度も、同じことをしていたに違いない。用心深いからこそ発覚することなく、ここまで続けて来られたんだ」

暫《しばら》くすると自転車の姿が再び現われた。もう一度、目の前を行き過ぎたかと見た途端ちょっと離れたところで、停止した。自転車を降りた人影がこちらに向かって歩き始めた。手に棒のようなものを持っているのが、影になって見えた。

堤防の足元に設けられたブルーテントに、人影は屈《かが》み込んだ。「もし」中に声を掛けた。「私ですよ。お休みのところ済みません。ちょっと、出て来て頂けませんか」

やがて中から、もそもそと身動きする音が響き始めた。人影の身体に緊張が走るのがここからも見て取れた。筋肉に力が漲《みなぎ》る。棒が持ち上がった。両手で摑んで、振りかぶっていた。

「そこまでだ」刑事が大声を発した。同時にあちこちからわらわらと、警官隊が姿を現わした。懐中電灯の光を一斉に人影に向けた。走り寄り、たちまち取り囲んだ。

「やれやれ、参ったぜ」ブルーテントの中から出て来たのは、ホームレスではなかった。飯樋の死体が見つかった日、我が所を訪ねて来た刑事の若い方だった。「臭くって堪《たま》らねぇ。こんな思いまでして無駄になったんじゃぁ、割に合わねぇところだった」万が一、手違いがあって本人が怪我《けが》でもしたら大問題になる。身代わりに入っていたのだった。

「だがお陰様で大捕物、成功。臭ぇ思いもした甲斐があったってわけだ。なぁ、連続殺人鬼さん」

彼もまた懐中電灯の光を犯人に向けた。

金属バットが手から離れ、高水敷《こうすいしき》に落ちてガランと音を立てた。隅田川の対岸では今も、首都高を走り抜ける車の姿が絶えない。それでもその音は、夜の闇に妙に大きく響き渡った。

千住大学で社会福祉学を教える、夏霧繁人准教授だった。

33

春はこの街にとっても、和みの季節であることに違いはない。長く辛い冬が終わり、柔らかい暖かさが周囲を包み込むのだ。通りで凍え死ぬことなく、生き長らえることができた。自らの運命に、胸を撫で下ろす。着膨れした服を脱ぎ捨て、陽《ひ》の光を存分に浴びる。

次に来るのは厳しい夏と分かっているのだから、尚更《なおさら》だ。ある意味、寒さよりも暑さの方がタチが悪いかも知れない。寒い時はひたすら、服を着込めば何とかなるが暑さは下着まで脱いでしまえば、終わりである。それ以上、脱ぎ様がなく対処法もない。だからこの心地よさも、束の間《つかま》に過ぎない。

それもあって今の温もりを、できる限り満喫する。普通の街よりここの方が、季節の移り変わりに敏感と言うことはできるだろう。切実さが、違う。もっとも花粉症気味の私は周り程、春を楽しむことはできないでいるのだが。

「やぁ、オヤジさん」いつものように出勤途中、南千住駅から我が所へと歩いていると声を掛けられた。〝アークのトメさん〟浦賀留雄だった。「お早うございます。いつも、ご苦労さんです」

「やぁ浦賀さん」軽く右手を挙げて挨拶を返した。「退院したんですね。腰の方はもう、大丈夫ですか」

「すっかり暖かくなってくれたからね」腰を摩《さす》りながら、微笑《ほほえ》んだ。入院中も思ったが、顔の肌ツヤが随分よくなったように感じられた。長いこと禁酒を強いられたお陰もあるのだろう。見るからに体調はよさそうだった。「寒い間は暖房の効いた病室で、過ごさせてもらったし。お陰様で腰の調子は上々ですよ。これで頑張らなきゃ、罰《ばち》が当たりますさぁ。亡くなった飯樋にも顔向けができねぇ」

昨日はうちからの紹介で、霊園の清掃の仕事にも就いたそうだった。試しに動かしてみたが別段、腰が痛むこともなかった。まだ無理は禁物だろうが、これからはできるだけ働いて稼ぎますよと浦賀は胸を張った。

「金を貯《た》めて、弔いをやるんだ」彼は言った。「前みてぇに黒毛和牛は無理でも、何とか牛肉を買って。皆で集まって飯樋を弔う場を設ける。その席にゃぁ、オヤジさんも顔を見せて下さいな」

是非そうさせてもらう、と頷いた。手を振って彼と別れた。

頑張らなきゃ飯樋に合わせる顔がない。浦賀だけではなかった。ここのところ、住民に会うたびに耳にする言葉だった。先日も親方らと酒席を共にした際、言われた。「気の毒なあの人と違って、俺達は生きてる。その幸運を目一杯、味わわなくちゃぁ。あの世で飯樋さんに合わせる顔がねぇよ」

そうだそうだ、と田野畑らも同意した。「オヤジさんは遺族と、犯人を突き止めることであの人への弔いを果たした。次は、俺達だ。ちゃんとやって行くことであの人に報いる。それくらいしか、できることはないじゃないか」

不幸な飯樋の死に様が逆に、街の人々に生きる気力を与えてくれたようだった。あの人の分まで生きなきゃ、申し訳がない。ここまで尽くしてくれたオヤジさんに対しても、恥かしい。

事件の解決は我が家にとっても、思ってもみなかった恩恵を齎《もたら》してくれた。

先日。飯樋殺しの犯人を遂に逮捕することができた、あの翌朝――

「これまで本当に済まなかった」朝食の席で、喜久子に深く頭を下げた。「家庭のことを顧みずに、事件の追及にばかり汲々《きゅうきゅう》としていた。だが昨夜、全ては終わった。真犯人を捕まえたんだ。これでもう、事件に煩わされることは何もない」

千住大学で社会福祉学を教える准教授が連続ホームレス狩りを犯していた。教えると喜久子は、「まぁ」と絶句した。当然の反応ではあろう。

「表向き、不幸なホームレスの実態調査をしている振りをして実は、襲い易《やす》い対象を物色していたんだ。高尚な仕事をしている表の顔とは裏腹に、陰で悪鬼のような所業を繰り返していた。人間、どこまで悪くなれるんだとあの男に思いを馳《は》せると、ゾッとしてしまうよ」

飯樋の情報を求めて隅田川テラスに行った時、ゼミ生を引き連れてフィールドワークをしていた彼に出くわしたことを思い出す。かつてとはすっかり状況が変わり、隅田川テラスのブルーテントはめっきり減っていた。密集していた頃ならいざ知らず、今となっては僅《わず》かに残るホームレスは格好の獲物に他ならなかった。彼はあの時、それを確認しに来ていたのだ。見ていたからこそ私も、次に襲うのはあそこだろうと見当がついた。結果、案の定だったわけである。

「ただ、気掛かりなのは学生達だ」私は言った。「彼らは純粋に、社会福祉の重要性を実感していた。うちの労働出張所にも見学に来たが、熱心に取り組んでいるのは見るだけでよく分かった。なのに信頼していた先生が実は、殺人鬼だったなんてね。傷ついたことだろう。彼らがこれで、社会福祉に見切りをつけてしまわなければいいんだが。精神的なダメージに対処するためなら、俺もできることがあればやる積もりだ。今度、大学を訪ねて行ってみようと思ってる」

喜久子も教師として、生徒の心と身体のケアに心を砕いている立場である。「本当にその子達が心配よね」と同意してくれた。「あなたができることがあればやろう、としているのはとても立派なことだと思うわ。とても大切でもある。私も、何の協力ができるか分からないけど。経験から、アドヴァイスできるようなこともあるかも知れない。何かあったら相談してね、遠慮なく」

有難う、と感謝した。そうさせてもらうことがきっとあると思う、とつけ加えた。

今回の件で不幸に陥った者が、もう一人いる。野上牧師だ。過去の所業がバレて、街にいられなくなったばかりではない。連続ホームレス殺しの犯人を知っていながら、黙っていた。証言しても無駄だと強弁され、脅されていたとは言え法に触れ兼ねない行為であることは間違いない。街の救護者として尊敬を集めていた身から一転、犯罪者扱い。自業自得の面もないではないが、同情を禁じ得なかった。せっかく過去の罪を償おうと、残りの半生を捧《ささ》げていたというのに。それすら叶《かな》わなくなった運命が、哀れでならなかった。悪魔が一人いれば人生を狂わされる者が大勢、生まれる。彼もまた夏霧の被害者の一人、と言ってよかろう。

「えっ、夏霧」事件の全貌《ぜんぼう》を解説していた。牧師の話題になった時、喜久子は意外なところに食いついて来た。「犯人の名前は、夏霧っていったの」

「あぁ、そうだよ」戸惑いながら、答えた。「言ってなかったっけかな、名前までは」

聞いてなかったわよ、と言って続けた。「そいつの父親は悪徳金融をやっていた、って言ったわよね。福島で」戸惑ったまま、頷いた。「それで最後には、夜逃げしたって。お金に詰まって、野垂れ死んだ、って」

気がつくと妻の表情は、満面の笑みに転じていた。ぱんと掌《てのひら》を打ち合わせた。「様《ざま》ぁ見ろ、だわ。あっ、と。こんなこと口にしてるの、生徒に見られちゃったら大変。でも正直な気持ちよ。本音よ。あの夏霧が不幸のどん底で死んだ。聞いて、こんなに気分の晴れることはない。罰《ばち》が当たったのよ。様ぁ見ろだわ、全く」

彼女の父親は福島で不動産屋をしていて、高利貸しに騙され多額の借金を背負わされた。返済のため両親は身を磨《す》り減らして働き、命まで削った。彼女自身もお陰で、不幸な少女時代を強いられた。

張本人のヤミ金融こそ、名を夏霧といった。珍しい名前だったため子供ながら、覚えていたという。福島という限られた土地の、高利貸しでこの苗字《みょうじ》だからまず間違いない。喜久子の実家を不幸に叩《たた》き込んだのはあの准教授の父親だったのだ。

「今度のお盆、久しぶりに家族みんなでお墓参りに行きましょう」妻が提案した。「両親に報告するの。あいつ、最後は惨《みじ》めに死んだらしいわよ、って。宣泰さんがそのことを、突きとめてくれたわよ、って。お父さんもお母さんも喜ぶわ、きっと。あぁ、久しぶりに親孝行ができる」

そこに宣枝が起きて来た。「なぁに、お母さん」眠そうに目を擦りながら、微笑んだ。

「何だか今朝は、とってもご機嫌みたい」

「えぇ、そうなの」妻が答えて言った。「今夜、ゆっくり教えてあげる。そろそろお父さんは出勤ですからね。貴女《あなた》も朝ご飯を食べたら、直ぐに出掛けなきゃ間に合わないでしょ。だから今朝はもう時間がない。今夜、教えてあげるわ。ゆっくり」

そう。宣枝は今、我が家に戻って生活しているのだった。大月の工場ではなく、本社の勤務になったのである。ならば、こちらから通うのが道理に適《かな》う。

例の、上司との不倫についても妻が、さり気なく聞き出していた。あんた、向こうでちょっと変な噂が立てられてたみたいじゃない。

すると娘は、吐き捨てたらしい。「馬鹿だったのよ、私。男を見る目がなかったのね。君しか見えない。妻とは別れる、なんて言葉をつい鵜呑《うの》みにしてしまった。でもどっちつかずで、ダラダラダラダラダラ。こんな情けない男だとは思わなかった。こっちから見限ってやったわよ。丁度、本社への異動も決まったしね。あぁもう、男なんて懲り懲り。恋愛なんてウンザリよ」

いつまでも男嫌いのままでいられたら、それはそれで困る。いずれは結婚して孫を、と普通の親らしい願望が私達にだってある。ただ当面の問題は、自ら解決してくれたようだった。やはり強い女性だったのだ、宣枝も、妻と同様に。

娘だけではない。喜久宏も最近、頻繁に家に帰って来るようになっていた。現代社会の抱える問題を芝居にして、世間に広く伝えたい。共に原発被災地ツアーに参加して、彼が思い定めた目標だった。だが今、所属しているアングラ劇団では目的とちょっとそぐわない。仲間とも意見の相違が見られた。そこでいったん劇団から離れ、暫くは冷静に身辺を見詰め直してみる気になった。自分の身の周りも分からないでは、社会問題を世間に伝えるもクソもあるまい。お陰で心配の種だった芝居熱も、一時《いっとき》程ではなくなったようだった。そもそもは私があのツアーに誘ったお陰、と妻がとってくれれば〝望外の効能〟と言えなくもない。

修復不可能かも、とすら恐れていた我が家の亀裂《きれつ》もどうやらいい方向に転がりつつある。春の陽気と相俟《あいま》って、足取りが軽くなるのは致し方なかった。「お早う」職場に到着し、早出の職員に声を掛けた。「あっオヤジさん、お早うございます」「お早うございますっ」

次々に挨拶が返って来た。

「〝呼び込み〟の時は気をつけるんだぞ」私への挨拶を終えるとトンビが今春、異動になって来たばかりの若い職員に向き直って説いていた。「勿論、悪いのは向こうだ。不正な印紙を使ってるんだからな。それでも彼らには彼らの言い分がある。『せっかくここまで貯めたのに。たったの一、二枚くらいいいじゃないか』ってな。勝手な理屈だよ、確かに。それでもそいつが彼らの本音なんだ。そして、悪いことをしたから、ってこっちが高飛車に出ると、逆恨みを買っちまう。いいことは何もない。だから常習犯でない限り、強くは出ないこと。『駄目じゃない、○○さん』くらいの感じで諭すことだ。彼らの気持ちになって接すること。ここではそれが大事なんだ」

日雇い労働者が仕事をすると、白手帳に印紙を貼ってもらえる。前月と前々月、合わせて二十六枚まで貯まればアブレ手当を受け取る資格を得る。ところが当然、後ちょっとなのに何枚か足りないという者も出て来る。そういう時、つい不正印紙を手に入れて貼ってしまう者が現われるのだ。不正印紙くらい玉姫公園脇の〝泥棒市〟に行けば、いくらでも買える。

当然、我々が見つければ咎める。「○○さん、ちょっとこっちへ」と所内へ呼び入れ、「これは不正印紙ですよね」と確認する。これが「呼び込み」だった。

悪いことをしたのだから叱責《しっせき》するのは仕方がない。だがトンビも言ったように、彼らにも彼らの言い分があるのだ。何で俺だけ。皆やってるじゃないか。勝手な理屈だが、偽らざる本音でもある。高飛車に叱《しか》りつけたりすれば逆恨みを買ってしまう。だからやんわり窘《たしな》めるようにするんだ、とトンビは若手に説いているのだった。

あいつ、いつの間にかいいこと言うようになったじゃないか。頼もしく感じた。更に足取りも軽く、所長室に入った。

「オヤジさん」アブレ手当の支給も終わり、慌ただしさから解放されて所内がほっと緩む時間帯だった。ナオさんがドアをノックし、所長室に顔を覗かせて言った。「お客さんが訪ねて来られてますが」

「ほほう、誰かな」

玄関に出た。顔を見た途端、ぱっと心が華やいだ。顔が自然に弛《ゆる》むのが、自分でもよく分かった。

「あの。いつぞやは大変、失礼なことをしてしまいまして」

深々と頭を下げるのを、慌てて制した。「そんな、お気になさらずに。それよりようこそ、お出で下さいました。遠いところを、わざわざ。さぁさぁ、どうぞ。むさ苦しいところですが。どうぞお入り下さい」

「あの、警察の方からも伺いまして。犯人を突き止めて下さったのも、所長さんだと。何とお礼を申せばよいやら。それにあの時のお詫《わ》びも、私」

「こんなところで立ち話も何ですから。とにかくどうぞ。お入り下さい。お話は中で、ゆっくり致しましょう」

「はい。それではお言葉に甘えまして。失礼いたします」

もう一度、深く頭を下げると飯樋の奥さんが室内に歩み入って来た。暖かい風が一緒に、流れ込んで来たように感じられた。

所長室へと誘《いざな》いながら、私は改めて強く思った。

そう。どんな街の片隅にだって、春はいつかやって来る。最果ての街においても、それは同じことなのだ。

この物語はフィクションです。
基本的に実在の人物、および団体とは関係ありませんが、
ＮＰＯ法人『野馬土』及び代表理事の三浦広志氏に関する限り実在します。

本作においても多くの参考資料、書物に当たりましたが、
特に強く示唆を受けた文献を以下に列挙しておきます。
温かく受け入れていただいた取材先を含め、ここに深く謝意を表します。

『山谷崖っぷち日記』（大山史朗／ＴＢＳブリタニカ）
『山谷ブルース』（エドワード・ファウラー／洋泉社）
『東京ドヤ街盛衰記』（風樹茂／中公新書ラクレ）
『福島のおコメは安全ですが、食べてくれなくて結構です。』（かたやまいずみ／かもがわ出版）